U0690542

从纽约
走到迈阿密

FROM NEW YORK TO MIAMI

杀杀姐　著

NEW YORK

MIAMI

中国地图出版社

图书在版编目（CIP）数据

从纽约走到迈阿密＝FROM NEW YORK TO MIAMI／杀
杀姐著 . —北京：中国地图出版社，2017.7
　ISBN 978-7-5031-9997-4

　Ⅰ.①从⋯　Ⅱ.①杀⋯　Ⅲ.①长篇小说 – 中国 – 当代
Ⅳ.①I247.5

　中国版本图书馆 CIP 数据核字（2017）第 146727 号

策划编辑　余　凡
责任编辑　余　凡
出版审定　赵　强

从纽约走到迈阿密
FROM NEW YORK TO MIAMI

出版发行	中国地图出版社			
社　　址	北京市白纸坊西街 3 号	经　　销	新华书店	
邮政编码	100054	印　　张	15	
网　　址	www.sinomaps.com	版　　次	2017 年 7 月第 1 版	
印刷装订	北京画中画印刷有限公司	印　　次	2017 年 7 月北京第 1 次印刷	
成品规格	170×240mm	定　　价	39.00 元	

书　　号　ISBN 978-7-5031-9997-4

如有印装质量问题，请与我社发行部联系；如有图书内容问题，请与本书责任编辑联系，
联系方式：dzfs@ sinomaps.com。

感谢我的丈夫 Stuart Lewis，感谢他在一场暴雨中的及时出现，感谢他给我的爱，感谢他鼓励我将自己这段已经在人生中翻篇的旅行经历整理记录并出版，也感谢他和我一起创建了 LEWIS GROUP，更感谢他如此地热爱中国。

感谢我的父母。

感谢我的家庭。

目录

序一

　　从纽约到迈阿密这段路我没走过，可是徒步这段路的北京丫头我熟悉，当时听她说这事儿时还觉得是在开玩笑，可没想到她不但真的走了，还写了一本书，更没想到她竟然让我写序，第一时间我又觉得她是在开玩笑……

　　不过她这回仍旧不是开玩笑，是真事儿，于是我真诚地拒绝了好几回，一来是因为我懒，平时运动极少，走路也十分有限；二来前面说过了，这段路我没去过，不熟，真怕糟改了人家徒步的事迹！虽然对这个人勉强有些了解，可是说浅了吧怕人家觉得没劲，说深了又怕友谊的小船随时要翻，不好拿捏！不过这些都不是根源，最最障碍的是我对写书这事儿的敬畏，这源于很久以前一次跟文学家的接触。记得对方是一个地方上的文联领导，出版过几部畅销小说，当时的我也写了几十集电视剧和一两部电影，加起来字数好像也不比对方少太多，可当对方了解了我的情况后，认真地说：看来你能写，可以试着写写短文或者一分钟小说了！这让我瞬间明白了写过的文字没有印成铅字是不作数的，竟从此丧失了尝试的勇气！可眼下这个北京大妞儿一把干了两件我做不到的事儿，还让我写序？我好意思吗？羡慕嫉妒恨还来不及呢！可要非不写，又怕把这点儿脏心眼儿暴露得太明显，只好虚情假意答应下来，想说蹭着也可以把只言片语印成铅字倒也不错，于是假意欣然！可没想到硬着头皮提起笔来，才发现这事儿与编故事在虚拟的世界里扮演上帝相比，真的另有一番功夫。

　　在经历了数次把写成的千儿八百字删除之后，我发微信给她，说："你已经把我逼疯啦！"片刻以后她回："不疯魔不成活！"还加上一串哈哈大笑的表情，这话像是在督促我"少废话，继续"，也像是在说她自己……

认识她得有十来年了吧，每次有关她的事儿被说起，出现频率最高的一个词就是"疯了"，从最初认识时她想拍的电影（此处必须略去好多好多字），到她抛家舍业离开北京去地球的另一边用双脚丈量大地，这中间是一条匪夷所思的曲线，复杂到犹如翻滚过山车的轨迹，毫无理性又充满了千丝万缕的联系，直到这条曲线带着风带着雨带着一颗青春洋溢到不可理喻的心撞开了异国他乡一扇普普通通的家门，这一切仿佛都有了前世注定的理由！

其实这条曲线在每个人心里都有，区别是大多数人把这条曲线深深地埋在灵魂深处，只有在人生特别得意或者特别不如意的时候，借着两口小酒，恨恨地念叨几句，然后就没有然后了。而少数人能够把这条曲线义无反顾地付诸实践，一开始他们成了周围熟人朋友圈子里的疯子，等到疯魔成了活，就成了陌生人眼里的传奇，熟人朋友嘴里的骄傲！

现在，通过写书这丫头就把疯魔炼成了活，不知道会不会有人看了这本书也去疯魔一回？！不过我突然发现，她把这些都写进书里以后好像比以前安静了许多，或许是那条曲线早该归于平静？或许这只是短暂的休憩？不知道。不过从现在开始，她说想干什么我再也不会觉得是在开玩笑了，不知道你们看完这本书是不是也会有这种感觉？

差不多了吧？我停笔啦……

大伙儿自己看吧……

吴兵　编剧、导演、制片人、北京电影学院教授

2017 年 3 月于北京

序二

　　与她认识，是在进入大学的第一堂课上。我俩很巧地坐在了一起。也许是刚入学的兴奋，也许是新课本的深奥难懂，反正我俩在强装了几分钟的认真听讲后就原形毕露各自走神。她首先打开了话匣。她不是按照传统的方式先向我自我介绍，而是一上来就问我："咱俩来画画，你画一笔，我画一笔，看最后会出来个什么东西？"对于她这个又奇怪又无聊的想法，我当时就懵圈了，然而，她的无厘头却与我一拍即合。随后的大学生涯里，我们在吃吃喝喝、嬉笑怒骂中，浑浑噩噩地建立起了无比坚固的革命友谊。一起逃课在寝室睡大觉，一起吃火锅撑到必须互相搀扶才能走回寝室，一起拍关于女生治痔疮的售药广告……

　　毕业后的一年，我在重庆接到她的电话，她告诉我要到美国徒步旅行，我的回复：长点心吧，大姐，这事你干不了！且不说你看起来四肢健全实则生活不能自理，到美国除了生存艰难，就是你那一口标准的带着儿化音的北京普通话，人那西方资本主义国家的人也听不懂呀。不顾我一针见血、实事求是的打击，她还是踏上了远征美国的徒步之旅，并在旅行中结识了生活中的另一半，从此远嫁大洋彼岸。

　　去年，她从大洋彼岸打来电话，说要把自己的徒步旅行写成游记出版，我又回复：长点心吧，大姐，这事你干不了！且不说你虽然是大学毕业实则天天上课强迫我陪你画画胸无点墨，就是你那活泼好动、喜欢躁动的心也无法沉静下来埋首写作呀。再次不顾我一针见血、实事求是的打击，她梳理了自己的旅行经历开始了写作，居然还真的写完了要出版了。不仅如此，她强迫我必须买 20 本，同时还要推荐至少 10 个朋友一人买一本。还自创宣传口号："逢年过节不收礼，收礼就收这本书。"听到这个口号，我仿佛能透过电话看到她在那边嬉皮笑脸，一副小恶魔的样子，让我恨得牙痒痒。

她做了我想做而不敢做的事，实现了我想都不敢想的梦想。她的执着、敢想、敢做、敢拼令我敬佩。她的书，不说让你耳目一新，一定能让你莞尔一笑；不说增长知识，一定能让你开阔自己的视野；不说让你进步，一定能让你分享到最实用的旅行攻略，是你无聊寂寞时最好的良伴。

从重庆到北京，从陌生人到朋友，有她当知己，此生已无憾。最近，我俩还一起搞了件大事情。她当监制，我当执行导演，我们一起合作拍了部电影《我，在贵州等你》。电影刚杀青，现正在紧张的后期制作中，下半年将与大家见面，这是我们"哼哈二将"组合首次触电的杰作！

杨乔　导演、策划
2017 年 4 月于贵州

序三

彪悍的人生不需要解释。

这本书就是证明。

得知莎莎要出新书，很惊喜。关于徒步美国一事儿，她以前跟我说起一二，但都寥寥数语。想不到她真的做成了这么一件疯狂的事情，而且写成了书。而真正的惊喜，来自这本书本身。

我看过很多文字漂亮的游记，总是乍看很炫，但看完细想好像除了鸡汤也别无其他。哪怕是一流作家的作品，也未见得高明许多。但莎莎这本书，则恰恰相反。第一眼看时，觉得文字朴素无奇。可是看过三五页后，却欲罢不能。机场海关的小黑屋、雨夜小镇上的空教堂、暴风雨里露宿的码头、中央公园旁的黑人搭讪者、吸毒的沙发客房东……那些惊心动魄暗潮涌动的时刻，读起来让人不禁屏住呼吸，担忧这个倔强女生在之后还会碰到怎样的遭遇。莎莎朴素的笔触则增添了讲述的诚恳，让人觉得仿佛自己就站在她身旁，一起淋着雨，听着天上的雷声越来越近，然后一起钻到草地上竖起的帐篷里，蜷缩着等待清晨的到来。这是真正的旅行日记。它不靠文采，不靠学识，而是靠彪悍的人生和强大的个性，带给你震撼，逼你走出自己的舒适区。

可是，书中的这个人，真的是我印象中的那个莎莎吗？

我印象中的莎莎，踏实能干，不声不响。做同学的时候，我们并没有特别深入的交流和了解，直到前两年我开始拍摄系列纪录片《一本书一座城》，她来帮忙做北京一集的制片。在剧组里，她上下里外都张罗得井井有条。不管是导演、摄影，还是灯光师、跟机员，大家都喜欢她。有她在，所有人都心里踏实。印象深的是在影片杀青的晚上，我俩为了交接工作，在凌晨两点各自开车绕了小半个北京城，到建国门一家通宵不打烊的茶餐厅见面。两人对坐，一边吃着夜宵，一边整理票据，感觉就像是回到学生时代。可是，到现在我依然很难把坐我对面清理票据的那个制片女生和书中有着传奇经历的这个徒步女生联系到一起。可能，每个人都有着疯狂的那一面。区别只在于，是否有勇气去真的付诸行动。

从那个几乎不太会英文，第一次踏上美国土地就被带进小黑屋盘问，没人相信她的徒步计划的女生，到历尽艰辛完成徒步计划，遇上自己的 Mr.Right，再到现在在美国幸福生活，开公司办影展的女人……看了这本书，我才知道这些年来莎莎到底走了多远，又是怎样的信念和个性带她走向了那里。

我也喜欢行走喜欢冒险。多年前，我在英国读书时曾独自游历欧洲，有不少自觉得意的经历。而这几年又去全球各地拍片，也被追着要出所谓的游记。可是，写作计划一拖再拖。而莎莎不声不响就完成了我想做却还没做成的一件事。她的勇气、韧性和行动力真的令我钦佩。

可能，每一个年轻人都应该看一看这本书，看彪悍的人生如何前进，看一次任性的徒步旅行可以怎样改变人生。

李晗　浙江卫视主持人、纪录片《一本书一座城》制作人

2017 年 4 月于杭州

序四

  张莎莎是个值得信任的人！这是我脑海中关于她的第一个标签；张莎莎绝对是个对梦想会奋不顾身的行者！没错，这是第二个标签；张莎莎还是个为了工作和目标会拼尽全力、不顾命、走到底的楷模！第三个标签，与我所知的大多数人截然相反。事实上，大多数人喜欢做轻松的选择，喜欢把挑战理解成一个名词，仅仅挂在嘴上，但在莎莎的世界里，挑战首先是个动词，是需要用一系列的行动去达成目标的过程。

  当刚刚得知莎莎的这次徒步之旅时，我内心升腾起过一股难以抑制的冲动！那时我刚刚完成在意大利的自驾之旅，我得承认，那时候的我，正极度渴望着能重新上路，继续旅程。所以当我得知莎莎即将要从纽约出发去迈阿密时，我恨不得立刻去找她，与她并肩同行！遗憾的是，当时我因为要执行一个项目，无法立刻脱身，所以我说服自己：先完成手头的项目，拿到酬金，再想办法去找她会合！为了不影响她的行程，我并没立即告诉她我的这个念头，一方面，我不确定她是否愿意接受我这个同伴；另一方面，是我对自己能否徒步这件事心里没底，加之签证手续等等一系列的出发准备，我想，再给自己一些时间"谋划"应该会比较好。

  那时候，莎莎每天都会在微信朋友圈记录发布她的行程和收获感言，我像个忠实的读者，每天守候。看着那些照片和文字，感同身受，欲罢不能……

  那时的我仿佛是个秘密活动的计划者，循着莎莎朋友圈的足迹，期待并准备着自己有一天突然出现在她的面前，给她一个热烈的拥抱，带去水和食物，带去充电宝，同她一起负重，与她边走边聊。

为此，我每天都会跑去奥林匹克公园负重行走，从3千米开始，到5千米，再到8千米……我还会假装正与她同行，分享当下内心的感悟和体会。

我每天都会留言鼓励她，但从没提起过自己的"打算"，我想我需要一个契机！因为我明白，这是属于莎莎的旅行，除非她需要我，同意我加入，或者她确实到了一个极度需要同伴的时刻，而我正在等待那个时刻！

有人说过，每个人都需要一场壮游！每一场壮游，都会让我们在行路中成长，从而变得坚强。莎莎的这场壮游，牵动了许多朋友的心，我们一边在为她担着心，为她的梦想加油，一边在城市中焦虑地忙碌，并在脑海中憧憬着：像莎莎那样去勇敢地行走！

像莎莎那样？对！像莎莎那样，先做一个要去远足的决定，选择一个起点和终点，然后，出发——接下来的旅程，充满着未知和不可思议。旅人不同于常人，有一种独特的心境，即使人生在荒漠中相遇，一抬眼，便能望见彼此，心灵相通。

很遗憾，我并没有等来那个时刻，当我几乎做好了全部的准备，就在莎莎的旅程已经过半时，她在北卡罗来纳州与南卡罗来纳州的交界处，暂缓了脚步。她遇到了司徒，他们相爱了！我真为她高兴！尽管我的秘密计划不得不因此而暂停，尽管我无比期望着自己能成为张莎莎本次旅程中最需要的那个同伴，我仍旧义无反顾地支持她的决定！

还记得莎莎回国后，一个冰冷的冬夜里，她告诉我：雅琦，你能想象吗？有一天，我坐在一片旷野中的秋千上，远眺日落时的晚霞，司徒靠在一旁向我微笑，静悄悄地。忽然间我意识到，天呐，这不就是我所寻找和想要的生活吗？！我想，那天的晚霞，一定照亮了莎莎的人生。

余秋雨先生曾说过，旅行是万众的权利，每个人都可以选择适合自己的旅行方式。只不过，不同的文化程度和人生基调，会使同样的旅程迈出不一样的脚步！每一场旅行，都是灵魂与自己所见所感的种种对话，每一个旅程，都是身体力行所思所想的诗与远方！

袁雅琦　旅行者、剧作者

2017年5月于北京

2015 年 1 月 12 日，这是一个阴雨天，雨不大却下得频繁而绵密，这样的天气本可以不打伞出行，并颇有意境地感受南方冬天新鲜的气息。作为一个常年生活在北方的人来说，广州室外的冬天更像是北京的早春，到处都是绿色。如果只是单纯地旅行来到这个城市，我会无法抑制兴奋地大口大口呼吸充满绿植味道又略带潮湿的空气；我会慢下脚步，悠闲地走在街角的人行道上，感受这座仅仅几年时间便迅速成长起来的现代化年轻大都市，珠江新城附近的摩天大楼并不比香港中环一带的逊色，傍晚闪烁变幻的霓虹灯更加体现了这座城市的朝气蓬勃。很可惜，我并没有心思更细腻地体会这里的美好，我必须强迫自己专注地整理所有的文件资料，准备第二天一早去美国领事馆的签证面试。一年零 35 天，我准备了无数的表格、无数的单据、无数的文件记录、无数的照片证明，整整一个手提袋，摞起来的厚度比超市整包批发出售的 A4 纸还要厚，重量更不亚于它。

傍晚，有点强迫症的我再一次将所有资料从手提袋中拿出，进行最终的检查，生怕自己漏掉了某样。按照不同的归类排好顺序，以便明天的签证官让我提供资料的时候，我可以干脆利落地找到所需要的。整理好文件放回手提袋中，我准备洗澡睡觉。南方冬天室内的寒冷让我的身体由内而外打着哆嗦，希望热水澡可以让我略微僵硬的身体和紧绷的神经放松下来。我喜欢把洗澡水的温度调得很高，让卫生间充满白色的蒸汽，让莲蓬头洒落下来的热水带着蒸汽冲洗我的头发和后背，这种温暖的感觉会瞬间将体内的寒冷驱除，当肩胛骨附近的肌肉不再僵硬，我的神经也随着身体的温暖得到了放松。原本紧绷的神经一直幻想着第二天的面签，那一锤定音的时刻，犹如生命到达尽头之后，即将迎来的最终审判，是天堂，还是地狱？这种极端的幻想伴随着温暖的洗澡水，冲刷过我的头顶，顺着头发、沿着脊背自上而下流到了下水道。"去它的！不就是个签证么，至于成这个德行？"卫生间内洗澡产生的蒸汽堪比蒸汽房，头上顶着个大毛巾包裹着头发的我，从卫生间出来的一刹那，每一寸肌肤都散发着热气，由下而上冒着白烟儿，仿佛刚从天堂回来给自己充满了能量一般。

可惜这股热乎劲儿伴随着房内的寒冷很快散去，我赶紧钻进被窝。睡觉的时候，不论冬天还是夏天，我喜欢用被子盖住耳朵。已然忘记这个怪癖是何时养成的，也许起源于早年间看过的一部美国电影。电影讲的是一个姑娘旅行在异国他乡被人陷害，从行李中搜出毒品，被押送进监狱，经审问后的姑娘精疲力竭地在牢房里睡着了。第二天，姑娘穿着囚服走到操场上，烈日当头，姑娘无助地看着四周，始终不敢相信自己就这样被陷害，从此失去了自由。这时，她突然感到一阵眩晕，一头栽倒在操场中央。送去抢救后得到的结果，竟然是监狱里面的蟑螂在姑娘睡着的时候，从她的耳道爬入了大脑。电影前面和后面的情节我已经彻底记不清楚了，可就单单这段儿留在了自己的记忆里，从此给我幼小的心灵烙上了阴影。

还有一种可能，是以前跟拍摄纪录片剧组的时候，居住宾馆的条件不佳。我曾看到房间里一只小拇指长度的黑色蟑螂趴在白色的、垂在床侧的床单上，而我那可恶的同屋偏偏在那一晚决定不回来。于是那一晚，我坚决地用宾馆的凳子拼凑在一起坐着睡了一宿。自那以后的一段时间，只要是在外面住宾馆，我睡觉的时候都会用小纸球堵住耳朵眼儿，生怕有小虫子在我睡着的时候从耳朵攻击到我的大脑。后来发现小纸球靠不住，经常在我一觉醒来的时候看到它们散落在枕边。于是我改用宽发带，女孩子洗脸的时候固定头发帘的那种，睡觉的时候只需要移动宽发带遮住耳朵，不论是生理上还是心理上，总能给我带来或多或少的安全感。再后来，我发现留头发帘太麻烦，就直接留长发，平常一根皮筋儿一个马尾就轻松搞定，宽发带也因此不知隐退到哪儿去了。随着时间的推移，加上自己心眼儿大的漏风性格，渐渐地也就没有那么敏感地非要在睡觉前堵耳朵眼儿的习惯了，取而代之的，是用被子的边角儿把耳朵盖住，露出鼻孔通畅呼吸。

这一晚也是如此，由于屋内的冷空气，我暴露在被子外面的鼻子不用手摸也能感到变得冰凉，冷空气经过鼻孔凉了我的呼吸道，吸进去的每一口都能让我感觉到让人讨厌的神清气爽，于是无比想念北方屋里的暖气，哪怕小区物业偷工减料不愿给暖气烧得特别热，但至少还是温的。我想，现在这间宾馆的老板在装修的时候一定是个炎热的夏天，否则怎么会挑选只有单一制冷功能的空调？算了，还是狠狠地睡去吧，只能用"睡着了就不冷了"来暗示自己。

第二天一早依然持续阴雨，我与往常一样不紧不慢地洗漱更衣，每次刷牙，满嘴的牙膏泡沫都会染成红色，是的，我有严重的牙龈出血问题，但是从来不太在意。洗面奶偶尔会用，平常几乎就是一块香皂搞定，估计很少女孩子出门在外会像我一样，用朋友们的话形容我"活得比较糙"。平时就有晚睡晚起的习惯，所以我宁愿把花在脸上梳洗打扮的时间用来多赖一会儿床。一般外出前10分钟才从床上爬起来，这个时间对我来说已经足够了。我仍然选择穿起头一天那套行头，因为这一身让我感觉很舒服，一条贴身藏蓝色牛仔裤，一件宽领灰色长款羊毛衫刚好盖住屁股，戴上眼镜，撑起伞，提上装满资料颇有分量的手提袋出发。

美国领事馆距离我住的公寓式宾馆很近，一条街走路不到5分钟的距离。早上8点多钟的广州是忙碌的，行车道上出现了井然有序的堵车情景，这与北京混乱的早高峰大相径庭。这条不宽的马路中间有个学校，学生们已然进入学校大门，送孩子上学的家长们在学校大铁门外逐渐向周围散去。再往前不远就是美国领事馆，领事馆周围几十米开始四散站立着各路人等，挤在栏杆外的，散在街角的，坐在路边花坛上的，还有站在隔壁街大厦高台阶上不停地往里眺望的。原本轻松走来的一路，到达领事馆拐角处开始变得拥挤。我需要挤着穿过一堆又一堆的人群。人群里有陪伴着赴美求学子女的家长们；有跟我一样来申请签证可还没到入场时间的；有散发各种打折机票或代办签证广告单的；有正在兜售不同颜色透明塑料文件袋的个体小商贩；还有双臂上挎着不同款式男女背包、双手食指上钩挂着不同手机绳、手机绳下方垂着各款手机并不停吆喝着提供代存包和代存手机服务的……

终于在拥挤无序的人群中找到了美国领事馆的入口处。记得在北京的美国大使馆门口有个站岗台，台上站立的是身着军装站姿笔挺一丝不苟的中国武警；美国驻广州领事馆门口却没有武警和站岗台，而是撑起一把户外用的大伞。三两个穿着像极了警察制服、但实际臂章上绣着"保安"字样的工作人员松散无序地站在大伞下，一边检查着入口处人们陆续递给他们的入馆单，一边核实入馆单上的护照号码、入馆日期和预约的面签时间，一旦信息正确便放行。按照入馆单上的预约时间，通常只放行比预约时间提早30分钟之内的人。

入口处毫无秩序可言，大都是谁挤上前就是谁先进入。这些保安人员一遍又一遍地检查着不停递到他们手里的护照和入馆单，一边跟递过来的人解释：

"你到得太早了，现在不能进去！"

"光有护照不行，我们要检查你的入馆单！"

"入馆单上面有信息，网上预约好面签时间，之后发给你的邮件，得打印出来带过来。"

"不能带手机和包进去！找地方存一下去！"

"雨伞一会儿放外面，丢不了！"

"必须本人来啊！想什么呢？肯定不能拿着别人护照代替面签啊。"

"当然是谁想去美国，谁带着自己护照来啊。"

"刚进去的，人家都是网上预约好的，不能说你想进去就随便你进去啊！"

"网上具体怎么约？我们不知道，我们也没去过美国啊！"

"你想办？回头问问别人吧，我们不了解。"

还好我没有早到的习惯，手里拿着护照和打印好的彩色 A4 纸入馆单，终于挤到入口处让工作人员检查。保安拿着我的护照翻开信息页，核对着护照上的照片和我的脸，没有对我说多余的话。他的表情告诉我他现在很严肃，我回应的表情也很严肃。"进去吧。"从他手中取回护照后，我紧走了两步，到了领事馆院内离入口处最近的一排底层建筑屋檐下。

这排办公区域大门紧闭，门口有两三个学生模样的实习生会问新进来的人的姓名，并在他们的工作本及一张排满一组组条形码的粘贴纸上查找对应的信息并记录。实习生找到我的名字后，将属于我的条形码从粘贴纸上取下贴在我护照背面，让我排队耐心等待。屋檐下已经站着二三十位贴完条形码并并然有序排队的人，对比领事馆院外入口处的喧闹，这里安静了很多，除了相互认识携同一起来签证的人会低声交流外，其他人都默默安静地在队伍中等待。

我安静地走到队尾，跟着排起了长队。在我之后，陆陆续续有人重复着我刚进来时的步骤，找名字、贴条形码、默默地排到我身后。办公室内的工作人员从里向外将大门打开，允许排在队伍最前面的五六个人进入室内。之后又将大门关闭，后面的人陆续向前挪动了几步，继续默默地等待着。每次大门打开都会放进五六个人，然后再次关闭。就这样反复了几次，终于排到我进场了。

室内是安检房，每个人将手持的所有文件放到工作人员递过来的筐里，然后运送到传送带上，移动到机器内进行安全检查，人则需要走旁边的安检门，整个过程与在机场安检大同小异。安检合格的人带着自己的文件，顺着室内贴的指示标识从房间另一个门出去，到达领事馆的内院。

院子里的各种指示标识清晰地指明了下面该去的方向。同时，内院的工作人员也会引导陆续进来的人该往哪一边走。我顺着指示标识，一路穿过小花园。这时已经有一对面签结束从领事馆大楼里出来的人。两人手里拿着黄色的纸条，他们喜悦的表情告诉我，他们获得了签证。两个人在与我擦肩而过的瞬间，我听到他们之间谈论着说，跟他们谈话的签证官竟然边聊天边吹着口哨。"这么轻松的气氛真好！"我心里这么想着。很快跟着前面的人走到了大楼里面。

整个大楼内结构很紧凑，灰色的墙壁与透明玻璃隔断组成的整体风格显得十分简洁。我们前后进入大楼的几个人，被一同引导进入了已经打开门的透明玻璃升降梯内，直接被输送到了楼上。

出了电梯左手边是墙壁，所有人需要右转。这一层格局跟银行一样，左边是一排一排的座位。右边是一个一个的窗口，分别显示着编号，窗口与窗口之间被墙壁隔开。

首先去距离电梯最近的第一个窗口交表格、资料，并取号码。第一个窗口内收资料的是个中国姑娘，表情严肃。查看收上来的资料也是一丝不苟的认真态度。不到一分钟的时间，审核完毕打印一个号码交给我。然后按照工作人员的引导找到座位坐下，等待叫号。等位的区域与签证官工作区域的窗口没有几步距离。中间空着的走廊一人多高的位置，分别挂着几个显示屏，会显示叫到的号码需要到哪个窗口。由于环境安静，所以等待区域可以清楚地听到几步外距离自己最近的窗口签证官与申请人的对话。由于所有人都怀有想听清签证官会问哪些问题的心理，所以大家都保持安静，以便能听得更清，轮到自己的时候也好有所准备，我也一样。

每个人申请签证的理由不同，提供的资料也不同。在场所有人都携带了一包包的文件，但是大部分资料签证官都没有主动要求看。很多人从始至终都没有打开自己携带的资料袋，只是被签证官问了几个问题后，便拎着带来的一大堆文件离开了。签证申请的最终结果基本都是当场通知，"拒绝"或者"恭喜你获得了签证"这两种。当然每个人都希望是后面的结果。

距离我较近的几个窗口都分别站着申请人，每个窗口内的签证官不论是中国人还是美国人都用普通话相当严肃地询问着类似的问题：

"你为什么要来美国？"

"你在美国有亲人吗？"

"你会英语吗？"

"你有什么可以证明吗？"

大概只有问到"证明"的时候，申请人才会从一大摞携带的文件中找到需要的资料递给签证官查看。如果签证官没有提出需要出示任何证明的时候，他们通常只是通过与申请人的对话来判断是否给你签发签证。这种裁判是建立在你填写的资料和你可以提供的材料证明基础上，最终由签证官个人的判断能力决定申请人申请签证的结果。也就是说当与签证官对话的时候，通过他个人的判断认为可以给你签发签证，你不需要提供任何辅助资料。如果他对你有疑问，觉得你说的去美国的目的与你的真实目的不符，那么你提供任何辅助资料证明都可能被怀疑是伪造的，从而最终判定不给你签发签证。所以申请者在申请签证的时候，从始至终都要诚实，填写真实资料和旅行目的。

这次是我第二次参加赴美国面签，并且被通知要求来广州领事馆。

我第一次申请美国签证是在 2012 年的 9 月。那一次我找了中介公司帮忙打理一切，所以轻松很多。中介公司会帮我填表申请、缴费、预约，总之感觉步骤非常复杂和烦琐，而我只需要提供自己的个人资料并付给中介公司 1500 元钱即可。当时我还一再嘱咐收钱的人预约面签一定要帮我约在下午的时间，因为喜欢晚睡晚起的我上午起不来。

过了两周左右，我接到电话通知，面签时间是某日的下午一点半。中介告诉我当天需要带的个人证明材料，让我中午十二点半左右到位于北京朝阳使馆区的美国大使馆门口，中介公司会派人负责跟着我。

当天我如约而至，中介公司派来跟着我的是一位退休老人。他熟练利落地从斜挎包里掏出关于我的所有资料和证件照，并检查了之前通知我带的个人证明材料，然后将所有的资料排放整齐交到我手上。

老人对我说："里面不允许带电话和包进场，你只能带着这些文件进去。你把其他东西交给我，我会在门口一直等你出来。"

没错，北京的美国大使馆门口虽然也有提供存包和存手机服务的人。但是与其将自己所有的个人物品交给满大街晃来晃去提供服务的陌生人，还不如踏踏实实地交给这位中介公司派过来的老先生靠谱！

　　大使馆门前的街上安置了不锈钢隔离栏，所有入场的人需要在隔离栏内排队入场。队伍很长，天气也很热，半小时左右，会允许队伍中的一拨人入场。

　　我问老人："这面签的整个过程大约多久？"

　　老先生告诉我："最近来面签的人太多了，真说不好会用多长时间。"

　　简单闲聊了几句就到了1点钟——我被允许的进场时间。门口站姿笔挺的中国武警用潇洒的军姿完成了整套从站岗台走下到大使馆入口处的动作，威武帅气。武警推开入口栅栏门大约一人宽的距离后停下，然后开始检查队伍中申请人的护照和入馆单上的时间。队伍中前后的人会主动咨询彼此的入馆时间，然后自行协调位置。1点钟允许进入的是预约在1点30分面签的人，我带着资料随着大批允许进入的人快步穿过大使馆院落，到达大楼门口。

　　在我们这批人到达大楼门口之前，这里已经有至少上百人排队等待进场。大使馆没有午间休息，每个人被发了一个长方形的牌子，牌子分不同颜色，有的牌子是两个不同颜色拼在一起，上面没有任何的数字和文字，就是一个简单的彩色长方形塑料牌。我们这些后到达的人也被工作人员派发了不同颜色的塑料牌，如果是两人或者多人为一组，就会共享一个塑料牌。

　　聚集的人太多了，彼此认识的都会相互聊天，善于交谈的人会问其他人一些关于签证的细节。队伍中有很多都是曾经办理过美国签证的人，他们有很丰富的签证经验。排了很久的队伍终于被放行了一部分，进入大楼内部的人会在进门前被工作人员收走手中的彩色塑料牌。被收上来的彩色塑料牌会被分发到下一拨从大门外新进来的人手上。说实话，我至今没有搞懂这个彩色塑料牌分发到每个人手上的意图是什么。

　　当轮到我交出彩色塑料牌时，终于可以进到大楼内了。9月的北京温度是燥热的，长时间暴晒在室外排长队并不是一件舒服的事儿。终于从敞开的门口感受到大楼内凉爽的空调迎面吹来，瞬间体内燥热的火气就被降了温度。心里喜悦了不到1秒钟，就看到安检大门的另一侧，也就是使馆大厅内密密麻麻站满了人，跟外面的人相比只多不少，拥挤的人群至少有上百人。大家在一层大厅，顺着曲折迂回的隔离带排着队。所有人只能继续耐心地站立等待，大厅墙边放着几把折叠椅，一位老人恐怕是腿脚实在禁不住这么长时间的排队，于是找到折叠椅坐下。队伍大约每四五分钟会往前非常缓慢地挪一点点，队伍排得相当紧密，人与人间隔的距离很近。我不知道究竟等了多久，只觉得自己站得腰酸背疼腿抽筋儿，才终于挪到了办公窗口处。

这里同时开放了几个窗口，每一个人需要到窗口处交上护照，分别将手放在一个发着绿光的方块形扫描仪上进行指纹采集。窗口内的外籍工作人员会用自己的手演示告诉你如何采集。扫描仪旁边放着一瓶清洁剂，需要被采集指纹的我们，用清洁剂擦一下绿色发光的面板，然后将手指并拢，右手食指到小拇指从指尖到指根部分的一排手指，先是在扫描仪上平放进行采集。然后同上，放左手的一排手指。最后，将两根大拇指平行放上。直到外籍工作人员提示你扫描完毕，然后将护照归还，就被安排到下一个环节继续排队等待。

比起大厅里的队伍，这个环节排队的人相对少了很多。因为面签结束的人从另一个出口陆续离开，队伍被消化的速度快了起来。经过几个转弯，跟着队伍逐渐往前排着。转弯处挨着卫生间，卫生间的门频繁地被打开，进出着已经面签结束的人。大多数人拿着粉色的单据，喜笑颜开地相互闲聊。穿过转角，终于到达面签的房间，也是一间间像银行一样的柜台，被隔板隔开。由于屋子空间很窄，所有的人只能靠墙站成一排。每个签证官的进度不一样，对待每个申请者提问的时间也不一样。每当完成一个案例有人离开，引导的工作人员就会安排后面的人去补充已经分配给不同签证官的、贴在墙边站着的队伍，所有人就这么一个个地被安排着。

我前面的一对老夫妇正在跟外籍签证官用普通话聊天。老夫妇是去旅游探亲，女儿在美国，签证官让他们提供了结婚证，老夫妇拿出一张红色的纸对签证官说："这是我们的结婚证。"

签证官："上面没有你们的照片？"

老夫妇："我们当年结婚那会儿结婚证就是这样的，我俩的名字都是手写上去的，没有照片。我们结婚都快 50 年了。"

签证官很高兴地说："哇，恭喜恭喜！"

老夫妇接着从他们的口袋里拿出几张照片给签证官看："这是我们的女儿，她在美国工作，我们这次是去看她。"

签证官："好的，恭喜你们获得了签证。"

老夫妇："谢谢您，太谢谢了。"

签证官收下了老夫妇的护照，发给他们两张粉色的收据。老夫妇整理好自己带的资料转身离开，临走前还不忘再多说一句"谢谢您"。

签证官笑笑，然后叫下一个。一位中年男子走到窗口前。

签证官："你为什么要去美国？"

中年男子："去旅游。"

签证官："以前去过美国吗？"

中年男子："没有，第一次。"

签证官："以前去过其他国家旅游吗？"

中年男子："没有。"

签证官："第一次为什么选择去美国旅游？"

中年男子："大家都说美国好啊。"

签证官："你现在有工作吗？"

中年男子："我是买断工龄的。"

签证官犹豫了一下，大概不明白买断工龄是什么意思："买断工龄的意思是什么？"

中年男子："就是单位给我钱，让我提早退休。"

签证官："你有房子之类的财产证明吗？"

中年男子："有啊，这是我在北京的两套房子的房产证。这是我在外地老家的三套房子的房产证。你看都是我的名字。还有……"他还在从手提资料口袋中继续拿出他的各种红色房产证。

签证官做了一个惊讶的表情："除了房子还有其他的吗？"

中年男子："哦，有，这有银行存款单子、股票单子啥的。"

签证官："收起来吧，恭喜你获得了签证。"

中年男子说了声"谢谢"，然后将所有展示出来的资料装回纸袋，拿着签证官递过来的粉色收据高兴地离开了。

"下一个。"

……

"下一个。"

......

"下一个。"

这次终于轮到我了，从贴着的墙壁走到窗口不到 3 米的距离，我将护照从玻璃窗下的凹槽处递给签证官，他将我的护照信息页打开核对着电脑上的资料，开始提问："你为什么来美国？"

我："去旅行。"

签证官："跟旅行团还是自己？"

我："自己。"

签证官："你做什么工作的？"

我："目前我经营两家餐厅，这是我的营业执照，给您。"我想要递给签证官检查。

签证官："哦，不需要。"签证官示意我收起那些文件，他认真地翻阅着我的护照，查看着护照本上已有的其他国家的签证记录问我："你今年刚从欧洲旅行回来？"

我："是的。"

签证官："恭喜你获得了签证。"

我："谢谢您。"整个交谈过程不足一分钟。签证官收走了我的护照，递给我粉色的收据。

我跟之前所有人一样，拿着粉色收据离开面签的这个房间，去了刚刚经过的卫生间，释放之后这叫一个轻松。排这么久的队，谈话时间竟然这么短，让我很意外，体会到美国签证官并不像传说中的那么可怕。

从大使馆出来时看到仍然有不少人还在漫长的队伍中等待，帮我看包的大爷挎着我的女士背包信守承诺地等着。我接过背包，掏出手机一看，已经是下午 5 点半了，需要赶紧根据大使馆提供的唯一一个指定邮局交上这个粉色的收据，邮局会将做好签证的护照直接快递到家。陪伴我的大爷完成了自己的工作使命，跟我简单道了恭喜就离开了。当时我就觉得让人家一等就是一下午的时间，这 1500 元的中介费花得真值（当然里面还包含折合人民币将近 1000 元的签证费）！

2015 年 1 月 13 日上午 8 点 52 分，这次没有北京第一次办签证时的漫漫长队。我静静坐在等待区，所有资料都放在双腿上，窗口发给我的号码放在资料最上面，以便我可以第一时间看到。

"叮咚！"广播和电视屏幕上显示 I 130 号，这是我的号码。我第一时间做出反应，起身带着所有资料走到被通知的号码窗口处。窗口内的座位空着，我站了大约5秒钟，一位身材较瘦、满头深棕色卷花头发的白人年轻签证官，一手握着插有绿色吸管、印着星巴克 logo 的透明塑料外卖杯，一手握着一叠属于我在他们系统里被记录过的纸质资料出现了。他跟着自己吹口哨的节奏，轻微晃着卷花头，愉快地走到我前面空着的窗口座位前。

"这也许就是之前跟我擦肩而过的人提到的那位不严肃的签证官，很明显他今天的心情很好，这是一个好兆头。"我这么想着。

他将手里的一叠文件和外卖杯放在自己的办公桌上，却并没有像其他人那样顺势坐下，而是站着看了我一眼，将我的护照拿在手里翻看。之后向上举起右手，示意我也举起自己的右手，并用非常流利的中文对我说："你能发誓，你今天所说的话都是真实的吗？"

他一边说，一边轻微挥舞着举起的右臂，并且不自觉地将他的左手也举了起来。

当我非常认真地回答："我发誓，我所说的话都是真实的！"他两只手跟着胳膊左右摆动，好像可以听到音乐的节奏并跟着摆动一样。

我从没见过这么不严肃的宣誓，被他的这一举动逗笑了。正因为这样一个轻松愉快的开始，我瞬间放松了一直紧张的神经。简短的宣誓词结束后，他身体向上轻松一跃，坐到原本被调高的办公转椅上，顺势拿起他的咖啡杯，用吸管喝了两口，低头看了一眼他桌上的资料对我说："你会讲英文？"

我回答："是的，会一点。"

签证官仍然低头看着他桌子上的文件，逐一按照文件上记录的资料，用右手的食指从左至右在文件纸上滑动。

他边读边提问："上一次你徒步旅行从纽约到迈阿密？"

我："是的，但是停止在南卡罗来纳州，因为有人偷走了我的手机，我遗失了 GPS 定位系统。"

签证官："你是如何认识你未婚夫的？"

我："这是一个很长的故事……"

当我的话结束，签证官继续低头看着桌子上的资料，表情由之前的轻松愉快变成了若有所思的轻皱眉头，原本双臂搭在桌子上的姿势也换成双手托腮，这个动作使签证官脸部的皮肤有些变形。他轻皱着眉头，沉默思索了大约十几秒钟。这十几秒钟的时间让气氛一下严肃起来。

"也许他在设计下面将要提问的问题"，我这样猜测。因为我并不知道他手中关于我的记录是怎么描写的。

签证官："嗯……你在美国曾经被捕过，因为什么？"

这个问题让我一愣，顿时回想起 2013 年旅行期间发生的一段段经历："被捕？那一次不是被捕，是个误会。之后的几次也没有被捕，只是警察检查我的 ID。"

签证官："几次？你有几次被捕？"说到这个问题的时候，他将两个胳膊向前伸，并将自己的两个手腕对齐并拢，双手呈握拳状，企图用肢体语言来亲自演绎一下被捕时的动作。

我："那几次都不是被捕。第一次是我在徒步旅行的一个晚上突然遇到暴风，我认为这种环境搭帐篷在户外是很危险的。正好我那时看到有间教堂开着灯，门没锁，我就进去了。但是里面并没有人，这时警报响了，我就想警报响了估计一会儿就会有人过来了吧。大约等了几分钟，警察就来了。"我尝试尽量用简短快捷的方式讲清楚那段特别的经历。这时签证官原本轻皱的额头逐渐舒展，随着我讲的每一句话，他的表情变得丰富起来，我的这段经历让他有些兴奋。

签证官："你等一下。"他竖起右手食指打断我，并侧身往他后边的办公区扫了一眼，回头对我说："你稍等，我需要一个翻译！"

我有点困惑地看着他，我们后面的对话用的是中文，难道他听不懂我的话？或者是我表述得不清楚？

他也许看出我的困惑，赶快跟我解释："哦，不是因为你的问题，是我自己需要一个翻译。你稍等，稍等。"说完他身子一侧就滑了出去。

大约过了几秒钟，他从后面的办公区拉来两位同事。一位是中国籍女士，年纪跟我相近，身材有些圆润，戴着眼镜，穿着浅色办公室衬衫，散着头发，头发的长度过了肩膀。她应该是后边办公区的文职人员，站在签证官身后，窗口右边的隔板挡住了她大部分身体，她只从窗口内隔板边斜着探出半个身子，试图帮助我们进行沟通。另一位是美国籍黑人，光头，身材较高，穿着非常干净整齐的黑色西装。合体的西装衬托出他健美的身材，举止言谈显得更为严谨。窗口宽度位置有限，3个人形成了三角形构图，签证官站在离我最近的窗口处。"黑西装"站在签证官的右后方。"中国籍女士"侧探着身子站在签证官左侧的窗口隔板处。

签证官："你说你大约有几次被捕？"

我："我没有被捕，只是被检查了 ID。"

签证官："好，你一共几次被检查？"他继续询问，身后的两个人认真地听着我们的对话。

我回想了一下："我想应该总共有 5 次。"为了让两位新来的人了解，我又重复了一遍第一次接触美国警察的经历。

当我快重复完第一次的经历，签证官兴奋地从转椅上跳下来。他伸出左手的五个指头，用右手的四个手指轻轻推着左手的大拇指向左手掌心处折叠。他兴奋地听着我的经历，并为这些经历数着数。

他说："好，我知道这个了，快说下一个！"

我："第二次是遇到暴雨，在马棚外坐着避雨……"

签证官："下一个！下一个！"他越来越饶有兴趣地听着我的经历。这位签证官有些多动，他边用手指记着次数，边兴奋地上下弹跳着灵活多动的身体，能看出他应该很享受听到的这些故事。

我："第三次是因为……，第四次……，第五次……就这些。"

签证官："所以你从来没有进过监狱？"

我："监狱？从没有。他们只是提醒我旅行注意安全。"

签证官："你稍等一下。"他关上跟我通话用的话筒，转身背对着我与站在他身后的两位讨论着。

我无法听到他们具体谈论什么。"黑西装"的一只手托着下巴，一边听其他两个人的对话，一边偶尔插入自己的建议，表情显得更加严肃认真。"中国籍女士"个子较矮，需要一直努力仰头看着高个子的"黑西装"和签证官。她表述完自己的观点后，继续听另外两个人的对话，不时点头表示赞同。

具体讨论些什么？玻璃窗外的我完全无从知晓。

一两分钟后，三个人的讨论貌似达成了一些观点，其他两人离开了窗口。签证官转向仍然在窗口站立的我，将自己桌上摊开的一堆文件整理到一起，他从隔板墙上挂着的文件栏中取出一张 A4 纸，在上面填写了属于我的编码。在准备通过窗口下面的传递抽屉递给我的一瞬间，他的动作停顿了一下，再次收回这张纸，对我说："嗯，我相信你所说的话，我相信百分之九十是真实的，但是我不能现在同意给你签证。你有关于你旅行的照片吗？"

我："我有一本当时写的日记，里面也有照片（日记是提前打印出来的），不过我之后没有检查过，可能有很多错字。"

签证官："没有关系。"

我从一堆资料里拿出之前打印出来的日记放进抽屉递给他。窗口下面，用来传送文件的抽屉尺寸很小，我的日记勉强才能塞进去。签证官接过日记，从隔板的文件栏里取出一根长皮筋儿，将日记与所有的文件和本来要递给我的 A4 纸绑在一起。又从文件栏里取出另一张文件填写起来。

签证官："你这种情况我第一次遇到，我从来没有处理过，你必须给我一至两个月的时间，我需要调查情况可以吗？"

我："一两个月？需要这么久？我还需要再来一次吗？"

签证官："你平时在哪里？在广州吗？"

我："不，我在北京。"

签证官："我想你不需要再来，你可以回北京等通知。"

我："你们是打电话通知我，还是我需要打电话到这里？"

签证官："我们会发邮件给你。"

我："咨询的办公电话呢？"

签证官："嗯，没有，只有邮件。"

我："那好吧。"我感到有些无奈，但又必须表示理解。

当我准备转身离开时，签证官对我说："我会尽快去调查，并且会尽力！"这句话确实让我宽慰了许多，我只能选择平静地离开。

从使馆出来的这一路，我的心情就像当日的天气，雨已停，多云，感觉阳光总也不能透过这片厚厚的云彩温暖这个冬日。

"一两个月，还需要一至两个月。"我心里这样反复地嘀咕着，"一年多都等过来了，再多等这一两个月吧。"

一波三折的入境

2013 年 5 月 9 日，我从北京机场 T2 航站楼乘坐达美航空第一次出发去美国，买的是北京到纽约的往返机票。由于是优惠票，所以需要到底特律转机。对于底特律，我之前一无所知，但同年的 7 月 18 日，这座城市的名字登上了世界各地的新闻头版。昔日辉煌的"汽车之城"正式申请破产保护，成为美国历史上最大的破产城市。

从北京到底特律的这次飞行，应该是我有生以来飞的时间最长的一次。十几个小时后，飞机终于落地。我转乘的飞机 2 小时后起飞，原以为时间非常充裕，后来发现并非如此。

按着机场的指示标，顺着人流走向，我进入了海关通道。通道上方有多种语言显示的指示标，"米国"这两个字首先抢占了我的视线。一直以为"米国"这个词是国内网络语言对美国的称呼，没想到实际上是日语中"美国"的意思，这个词的出现顿时让我觉得这个国家俏皮了许多。要不是机场一直在提示禁止拍照，我一定会拍下来发到朋友圈分享。

通道挤满了人，顺着人流终于到了海关大厅。人流随着指示标开始分流，由于有多架飞机同时降落，队伍排起了长龙。要知道习惯了中国机场海关超快的办事效率，很难想象美国在很多方面办事效率只能用"相当缓慢"来形容。

海关人员逐一询问每一个到达访客的目的，对访客同时开放的窗口有五六个。每个窗口的访客被提问的时间平均都在五分钟以上。如果海关人员判定访客可疑，就会将这个人的护照交给他的同事，窗口被问话的访客需要跟随工作人员进入常被人提起的神秘"小黑屋"做进一步的询问调查。

在美国这个象征着自由但历史上又如此多事的国家，美国入境处的海关对外国人持有的谨慎态度可以理解。国内有人认为美国海关只针对中国人这样，于是推断这属于国别歧视。但其实客观地讲，美国入境处海关对来自所有国家的访客进入美国国土都同样对待。任何国籍的人在这里都被一视同仁，所以根本谈不上单独歧视中国人一说。我会这样认为，是因为被要求进入"小黑屋"的人中，我也是一个。

访客排队的长龙致使很多人担心自己会耽误了下一班航班，所以即使有督导员再三解释，仍然有一部分国人强行插队。说实话，这种行为在没有得到后面排队人允许的情况下，是很令人反感的。真希望每一位外出旅行的国人注意自己的行为，因为这不仅仅体现了个人的素质，一旦踏出国门，更代表了整个国家！

再说访客排队的长龙，这个时候所有的访客除了耐心等待没有别的办法。如果由于海关询问而误了下一班航班，通过海关安检后，可以根据自己所订机票的航空公司找到对应的服务窗口，免费更换下一个航班的机票。

在到达窗口被询问时，我被分配到讲中文的白人海关窗口。白人海关的表情更多的是疲惫和不耐烦，也许这一天他过得并不顺利。在我之前，由这个窗口通知和提交到"小黑屋"的人就比其他窗口要多。轮到我时，这位白人海关用中文对我提问。

白人海关："你来美国的目的是什么？"

我："旅行。"

白人海关："请出示你的回程机票。"

我将之前打印出来的机票行程单给他看，就见他通知了同事。我必须跟着这位工作人员进入那个传说中令人毛骨悚然的"小黑屋"。

转角的"小黑屋"其实是海关办公大厅。这里集合着来自各个国家的人，都是被窗口海关判定为怀疑对象并扣留，需要进一步调查的人。底特律这间"小黑屋"相比芝加哥和纽瓦克的要小很多。一进屋，左边是三排访客座椅，右边是像前台一样的很长的办公桌，桌上并排摆放着几台电脑。电脑与电脑之间并没有设置隔板以分割成不同的区域。每台电脑前分别坐着海关人员，办理着分配到自己手中的案件。

带领我进来的工作人员示意我找个位子坐下等待，他将我的护照塞到桌角上放置的文件夹中。我找了个位子坐下，第一次入境的我对于眼前的一切感觉很新鲜，我观察着进进出出的每一个人。有人很快被调查完离开了，有人则需要在这里滞留更长的时间。

跟我同时被留下调查的还有两位大陆女生。我在北京机场登机前见过她们，在入境排队的长龙里也见过她们。两个人都是在美国上学的学生，一路上都热火朝天地聊着她们在美国的大学生活。

其中一个女生从国内带了一床被子，跟另一个女生抱怨说："在这边我之前买的被子盖着真不习惯，还是得从家里带一床过来才舒服。"

正是因为这句话，我对她们印象颇深。这两个女生前后分别被带进这里，我们一同坐在等待区。

拿被子的中国女留学生："为什么扣下我啊？"她小声地跟同学讨论着。

另一个中国女留学生："以前我从来没被扣过，今天这是怎么回事？"

拿被子的中国女留学生："不知道啊，我也从来没被扣过。第一次。"

两个人用极轻的声音讨论着，她们对自己被扣留感到非常不解。

在我们前面，站着一位右手手臂骨折打着夹板、留着深褐色卷花头的白人青年。他看起来年纪不大，学生模样，穿着牛仔裤和球鞋，站在海关办公桌前回答着海关提出来的一个个问题。那位海关不时打量并检查他打着夹板的手臂，一次又一次。提出的问题也大都是围绕他骨折的手臂。"什么时候骨折的？什么原因造成的骨折？"

这时，我身边的两个女生开始小声讨论。

拿被子的中国女留学生："会不会因为我们是学生才被扣下来？"

另一个中国女留学生："也许是吧！看那个男的也是学生。会不会跟波士顿那事儿有关系？"

拿被子的中国女留学生："有可能吧。"

2013年4月15日，也就是不久前，波士顿国际马拉松赛终点处发生了爆炸案。灾难导致4人不幸遇难，141人需要入院治疗。媒体刊登出来的已经落网的犯罪嫌疑人侧面照，与这位骨折的少年有几分相似。

这时两位海关人员分别叫到我和那位拿被子的中国女留学生到前面的桌子前进行问话，我们俩间隔的距离很近。负责我的海关人员拿着我的护照与他的电脑进行核对，不停地输入各种信息。拿被子的中国女留学生用流利的英文回答负责她的海关提出来的所有问题。

负责我的海关人员是一位金色头发、身材魁梧的白人男性。他边敲打着自己那台办公电脑，边不时抬头观察着我。当他开始向我提问时，我站在办公桌前一脸茫然，完全听不懂他在讲些什么。

我必须承认自己的英文水平非常差。1982年出生的我，从初一开始就学习英文，初中到大学，每学期的英文课自己都不知道是如何及格的，貌似学到的所有英文知识早已毫无保留地还给了老师。想想书柜里的各种英语学习书籍和听力磁带，大部分都是崭新的。我想在我的人生中，初次接触一门外语时也充满了学习的渴望，可这种强烈的渴望生生被第一任英语老师践踏得干干净净。

我清楚地记得，我们全班同学每天都被要求将当天新学的英文单词逐一抄写200遍、300遍甚至500遍，不抄写完毕不让回家。抄写完毕后，如果当天无法默写出来，就要继续再多抄上百遍。那个时候的我们几乎没有任何课余玩耍的时间，"好记性不如烂笔头"这种不人道、不科学的教育方法在那个时候风靡一时。很多文科老师留的作业都是各种抄写、听写、默写无数遍。但不论其他文科老师如何给我们加量布置作业，都不及我们这位"伟大的"英文老师做得极致。乃至时隔20多年，这段黑暗历史仍然深深烙在我的记忆中。而那些我们曾经被迫抄写了千百遍的英文单词、短语及课文，却依然留在堆积成山的一摞摞纸张上，随着初中三年的结束，一并被扔进了垃圾桶。这种填鸭式的、被迫服从性质的应试教育一直像阴霾一样，从我上小学开始就一直笼罩着我。我痛恨这种教育方法，从未从中获益，这种情况直到我上了大学才彻底被改变。

我大学学的是艺术专业，主修影视制作。我们当时不但从教授那里获得了养分，还通过在课堂上针对所学知识进行的公开争论，学会了观察和自我思考的能力。说实话，这是一种让学生们很过瘾的教学方式。

现在身处底特律机场"小黑屋"的我，一直被这个金发海关人员询问着却完全张不开口。坐在他隔壁的同事，不时探头过来跟他讨论。站在我身边这位拿被子的中国女留学生，被他们要求给我们当翻译。

拿被子的中国女留学生："他们问你为什么旅行要在这里待这么长时间。"

我："因为我想要徒步旅行，从纽约到迈阿密的路程大约需要3个多月才能完成，之后我想在迈阿密休息放松一段时间，整个过程我计划用 4 个月。"

拿被子的中国女留学生帮我翻译给他们听。我的回答引来了其他 3 位海关人员的注意，他们再三跟我确认。其中一位生怕他们的理解错误，还特地将自己的右胳膊抬到齐胸的高度，伸出右手，掌心朝下，用大拇指压住无名指和小指，伸出食指和中指做出反复交替向前的动作。随着他两根手指交替行走的这个拟人动作，他的胳膊和手腕也随着上下轻微移动向前，他反复跟我确认：是打算像他演示的这样用两条腿走路的吗？

我回答："是。"

另一位海关人员听完我的回答后，身体立刻做出抬腿加摆臂的交替动作，他用肢体动作再次跟我确认："你确定吗？"他的这组类似木偶的动作实在让我无法严肃下去，"扑哧"笑出了声，赶紧再次回答："是的！"

拿被子的中国女留学生："他们问你为什么要这样做？"

我："我之前看过几篇文章，有一部分人做过这样的事情，我也想尝试一下这样的旅行方式。"

拿被子的中国女留学生："他们问你，就你一个人吗？你有没有同伴？"

我："就我一个人。"

拿被子的中国女留学生："他们问你，以前也有过这样的旅行吗？"

我："我以前都是自己旅行，但徒步是第一次。"

拿被子的中国女留学生："你以前都去过哪里？"

我："去年穿越了欧洲十几个国家，从芬兰北极圈往南一直到意大利，然后坐船去的希腊。"

拿被子的中国女留学生："也是徒步吗？"

我："哦，不是。"

拿被子的中国女留学生："他们问你怎么证明你说的话？"

我："我手机里还有很多我在欧洲旅行时的照片。"（我拿出手机，点开里面的相册，递给了金发海关人员。）

几位海关人员翻阅了我手机里的部分照片后，将手机递还给我。

拿被子的中国女留学生："他们问你这次旅行你有什么准备？"

我："我的手机有地图和 GPS，我会在这里买一个当地的电话号码，方便我随时上网和紧急电话呼叫。我带了露营的帐篷和一些简单的行装。我有 Facebook、微博和微信，我会每天写日记和上传我每天拍的照片。"

拿被子的中国女留学生帮我翻译给几位海关人员听。

拿被子的中国女留学生："他们问你的父母同意你这样做吗？他们现在在哪里？"

我："他们现在在北京，我没有告诉他们这次旅行打算徒步。"

拿被子的中国女留学生："你有朋友在美国吗？或者你有朋友可以讲英语吗？你有他们的电话号码吗？"

我："我有个朋友在纽约上学，还有一个朋友在北京，但是英文很好。"

我从手机里翻出了晓傲和巴彦的电话号码递了过去。

晓傲与我是在 2009 年冬天认识的，当时我经营的第一家鱼丸店第一天开业。他背着沉重书包跌跌撞撞走进来，那个时候他上高一，戴着一副长方形白色宽边眼镜，明黄色的书包，白色的随身听耳机线一直连到他从校服兜里掏出来的 itouch 上。

他按了暂停键后，用一口浓重的台湾口音普通话对我说："姐姐，请给我来碗鱼丸。"

从那以后，晓傲经常会到店里找我聊天。他和哥哥都是台湾人，妈妈是北京人，妈妈感觉当时的台湾中学教学风气每况愈下，于是决定带他们回北京，后就读于北京市某重点中学。晓傲每天从学校骑自行车到地铁 5 号线张自忠路站 A 口自行车存放处，然后搭乘地铁回到天通苑的家。跟他渐渐熟络后，他那疯癫张扬的性格便开始暴露无遗，经常在我的店里张牙舞爪地表演蔡依林演唱会。他还带来了一张大大的海报，非要我贴在店里的墙上为他的偶像加油。2012 年，他结束了在北京的高中生活，考上了美国知名的大学并拿到全额奖学金。自此之后，我们经常在网络上保持联系，他得知我计划到美国旅行这个消息特别兴奋，特地给我他在美国的电话号码，方便我联络他。

巴彦与我是北京电影学院的校友，在学校宿舍曾有过几面之缘，从满头小辫儿到光头，从尼姑髻到淑女般飘逸的披肩长发，她令人印象深刻的发型就像是她的人生经历般丰富多变。她在 24 岁之前已经独自游历了川藏线，目睹了尼泊尔的异域风情，体验了印度的别样冒险以及新西兰首次对中国大陆地区开放的打工度假。我就像是她的一个狂热粉丝，阅览着她每一次非凡的旅行经历。

巴彦经历了 15 个月的新西兰打工度假后回到北京。我们出于对吃火锅的共同爱好，逐渐开始频繁接触。我喜欢听她讲述外面的世界，每一种经历，不论好的、坏的，我认为都值得体验。如果说我心里有一颗被遗忘的种子，巴彦的一次次经历便是那直射进我内心的一束阳光，给予我的种子足够的营养，直至它生根发芽。

于是在 2012 年，我申请到了申根签证，决定开始一段属于自己的真正的旅行。虽不是第一次独自外出，但这次有别于以往只要花钱就可以体验的度假。欧洲之行我甚至没有任何旅行的规划和行程，只是简单指明一个方向，从北往南走。

记得出行之前，巴彦翻开我随身携带的红色外皮的记录本，在首页上用英文写了她的紧急联络方式，以备我的不时之需。记得我曾把她的紧急联络方式复印了几份，分别放在我的拉杆箱、双肩背包、钱包等处。甚至在出发前一晚，我写了一封电子遗书给她，还抄送了何鑫和我父母一份，内容大致是一旦旅行不幸发生意外，将会如何如何之类的蠢话。次日上路，我翻开了属于自己真正旅行生活的新篇章。

巴彦是我周围亲近的朋友中英文说得最好的，2013 年从美国游学归来的她，得知我将要去美国旅行，顺理成章地再次成为我旅行的紧急联络人。晓傲和巴彦同是多愁善感的双鱼座，在出发前一再叮嘱我记好他们的号码，有任何紧急情况，就打电话给他们。

金发海关人员从我手里接过电话号码。他首先选择了拨打美国境内的联络号码，电话的另一头转到了电话答录机，几分钟后再次拨打，依然无人接听。

拿被子的中国女留学生："他们问你有没有带其他行李？"

我："还有一个拉杆箱，在外面。"

拿被子的中国女留学生："他们让你跟着他们去把你说的拉杆箱拿过来。"

于是我跟着金发海关人员一同走出"小黑屋"，走到行李转台那里。我们航班的那个行李转台已经停止了运行，还有两三个未取的行李箱散落在转台上。我一眼认出了我的小箱子，于是对海关人员以手示意。海关人员让我从转台上取下来，带着箱子跟他一同返回"小黑屋"。我拉着我的行李箱，跟在这位身材魁梧的海关人员身后，再次进入了办公大厅。他指引我将行李箱放在里面的一个工作台上，并拉开拉链。我的箱子是个 20 英寸可以携带上飞机的随身箱，深灰色的尼龙布料搭配棕色纯皮外兜翻盖，我很喜欢这个设计。在以前的旅行中，这个行李箱从北到南跟我去过不少地方，充当着休息时的板凳、自拍时的摄影脚架等各种角色。它已经成为我的最佳旅行伴侣。当我拉开行李箱拉链，海关人员示意我停止，后面由他亲手负责检验。可当他伸手准备打开行李箱时，他又突然停住了，迅速将手抽回，戴着橡皮手套的双手放在身体两侧，掌心向前，五指向上。

拿被子的中国女留学生："他问你箱子里有没有爆炸物？"

我："啊？当然没有！"

拿被子的中国女留学生："有枪或者刀之类的东西吗？"

我："没有。"

得到我肯定的回答，海关人员才将原本抽回的双手再次伸向行李箱，打开后开始逐一检查行李箱中的物品。我喜欢把自己的衣物全部卷成卷筒状放进行李箱，这种整理方法是从网上学到的，确实可以节省更多的空间放置更多的物品。海关人员谨慎而认真地翻看我箱子里的每个角落。有些他判断不需要拆开检查的物品，他也会用双手不停地挤压，通过触感来判断里面是否掺杂其他可疑物品。旅行期间，通常我带的换洗衣物非常少，除了身上穿的一套外，顶多再带一套外衣和几条换洗的内裤，这样可以最大限度减轻我的负担。20英寸的行李箱被帐篷、防潮垫、雨衣占据了将近80%的空间，剩下一小包就是我的换洗衣物。检查完行李箱，海关人员继续认真地检查我的双肩背包，里面有一台小型笔记本电脑、电脑和手机的充电器、一块充电宝、一顶遮阳帽、一个小号红色户外照明灯，还有打印出来的在纽约皇后区和曼哈顿两处宾馆的纸质订单，以及一个笔记本、两三支笔、一个钱包、一个眼镜盒和一个内装少量现金的信封。

拿被子的中国女留学生："他们问就这些吗？这些是全部吗？"

我："是的。有些东西我会在这边买。"

拿被子的中国女留学生仍然耐心地帮助我翻译，很明显海关审核她的部分已经完成，她随时可以离开这里。海关人员走近我仔细看，我当时穿着一双轻便运动鞋、一条藏蓝色宽松薄料运动裤、一件墨绿色长袖纯棉T恤和一件户外红色抓绒外套，扎着简单的马尾辫，戴一副近视眼镜，他围着我绕了一圈，上上下下地打量。我注意到他身边的几位同事也同样关注着我，这时从他身后走过来一个身材瘦高的同事对着我说话。

拿被子的中国女留学生帮我翻译："他说他们只能同意给你签35天。"

我："那肯定不行啊！35 天我无法完成自己的计划，时间太短了。我走不了那么快。"我有些着急，说的时候语速略快。

身材瘦高的海关人员听到我的回答后，用手摸着下巴思考了几秒钟，然后与金发海关人员快速地交流了一个眼神。负责我的金发海关人员回到他的座位上，对照着我的护照继续在电脑上敲打。这时坐在他左边处理"拿被子的中国女留学生案件"的海关人员结束了她的工作，将护照递回给女生，示意她现在可以离开了。

那位女生接过自己的护照后，对办公桌后的几位海关人员说："她只是想做件特别的事情。"

我当时突然觉得自己听懂了这句英语。她说完这句话后，一手拿着护照、一手提着她从国内带过来的被子离开了。我仍然站在办公桌前不知所措。金发海关人员继续严肃地敲打着他的电脑，不再对我提任何问题。坐在他左边的海关人员饶有兴致地作为旁观者斜探过身子，观看金发海关人员的电脑屏幕。她一边看，一边发出嘲笑的声音。金发海关人员终于结束了输入电脑的工作后，再次拿起我的护照翻阅里面的各种签证页，他身边的海关人员对他说："我不相信她说的。"

金发海关人员听到这句话，从抽屉里掏出一个印章，再次抬头看我。我们对视了短短的两三秒后，他举起印章冲着我的签证页上盖了下去，而我对即将发生的事完全没有概念。直到后来我才知道，海关盖章分两种，一种是让你签证作废的公章，美国海关有权力直接在口岸废除任何批准你入境的签证并将你遣返；一种是入境章，上面印有你入境的日期和海关允许你在美国逗留的天数。他盖完公章后思考了几秒钟，然后用圆珠笔在我的签证上写了些什么，而身边的那位海关人员用比刚才更大一些的声音重复着那句"我不相信她。"

金发海关人员："她有地图，有 GPS，有所有的东西。"

说完，他带我走到刚才检查行李箱和双肩背包的办公台前，示意我将所有物品收拾好。我迅速地打包所有东西后，他将我的护照递还给我，我得到了可以在美国停留 6 个月的入境章。这位海关人员带着我走出了"小黑屋"，走到外面的大厅门口，他转身跟我握手告别，我用生硬而不标准的单词发音问："他们……，为什么你……？"

他说："我相信你！"这是在他严肃认真地审查我的整个过程后，我第一次见到他和蔼可亲的笑容。他说这句话时，面带肯定和坚信的神情。他是在我踏上旅程后，第一位给我力量的人。当我感谢他并准备告别时，他用非常严肃诚恳的口吻对我说："请注意安全！"

我也诚恳地回答："Ok！"然后伸出右手，对他做了一个 ok 的手势。

背着双肩背包、拉着行李箱的我，顺着指示标回到了机场的人群中，抬起胳膊看了一眼手表，从我被带进"小黑屋"到"放出来"，整个过程 50 多分钟，加上之前入关时排队耽误的时间，已经超过了 2 个小时，我错过了下一个航班。当我在机场困惑的时候，一位黑人机场服务人员向我走过来。我拿出我的登机牌展示给他看，他看了看自己的手表，确认了登机牌上的时间，示意我跟着他走。于是我被带到了不远处的服务窗口，这里有 3 个服务台，分别贴着美国航空、达美航空、美联航。他将我已经过期的登机牌递给我原本机票所属的达美航空公司，窗口服务人员很快为我安排了下一趟航班，然后将新登机牌交给我。初来乍到的我原本以为补票需要付费，于是摸索着兜里的钱包准备付费，却被告知可以去赶下一趟航班了。免费！当我拉着行李箱找到转机口后，行李托运台的服务人员将我的行李箱再次放到托运传送带上，扫描了新的登机牌。我转身快步赶赴登机口，心里欢呼着："纽约，我来啦！"

在路上——一次不正经的旅行

纽约——一个经常在新闻、电视剧、电影场景里频繁出现的名字，不仅是一座城市的名字，而且是一个符号、一个标志，更是一个强大的经济体、灯火辉煌的不夜城、实现璀璨人生的竞技舞台。

当我怀着激动的心情走出飞机舱门，进入拉瓜迪亚机场大厅时，眼前出现的这个空间是那么的陈旧和狭小，让我实在无法将这里与一座不夜城画上等号。纽约时间已经接近午夜，我乘坐的有可能是当天到达这里的最后一个航班。从机场通道匆匆走出来的人群，逐渐消失在大厅外的夜色中，而我还在转台旁等待着我的行李箱。转台停止了转动，有人拿起了上面的最后一个箱子。这个航班的工作彻底结束，大厅里洗刷地板的工人已经开始了最后的收尾工作。其他的工人开始拉上隔离带，逐一锁上玻璃大门。我被通知这里已经没有行李，只能去旁边的候机楼内查找。

到达的第一天，这里就给我一个不大不小的测试：陌生的地方、语言不通、行李又不知所终。所幸还有其他两个人遇到了同样的问题，我像个跟屁虫一样跟在他们的后面。深夜路灯洒下来的光线将周围的一切照亮，机场门口的出租车排起了长队，我们与路边的车队擦肩而过，一起穿过城市隔离带，经过桥下的几个水泥墩，终于到达拉瓜迪亚机场的另一个候机楼，找到了查询行李的办公室。我一眼就认出了自己的行李箱，当我出示登机牌准备让办公人员核实时，对方挥了挥手表示我可以离开。我拉着行李箱再次走出候机楼，站在门口的走廊上呼吸着属于这座城市的空气。

"这才算是真正到纽约了吧！"我心里这样感慨着。

一对中国老夫妇拉着行李走了过来，他们用一口标准的普通话有些急促地问我："姑娘，你的手机能用吗？我们说好了女儿来接，但我俩出来后发现这儿不是我们之前跟女儿说的那个航站楼。我们的手机在这儿用不了。能用你的电话给我女儿打一个吗？"

我："哦，好的，给您。"

中国老夫妇："姑娘，你帮我拨这个号码，这是我女儿的电话。"

我用手机拨通了老夫妇记在小本儿上的号码。

我："电话通了。您别太着急。"

电话里响着"嘟~嘟~"的声音，我将接通的电话交给了老太太，她接过电话等待了几秒钟，对方应答了。

中国老太太："我和你爸到了，我们在B楼呢，AB的B，你到了吗？这是我借一个姑娘的手机给你打的，我和你爸的手机打不出去。"

电话那边："……"

中国老太太："哎，哎，行，我们在这儿等你，不着急啊。"

电话挂断后，中国老夫妇将电话还给我，一个劲儿地表示感谢。其实真是举手之劳，实在没有必要那么客气。也许是看到这对老夫妇跟我借电话很容易，一个染着栗色长卷发的中年女人也走过来，表示要跟我借电话，她用非常不客气的广东口音普通话对我说："哎，我也借一下你电话呗。我约了车，但是没看到车在哪儿。"

我："哦。"

广东女人："这是那个电话号码，你拨一下。"

她递给我一张印有中文的名片，上面是出租车司机的姓名和电话。我尝试着拨通电话，只响了一声对方就应答了。

电话另一头一个大嗓门的声音传过来："喂？"

我将我的电话递给了广东女人，她接过电话也大嗓门地回答着。她在电话的交谈中掺杂着普通话和广东话，讲电话的时候拿着我的手机走来走去，与我时远时近。说实话我心里有些反感这种行为，同样都是借电话这个举动，不同的人展现了完全不同的教养。她用我的电话，讲了几分钟后还给了我。

广东女人："你这是美国电话号码吧？我这是中国手机号，打国际漫游太贵，还好是用你这电话打的。"

我："我这也是中国号。"听到她的话，我又气又无奈，可电话已经打完了。

不知道我说这话的声音太小，还是周围路过的汽车噪音太大，广东女人听完后没有任何反应，正巧她叫的出租车这时过来了。这个女人麻利地提上自己的行李，坐上出租车扬长而去。

"算了算了。"我心里这样开解着自己，人就是这样，什么都怕有个对比。

我从背包里掏出已经打印好的酒店地址，之前用过我电话的那对老夫妇再次走了过来。

中国老太太："姑娘你住哪儿？"

我："皇后区的一个宾馆，离这里好像不远。"

中国老太太："我姑娘来了，我们开车送你过去。"

我："您不用客气。"

中国老太太："你才不要客气，你刚刚借我们电话，太感谢你了，好人会有好报的。我姑娘有车，开车送你过去很快。现在都半夜了，你单独一个人还是不安全。"

我："太谢谢您了，不会给您添麻烦吧？"

中国老太太："不麻烦！不麻烦！你刚才帮了我们，现在让我们来帮你！"

这时一辆黑色 SUV 停了下来，老夫妇的女儿下车后给她父母每人一个大大的拥抱，然后打开后备厢开始装行李。两个人的行李多到塞满了整个后备厢，于是我和我的行李一同进了汽车的后座。车上一路闲谈得知，老夫妇的女儿之前在纽约读书，毕业后便留在这里工作，现在已经结婚生子，这对老人不定期来美国与女儿一家团聚。对于计划独自旅行的我，他们一再嘱咐：旅行路上要注意安全。

宾馆距拉瓜迪亚机场不远，聊天过程短暂而愉快，与一家人道别后，我提着行李下了车。周围漆黑一片，宾馆楼体上方的灯箱已经十分陈旧。透过玻璃大门，可以清楚地看到整洁干净的走廊。一把密码锁把我挡在了门外，宾馆信息并没有提示需要密码解锁，正当我一边查看大门上的密码锁，一边对照手中的宾馆信息确认页时，有人从大楼内走了出来，我赶紧上前询问，被告知这个宾馆在对面的那栋楼。

转身拖着行李箱，顺着昏暗的灯光找到对面的入口处，这里的玻璃门果然没有上锁。拉开门的瞬间，陈旧的金属门框与门轴摩擦，发出了"咯吱"的响声。

一进门，右转弯处是宾馆登记台，狭小的空间只能容纳一张办公用的旋转座椅。登记台的墙上挂着三个圆形时钟，分别显示纽约、洛杉矶、东京的时间。一位穿着白色肥大 T 恤、嘻哈风格打扮的黑人，头上戴着一副夸张的耳机播放器，正随着耳机里的音乐节奏扭动着上身，非常投入地在"值夜班"。身材高大的他坐在狭小的办公区域内，还随着音乐不停摆动，总有种伸展不开的感觉。我把手里那张已经被我弄得褶皱的订单递到登记台上，他抬起头看到我后，迅速用双手将耳机摘下挂在脖子上。我可以听到从他耳机里传出的嘻哈音乐声。他接过订单，开始敲打电脑。我从红色抓绒运动上衣的内侧兜掏出自己的护照准备让他登记，他接过后看了一眼就还给了我，对我说"现金"。这里只收现金是早在网站预订时已经说明的，我很快办好了入住手续。

这次我订的房间是 4 人间，已经过了午夜，房内其他人早已熟睡。打开手机内置手电，我按号码找到了属于自己的床铺，是个上铺。为了不吵醒其他人，我尽量放低声音，可拉行李箱拉链的声音，依然惊动了住在下铺的人。黑暗中可以听到对方无奈地喘了一口粗气翻了个身，尴尬的我抓紧时间洗漱，然后上床休息。躺上床，我把手机调成静音模式，连上宾馆的 WiFi，边给手机充电，边逐一跟朋友们报平安。

在欧洲旅行时，我曾住过最多 12 个男女混住的房间。这种青年旅舍，是我独自旅行的首选，经济实惠，还能遇到很多有意思的人和有趣的事。记得在哥本哈根入住时，明明睡觉前房间里其他床铺都处于空置状态，一觉醒来，满屋子站满了阳光肌肉型帅哥，各个赤裸着上身正在梳洗。那是个一饱眼福的早晨，瞬间让我产生身在天堂、梦想成真的感觉。那活色生香的一幕，我想我这辈子都很难忘记吧！

我还在柏林的青年旅舍客厅遇到了同住在那里的香港女生 Yoyo。初次相识，她就为我做了一顿吐司早餐。我们一起在斯普雷河喝着啤酒晒太阳，一起欣赏阳光下的柏林大教堂，总之每一次的旅行都新鲜而有趣。

长途飞行确实让人感到疲倦，我躺在床上努力尝试让自己睡着。可也许是时差的关系，一向深度睡眠的我中途醒来很多次，我的意识也介于浅眠与清醒之间。即将要开始人生第一次的徒步旅行，大脑中不停闪现出未来可能发生的画面。在决定此次旅行前，我曾经读过几篇文章，都是关于在美国徒步旅行或者单车旅行的经历。印象最深刻的是一个中国人骑单车穿越美国，他并没有与其他的人组成车队小团体，而是一路独行，所以遇到了很多有意思的经历。这也正是深深吸引我这么做的动力之一，人生中总有一个阶段想要狠狠地疯狂一把。曾经有个人对我说，他的冲动是想在北京过年的时候，裸体在北京三环路上跑一段儿，而他差一点就真的那么疯狂地做了。随着时间的流逝、年龄的增长，我们年轻时曾有的冲动被无限制地拖延乃至遗忘，我不想做那个一直拖延下去的人，我要抓住青春的尾巴好好疯一次。

2013-5-10
—— 纽约州纽约 ——

　　清晨的阳光温暖而刺眼，我被从窗外射进来的强光唤醒，睁开眼睛才发现自己住的这个房间处于半地下。上半部分的窗户在我床位左斜上方的位置，下半部分的窗户被黑暗遮挡住。耀眼的强光穿透窗户上半部分的玻璃直射进这个房间，形成了一道黑暗中的光柱。这个光柱在墙壁上清晰地勾勒出窗框的轮廓，光影的下方，一个影子般的人似乎轻微摇晃着身体，我摸索着找到放在枕头边的近视眼镜，戴上后才看个清楚，一位印度妇女正坐在地上一块大约1平方米、织有复杂花纹的毯子上祷告。蓝灰色的纱丽将她从头到脚裹得严严实实，她面对着墙壁的一角，一边嘴里不停地念着经文，一边随着经文的节奏轻微摆动着身体。我不想打扰她，于是蹑手蹑脚地下床，带着自己的牙刷去了洗漱间。回到房间后，刚才祷告的印度妇女已经坐到自己的床上，摘下将她裹得严实的纱丽，露出一张眼角有些皱纹、略显沧桑的脸。我们相视一笑，我爬回自己的床位开始收拾背包，她则继续在床上坐着。终于，她打破了沉默，主动与我攀谈。

　　旅行中的陌生人一见面，开始总是重复着同样的几句对话。

　　"你从哪里来？"

　　"你是哪里人？"

　　"你来打算待多久？"

　　"计划去哪些地方？"

有了之前欧洲的旅行经验，这几句简单的英文我还可以勉强应对。但是对方带有浓重印度口音的英文，着实让我的听力增加了太多难度。客套之余，我已经整理好一切，准备出发。当我抽出行李箱上的拉杆准备离开时，印度女人再次问我："旅行后，你会回中国吗？"

我不假思索地回答："是的！你什么时候回印度？"

印度女人："我不知道……"她的回答犹豫中带有一丝忧伤。

我："祝你好运。"我用自己仅有的英语词汇结束了这段对话，拉着行李箱离开。

说实话，我自己并不享受从昨晚到达这里直到离开的这段过程，就连与印度大姐的对话也让我觉得不够阳光。她最后回答的那句"我不知道"总感觉意味深长。此时，我无暇去关注和揣摩他人，因为我的故事就要开始了。

5月的纽约，天气还有些凉，但阳光很充足，我预订了在曼哈顿上西区的青年旅舍，我把今天算作是对自己的测试，打算从皇后区走到上西区。自从昨晚在朋友圈上公布了自己的想法后，我收到了一堆朋友的留言劝阻。每个人都跟我讲，我的这个想法不可能实现，简直是胡闹等等。我必须承认所有的事情都存在"不能实现"的那一面，但是如果我可以抛下所谓的"不能实现"，就会剩下了"能实现"的这一面，尽管概率并不大，但我必须完成这个计划。我心中不停地鼓励自己，既然想要疯一次，那就努力去实现这个疯狂的计划吧。

走在明朗的街上，抬头望了一眼湛蓝的天空，上面飘着几缕像丝绸一样轻薄透明的云，大口呼吸着带有阳光味道的清新空气，回想着在北京忙碌的生活，我感觉自己被压抑了很久的内心开始复苏了过来。那个内心真实的我对自己说："来！让我们开始这段不可思议的旅行吧！"

纽约皇后区分散开来的各种低矮建筑，与对岸曼哈顿岛上紧密排列的摩天大楼形成鲜明的对比，从这里去曼哈顿需要途经罗斯福岛。我拉着箱子，一路欣赏风景，皇后区见到最多的是美国出名的黄色校车。从罗斯福岛去曼哈顿必须乘坐缆车过海，买票的时候递上去的20元钱工作人员找不开，于是直接让我免费乘坐。

穿过曼哈顿中央公园，我到达了位于上西区的青年旅舍。这是一座红砖结构的老建筑，第四层楼顶的位置，每个窗户上方的屋檐部分都设计成了尖顶造型。楼内一层是公共区域，大厅、餐厅、休息区；楼上几层是客房。我快速办好入住手续，找到了自己的房间床位，卸下行李便赶着外出购买当地的电话卡。

根据网友评论，我最终选择的是 AT&T 电信公司，打听到最近的营业网点地址，购买了 SIM 卡并激活手机。营业网点非常小，只有一个印度籍工作人员在给一个女孩的手机贴膜。他那笨拙的动作，与我在北京过街天桥上随便遇见的一个技能熟练的贴膜小贩形成了鲜明的对比。耗时 30 分钟有余，他终于完成了贴膜这项使命，将带有满屏气泡贴膜的手机交给那个女孩，然后松了一大口气。轮到我时，我表明了自己想要的电话卡的主要用途和需求，选择了适合自己的套餐。换上新的 SIM 卡后，我测试了最需要的几个应用软件工作正常，至此，这次旅行一切准备就绪。

回到青年旅舍，接到朋友晓傲的 QQ 留言，我把新电话号码发给他。他很快用查找朋友 App 跟我连接，并设定对我进行路程自动追踪，以保证我的旅行安全。躺在床上，干净舒适的环境缓解了我的疲劳，我很快就睡着了。

2013-5-11
── 纽约州曼哈顿 ──

一整晚的深度睡眠，让我清早起来精神焕发。趁房间里其他人还没有起床，赶快跑到浴室冲了一个长时间的热水澡，浑身舒畅地下楼去吃早餐。一块鸡肉三明治、一根香蕉、一杯咖啡、一小块布朗尼，总共 11 美元。便秘了几天的我必须在今天上路之前想办法解决，我给自己下的猛料是黑咖啡加香蕉！果然不到一小时就见效了。我办理退房，因为解决了"大问题"，所以轻松上路。

我再次穿过中央公园，一路向南走到了世界金融中心，想要继续南下到达对岸，必须要搭乘渡轮过海。随着扬帆起航的船舶，渡轮逐渐远离繁华喧闹的曼哈顿，一栋栋高耸的建筑群在我的视线中远去。就这样，我用两天的时间从纽约州跨入了新泽西州。

在新泽西自由州立公园遥望对岸海中的小岛，看到了标志性雕塑——自由女神像，它代表着神圣的自由！我在公园里绕了一圈，天突然下起大雨，还好带了雨衣。

旅行之前，在北京三夫户外配置了帐篷、防潮垫、雨衣、水瓶和户外照明灯。红色的雨衣类似斗篷，可以将我从上到下罩起来，雨衣的后背有一个拉链，将拉链打开，里面是雨衣的扩展部分，如果背着大号背包，扩展部分可以保证有多余的空间遮盖高出头部的部分。但是我的整个装备目前为止只是一个小号带轮辘的行李箱和一个双肩背包。

　　从没想过美国春天的雨会下得这么大，我们从小耳熟能详的"春雨贵如油"这句话，貌似并不适用于美国。这里雨下得大而急促，附近的绿地找不到任何可以临时避雨的地方。我的行李箱材质不防雨，我把行李箱立好，整个人坐在行李箱上面，然后用雨衣将我和所有物品罩起来。淋着雨，看着头顶的乌云随风快速飘向对岸的工业区，享受着海边的风景，倒也颇有一番趣味。这雨下得虽然大，但不到一小时就停了。雨衣没能保护住我全部的身体，鞋子、袜子、裤腿还是被淋透了，还好我的背包和行李箱没事。只要能保证我的证件、手机、电脑、相机不被损坏，我就可以将旅行顺利地继续下去。

　　本想在这个公园露营，这里风景好、空气好，但因下雨过程中有辆车莫名其妙地停靠使我最终选择放弃。从车上下来一位"半黑"的中年男人，他皮肤黝黑，毛发浓密，与黑人属于完全不同的种族，很多人称这种肤色的人为"半黑人"，我很难判断他的国籍和种族。

　　几句话聊下来，本能告诉我要尽快远离，这个人会给我带来危险。于是雨刚小了一些，我就穿着雨衣离开。为了避免被这辆车尾随，我决定朝他车子开的相反方向走。走相反方向，坏人通常不会倒车或者掉头来追你，因为那样做太容易引起注意。在这个过程中，我行李箱的下半部分被雨淋湿了，还好所有重要的电子设备都在双肩包里，不用过分担心。

　　对于独自旅行的女生，一定要清楚什么样的陌生人需要警惕，如何找借口在最初阶段远离危险！这方面我有一些经验。

　　对主动过来搭话的男人要小心，特别是你不需要帮助的时候。女生在旅行时不要过分自我感觉良好，千万不要以为主动搭话的男人都是拜倒在你美貌或者魅力之下的追求者。

　　通常主动搭讪的这种人会在跟你说的前三句话就问你是单身还是已婚，有没有小孩，是否一个人。如果你不想继续你们之间的谈话，或者尽快终止对方对你的兴趣，建议你最好告诉对方你有配偶，至少让对方知道你虽然现在一个人在外面，但你一直与配偶保持密切的联系，对方虽然不在你身边，但是对你身边发生的事非常了解。通常得到这样的回答，对方就不会过于殷勤，有的人则会马上离开。

从开始聊天就观察对方的行为举止，这时对方其实也在观察你。所以尽量让对方在你的安全距离之外，拒绝对方任何想要拉近你们彼此距离的企图，更不要有任何肢体碰触的举动！直接口气相对友好又坚定地说"不"，然后告诉对方你有事要离开。

美国心理学硕士邓肯研究过：1.2~3.6 米为社交场合或者陌生人之间的礼貌距离。除非对方是你特别信任、熟悉或者亲近的人，否则无论是说话还是其他的交往，逾越了这个距离都会让人产生不安全的感觉。当然了，这种统计不能苛求在乘坐公共交通工具时。但车厢太过拥挤，还是会破坏心理安全界限，导致愤怒、不耐烦甚至丧失尊严感等强烈的心理失衡。就像刚才那个跟我讲话的"半黑人"，他从一开始就企图借递香烟的机会拉近我们之间的距离，我直接拒绝；他又借口雨把我淋湿了，他可以借我纸巾，企图再次拉近我们之间的距离。我再次拒绝，之后转身拉着行李离开。通常对方不会继续纠缠你，因为他企图传递给你的某种信号被你完全拒绝，所以你的尽早离开也不会激怒他。

在离开之前，我发现他的车里还有至少一到两个同伴。而在此之前，车上的人并没有暴露自己，我想如果当时我没有直接拒绝，可能很快将处于无法控制的危险中。

离开公园时是下午 4 点，我从这里出发徒步 4 个多小时到达史泰登岛。连接陆地和史泰登岛的跨州大桥名为贝永大桥，是 1931 年建成的钢拱结构，长 1762 米，距离下面的水面 46 米。据说日出日落是这座桥最优雅、最美丽的时刻。

下午，独自一人走在这座宏伟的跨海大桥上，偶尔驻足看向不停移动的水面，桥内侧一辆辆快速驶过的汽车发出的"嗖嗖"声和迎面吹来的海风多少让人感觉有些凄凉。也许很多人走在这里都会触动心里酸楚感伤的一面，所以桥上有个温馨的提示牌，绿底白字很明显，上面写着"你并不孤单"、"求助电话 1.800.273.8255（电话号码）"。在这行字的中间位置，深绿色背景上，有并不明显的黑色小字写着"感到绝望、沮丧或者想自杀"。这种设计不但传递了明显的服务信息和救助电话，同时隐藏了容易给人暗示的敏感词汇。对于经常往返这座桥的常住居民而言，也不会因为每天看到这样的几个词汇而产生负面的心理暗示。

牌子的上下两部分是白底色，印着几个不同肤色、不同性别、不同穿着的人物造型。这些造型没有脸部的细节，只是轮廓，所以不会让需要帮助的人对一些表情或者特征产生偏激的误解，同时不同的肢体动作又增加了人物的生动性。整个牌子的设计显示出美国人对细节的重视，不仅体现在简单的对物对事上，更体现在关注人的情绪上，我想这也许就是美国强大的原因之一。

今天徒步 32 千米，我决定在史泰登岛上的湿地公园露营，结果走到公园门口发现锁门了，但旁边有个小入口。由于刚下过雨，草地上都是泥，中间有碎石路。趁着天黑前仅有的一些光亮，我找到一处相比之下不太坑洼的碎石路迅速搭好帐篷，将已经淋湿的运动鞋放在帐篷里外夹层的部分，自己迅速钻入帐篷并拉上所有的拉链。人生中第一次真正意义上的野营，对我来说有点刺激，但心里很激动。

躲在帐篷里的第一夜我几乎整晚没睡。这里的日夜温差很大，没有野营经验的我为了减少负担，行李中并没有睡袋。这一夜不仅寒冷，并且非常没有安全感。我整晚都在玩手机，刷微博、聊微信，参与各种聊天群里的话题从没像今晚这样积极过，只为尽快消磨掉深夜里的孤独与胆怯，让时间在闲谈之余快点流逝。其中一个微信群里的同学们对我的这种行为进行反复劝阻，他们每个人都有无数的例子，试图用前车之鉴来证明我的行为是鲁莽且不负责任的，认为我就像是青春期离家出走的叛逆少年，只是一时冲动。计划这次旅行时，我心里确实有着冲动，但更多的是新鲜与好奇。我躺在帐篷里，将身体蜷曲，嘴硬地与群里的同学们辩解。

半夜，我将带来的所有衣物全部套在身上，可惜除了原本身上的这套衣服可以御寒，其余的都是夏天的薄衣。雨后空气潮湿，帐篷内更加阴冷。我在聊天群里一边抱怨冷得无法入眠，一边倔强地不听任何劝阻，很多人说也许我任性地体验几天后就会选择放弃。行走了一天，消耗了大量的体能，而寒冷却让疲惫的我无法入眠，人在这个时候的意志十分薄弱。这一夜，我后背的肌肉和骨骼被冻僵，虽然隔着充气防潮垫，但是依然可以感觉到碎石路上石头的棱角与我后背骨头发生的碰撞。选择碎石路实在是无奈之举，周围的草地全部被淹，只有碎石路上相对干燥。我本以为一旦夜里下雨，雨水会顺着碎石的缝隙流走，但其实在这种环境下，不论怎样的选择和决定都是错误。这时，我无比想念家里舒适温暖的大床，想念自己躺在上面时的幸福。人就是这样，有的时候只有切身体会和对比了，才知道我们一直生活得很幸福。

2013-5-12
—— 纽约州史泰登岛 ——

等待天亮的过程十分漫长，深夜的寒冷侵袭着疲倦的我。接受昨晚聊天群里同学们的建议，我将所有的衣服全部脱下并盖在身上，但仅坚持了几分钟就又将衣服全部穿回身上。帐篷外的任何风吹草动都让我没有安全感，除了这个小帐篷，身上的衣服是属于我的最后一道防线。脑中幻想着各种可能发生的情景，什么动物深夜袭击导致必须弃营而逃之类，我可不想做一个赤身裸体奔跑到公路上求救的弱女子。

终于透过帐篷的防雨布看到了曙光，天亮了，眼下急需解决小便问题。当我努力移动着僵硬的身体打开帐篷拉链，将头伸出，呼吸到新鲜空气的那一刻，我有一种破茧而出的感觉。趁寂静无人迅速放水后，一身轻松。四周万物还披有一层朝露，我转身迎接温暖的阳光。绿色的杂草和黄色的芦苇掺杂生长在碎石路的两边，水蓝色的帐篷静静地伫立在这唯一一条通往远方的路上。我那颗冲动蓬勃的心被这一幕再次唤醒，感叹任何词汇都无法描述眼前呈现的这种美好。一整晚的挣扎与疲倦瞬间烟消云散。我想我会越来越野的！

收拾好行装，身上的衣服鞋袜还是潮湿的，心里盘算着用午后的阳光对自己进行一次晾晒。在行走的过程中，烈日已经提前完成了所有的任务，不到一上午的时间，被晒得干燥的鞋袜和衣服已经不再粘贴我的身体，迎着阳光走在路上的感觉是如此清爽。

本想从史泰登岛过海直接去伊丽莎白城，可到了跨海大桥才发现，这座桥的人行道被栏杆和铁锁拦住，禁止通行。我查看地图，如果想要到达对岸，需要原路返回新泽西州然后再穿越贝永大桥。本着不走回头路的原则，我选择了另一条路，转站去纽瓦克。

途中经过一个大型工厂，我被工厂大门内身材消瘦的华裔老伯伯叫停了下来。

他隔着铁丝网编织的大门，用英文问我，发现我听不懂。于是改用广东话，发现我仍然听不懂。

华裔老伯伯："北京话，你听不听得懂？"我点头。

华裔老伯伯："你来这里做什么？这里是不允许外人进来的。"

我解释说："我在徒步旅行，我是跟着 Google 地图推荐的路行走的。"

他听后皱起眉头，苦恼而纠结地摆摆手，允许我离开。当我走出二三十米时，被他再次叫住。

他对我喊："你肚子饿不饿？有没有钱去买吃的东西？"

我笑了笑回应："我有钱，伯伯您放心吧。"

他皱着眉头对我说："你要一路小心呀！现在中国的年轻人，真任性！"

穿过工厂的路上，我看到野鸭一家三口，野鸭父母带着刚出生不久的宝宝在悠闲地散步。鸭宝宝步履蹒跚地走在父母中间，一家三口悠然地欣赏着周围的风景。这真实的场景貌似只在电影或电视里见过，对于我来说很新鲜。

常年生活在都市，我几乎没有见过以家庭为单位的动物组合。对于动物的认知，大多来源于它们被当作商品买卖，记得小时候，我跟着奶奶去过早市，见到那些不论外貌、个头、重量都相差无几，几乎无法区分彼此的活禽，被圈在笼中出售。上小学时，学校门口偶尔有挑着担子出售雏鸡雏鸭的小贩。放学后，同学们就会围观这一筐挤成一团、无法区分彼此的黄色小生命。有的同学会拿零用钱买一只，把它揣到怀里，当宝贝一样带回家细心呵护，但几乎都活不过一周就病死了。后来才知道，卖给我们的这些小鸡小鸭，都是从郊区养殖场淘汰出来体弱多病的小可怜。在它们短暂的生命结束前，这些商贩将它们幼小的生命带到我们这些没怎么见过世面的城里小孩面前，用我们兜里的零花钱，来弥补他们经济上的损失。

随着城市的迅猛发展，大量人口不断涌入，在北京这个拥挤的大城市里除了与人亲近的猫狗外，只偶尔还能见到少许野生鸟类仍倔强地坚守着。后来，首都人民经历了非典、禽流感一次又一次的侵袭，政府出于安全考虑，逐渐将动物们控制或撤离，五环以内不再允许有活禽买卖，对宠物的管控越来越严苛等等。生活在繁忙都市里的人，渐渐遗忘了人与自然和谐相处的方式。80 后的我，至今还能记得那一团温暖、柔软、毛茸茸的黄色小生命揣在怀里的感觉；记得小时候夏日雨前低飞的蜻蜓，春天小燕子在奶奶家阳台上做的窝，盛夏的蝉鸣和池塘青蛙的叫声；记得夜晚偶尔会看到一群蝙蝠飞过，其中难免有一只掉队的小家伙跌落在阳台的角落被发现，等待第二天夜晚到来时再次飞走。这一切的一切曾经是那么和谐与真实。我想，现在的我们是否走得太快，以至于错过生命中点滴的精彩？

下午，我到达纽瓦克，用手机搜索附近的宾馆。此时我已经非常疲劳，需要一个房间好好睡上一觉。我很快选择了距市中心不远的一家宾馆，穿过几条街区就能到达。这时，街上的行人很多，我听到由远及近的油门声呼啸而来，几十辆摩托赛车聚集到十字路口，排气管发出的轰隆声吸引了街上的行人。一大拨摩托车党不停地轰踩着油门，用排气管发出的噪音为车队中几个领头人的表演喝彩和助威。其中几个赛车党在十字路口正中央的位置娴熟地表演着车技，我的状态也在这嚣张的阵势中立马精神了起来。短短十几分钟后，赛车党们聚拢起来，大脚地轰着油门朝一个方向呼啸离去。

伴随着轰鸣声的消失，聚集的人群也四散开来。我的精神头再次被消耗，按照地图指示的方向，一路拖着行李箱朝宾馆走去，心里祈祷着尽快到达目的地。一路上看到很多坐在街边晒太阳的黑人，他们彼此用黑人特有的方式打着招呼，如撞击拳头，或拉近距离相互撞击一下身体。当我拉着箱子穿过几条街区时，有些站在路边的黑人会很友好地对我说："你好！"出于礼貌，我会微笑回应。

终于到达地图上显示的宾馆位置，我快速地办理了入住手续，拖着疲倦的身体找到房间。宾馆是栋老建筑，近期做过粉刷。木质结构的门框上，凹凸不平的痕迹及上面留有的老式锁孔保留了百年前的印记。一进房间，身体瞬间得到放松。抓紧时间洗了一个温度很高的热水澡，把洗好的衣服晾在充满阳光的卫生间，将随身的电脑、手机、充电宝全部接上电源充电，在网络上潦草地记录了几句话后，我一头栽进房间中央的大床，就此进入了深度睡眠模式。

2013-5-13
—— 新泽西州纽瓦克、尤宁、皮斯卡特维 ——

清晨 5 点 40 分我醒了。利用上午的时间，把手机上的照片和日记整理拷贝到电脑上备份。iphone5 最大的缺点是费电，随身的充电宝和我的电脑都需要保持满电状态，以便成为手机的应急充电站。前晚野营也是多亏了这两样东西，才帮助我撑过了难熬的一夜。

整理资料的过程中，我看到自己 2012 年在欧洲旅行的照片。当时一个人从匈牙利去芬兰的北极圈，看到了罗瓦涅米童话般的圣诞老人村。之后飞机、火车加轮船一路南下，游经十几个国家到达希腊雅典。遇到了很多温暖的人，经历了很多让我感动的事。罗瓦涅米火车站送我苹果汁的老爷爷；斯德哥尔摩与多年老友的亲切会面；苏黎世夜晚拉着我、帮我找青年旅舍的老奶奶；搭乘卢森堡的警车找宾馆；在比利时遇到的两位国人大哥；柏林为我做早餐的香港女孩 Yoyo；意大利跳蚤市场结实的老华侨；布达佩斯宾馆的小男孩用 Google 翻译给我写的中文字条……当然也经历了一些意外，比如由于我的签证问题，希腊的长途大巴在出境时把我丢在希腊和保加利亚的交界处，然后弃我而去。这些意外不过是旅行中独特的体验，现在回味起来还感触良多，所有的经历也为后面的旅行积累了经验。

以前，我常把欧美概念捆绑在一起，认位美国和欧洲差不多，所以虽然一直有朋友不停地警告美国是个危险的国家，我的这种行为会让我死在这里，但是我心中却一直不太相信。去过欧洲、来到美国，我才发现欧美之间是多么的不同。欧洲的旅行感受更多的是人与人之间温暖的关怀和互助，而美国作为移民大国，这里生活的每个人都有着自己的艰辛，所以这里更加注重独立精神、坚韧性格的培养。如果说欧洲旅行时，我像是被欧洲人捧在手里的花朵，那么这次的美国旅行，给了我打磨自己的机会。我的身心都需要一次这样的旅行，以便寻回那颗已经被现实社会吞噬的灵魂。

整理完成后，我中午退房出发。查看地图一路南下，Google 地图设置的步行路段与预计的时间并不准确。从纽瓦克到尤宁的一路预计步行 4 小时，可我已走了 3 小时 40 分钟，地图显示我只走了大约三分之二的路程。美国到处都是公路，有些路段没有人行道，所以我有时只能往朝南的方向穿过公路旁的居民区。不过绕路的好处是可以看到不一样的风景。

路过尤宁地区时，我看到了这个国家的可爱，并开始喜欢上这个地方。这里的人非常友善，可能因为居住的人少而分散，所以大家见面时不管认不认识都会主动打招呼。人与人之间关系的冷漠可能是大城市的通病，但在这种小城镇里，人与人之间友好地相处，这正是大城市人们渴望和向往的。

今天一直阳光明媚，只是风大，一路几乎都是逆风前行，增加了不少阻力。早上喝的牛奶让我的肚子一路上都在"咕噜咕噜"地叫。所以看到赛百味时，我备感亲切。一顿套餐 7.15 美元，也帮我解决了今天出现的三大问题：一是吃饱饭；二是干净的卫生间；三是为手机充电。

在欧洲，肥胖并不普遍，但美国的肥胖问题十分严重。这里餐厅小号的饮料杯，是中国快餐店饮料杯的最大号。大多数餐厅的饮料都是无限续杯，高糖分的无节制摄入，日常频繁食用高热量油炸食品，加上种类丰富、口味巨佳的垃圾食品随处可见，导致美国的肥胖者随处可见。

我曾看过美国人拍摄的一部关于美国肥胖问题的纪录片，其中讲到美国人的饮食习惯，食物摄取量大、热量高、糖分高。据 1980 年至 2013 年数据统计，美国人体重超重比例从 43% 上升到 73%，而体重超重者中大约 1/4 的人患肥胖症。在整个 20 世纪 90 年代，美国肥胖症患者增加了 75%。纪录片指出，参与每一个环节的美国食品供应商，都应该对美国人的肥胖问题负责。除了饮食极度不健康，美国的工厂、农场几乎都是机械化流水线作业，办公全部电脑操作；人们在工作时对着电脑久坐，回家时对着电视久坐；私家车作为代步工具，在美国家庭十分普遍，只要是外出，到哪里都是开车，甚至去离家很近的银行 ATM 取款、餐厅的外卖窗口取餐也是如此。很多服务机构都设有驾驶操作窗口，顾客不需要下车就可以完成所有的步骤。

美国人现代化的生活和工作环境，使他们必要的能量支出大大减少。而人们对各种美食的无抵抗力和高热量的无节制摄取，直接导致了他们肥胖比例的逐年递增。

所以，当人们知道我正在徒步旅行时，大多数人的第一反应是他们听错了，得到我再一次确定时，很多人爆笑着对我说："你疯了吗？"

穿行在新泽西州的一条条社区小路，我欣赏着路边的风景：园林工人背着鼓风机，清理伐树后散落在街道上的碎屑；一位主妇拎着大包垃圾放到街边的垃圾桶里；正在遛狗的老妇人弯腰捡拾狗狗的排泄物；每户人家的门口都种着不同颜色的鲜花；绿植装饰的整条街道……这里友善的人们、美丽的小镇风光，让我真正见识到了美国的魅力所在。

第一晚户外露营的经历，经网络以日记的形式公布，让身边的不少朋友为我担心。为了自身安全，我必须学会为自己寻找安全的露营地点。旅行前，我曾在网络上搜索过一些相关的报道，有个人骑车独自穿行美国的经历给我留下了深刻的印象。拜读他的网络日志给我很多启发和建议，教堂成为我以后选择露营地的首选。

现在，我驻足在一座六根白色罗马柱搭配红砖墙体的老式教堂门口。对开的白色大门紧闭着，门上对称地挂着两个花环，门口的信息牌上显示了教堂每次弥撒的时间和联系电话。我绕教堂转了一圈观察地形。教堂的侧面有一个很漂亮的阶梯花园，那里有一尊耶稣像，后面是一个空旷的停车场。走近教堂后门，透过窗户看到里面的灯亮着，于是打算进去找神职人员征求他们的意见。后门上了锁，从外面无法直接进入。

正在这时，一辆黑色的吉普车停在了广场，从车上走下来一对满头白发颇有气质的老夫妇，带着一个身穿灰绿色童子军服装的小男孩。我用 Google 翻译写好自己的需求，大意为："我来自中国，在徒步旅行，希望教堂的神父允许我在这里露营一晚。"气质非凡的老夫妇在教堂后门遇到我，我将手机里翻译好的句子递给对方看。对方拿过我的手机，用洪亮的声音读出我手机屏幕上的句子，了解我的意图后，非常友好地带我进入教堂去找神父。白发老人叫 Bob，他和妻子带着已经加入童子军的孙子来教堂接受训练。

Bob 带着我穿过教堂走廊，走廊两边的墙是淡淡的米黄色，上面挂有打印出来的彩色照片，干净又温馨。我们敲了几间办公室房门都没找到神职人员，于是回到童子军受训大厅询问。受训的童子军中，一个像极了《飞屋环游记》里体型健壮的小男孩罗素的孩子自告奋勇地带我们去找神父。一路上，小男孩非常成熟并有礼貌地回答 Bob 对他提出的各种问题，我跟在两人身后很快到达距离教堂后门不远的一座小房子前，这里是神父日常休息的地方。小男孩和 Bob 上前敲门没人回应，于是我们再一次返回教堂后门。

这时，一位华裔中年妇女拿着电话从教堂后门出来，Bob 拦住她介绍我们认识，他认为我们同是中国人应该可以沟通。华裔中年女人先是对我上下打量了一番，然后皱着眉头用一串我完全听不懂的广东话对我提问。我摇头表示听不懂粤语。

于是她刻意用浓重的广东口音问我："你讲广东话还是北京话？"

我："我讲北京话。"

她再次将我打量一番后，转身对 Bob 表示我们之间语言不畅无法沟通，随后边打电话边离开了。

我们再次回到了童子军训练大厅。这时一位华人中年男子迎上来主动找 Bob 攀谈，看他殷勤的样子，我想 Bob 在这个社区有一定的地位。他们攀谈后，那位男子便走向我，用浓重的广东口音大致问了关于我的情况。这时，刚才那位广东中年女人从户外打电话回来了，很显然他们是夫妻。女人看到她丈夫正在用浓重的广东口音普通话跟我交谈，于是马上走到我们前面，一边不停地打量我，一边用广东话与她丈夫沟通。很快，他们转身走向坐在大厅角落观看童子军训练的 Bob，再次表示语言不畅，无法沟通。

我听见 Bob 洪亮的声音说："我看到你们刚刚同她谈话。"

夫妻二人则继续辩解。

Bob 提高了原本就洪亮的声音，说："我们不能让她今晚露营在外面！"从 Bob 盛气凌人的语气中可以感受到他在给这对华人夫妇施压。"你们都是中国人，如果你们两个人不想帮忙，让我们来做！"我发现，我开始能听懂一点简单的对话了。

从他们的对话中，我大概了解到 Bob 其实不单是想帮我找神父，争得我在教堂外面露营的许可，还想让那对华人夫妇接受我去他们家留宿一晚。很显然那对夫妇并不想这么做，他们用各种借口一直推辞。Bob 最后那句话分量很重，华人夫妇考虑到自己在这片社区的声誉，不得不再次硬着头皮走向我，他们招呼我到走廊去讨论。

Bob 的大嗓门引起了其他童子军家属的注意。我站在走廊上，几位家属纷纷围过来讨论解决办法。与他们严肃认真的态度相比，我反倒像是个局外人。华人夫妇在一旁不停地翻看手里的笔记本，选定了一个号码拨打过去。广东女人用英文与电话另一头对话，大致说明了一下目前发生的情况。电话另一头提出一些问题，广东女人的眼神又再一次瞥向我上下打量着。

电话里：……

广东女人："她说她来自北京。"

电话里：……

广东女人："我不知道，看起来不老，但是也不年轻。"最后一个单词她特地拉长了音调。

电话里：……

广东女人将她的电话递给我，让我跟电话里的人沟通，电话另一端传来一位女士的声音，语气温柔，但语速很快，说话简练。

电话里："你好，请问我有什么可以帮助你的？"

我："我叫张莎莎，来自北京。我在徒步旅行，今天正好走到这里，想问问能不能露营在这个教堂，但是好像找不到神父。"

电话里："旅行就你一个人呀？"

我："是的。"

电话里："那个，要是这样的话，我问问我丈夫，你今晚住我家好了。我丈夫人也很好，我这就过去接你。有什么事一会儿见面再说。"

我："这样，哦，好吧。"

我把电话还给广东女人，她接过电话简单聊了几句就挂断了。

围观的几位家长继续就我遇到的问题讨论着，而我依然是其中的旁观者。

几分钟后，一位身高大约 170cm、身材消瘦、穿着淡黄色运动帽衫的华人女士从大门走了进来，走到我的身边。她先与广东女人用英文沟通，其间用普通话问我一些简单的问题。

我主动掏出护照给她看："这是我的护照。"我想要证明自己的身份。

她并没有马上接过去检查，依然是语速略快但很真诚地询问我的旅行。

华人女士："你怎么会旅行到这里了呢？徒步旅行，你怎么想的呀？这种旅行方式多辛苦啊！"

我之前与聊天群里的朋友们还能唇枪舌剑，此时却不知从何说起。

我只能简单地说："我想要这样做一次。"

广东女人轻歪了一下头，挑起一侧的眉毛，对华人女士说："你可以检查她的护照。"

我自然明白他们的意思，再次主动将护照递给与我沟通的这位华人女士。广东女人斜倾过身子，伸着脖子歪头看华人女士手里那本属于我的护照。

华人女士："哦，好了。你跟我回家好了，离这很近的。"她把护照大概扫了一眼后还给我。就这样，我跟着她回了她的家。

华人女士在回家的路上自我介绍："我叫任蓓芳，按照西方人的习惯，姓氏放在最后，所以叫蓓芳任。我来自中国沈阳，算是'北方人'，正好与我的名字同音，方便记忆。"

从教堂出来，驱车短短几分钟就到了她家，我发现在去教堂的路上曾经从她家门口经过。中国人常说这是缘分，西方人戏称为魔法，而我相信这是上帝的指引，总之，我们从擦肩而过的陌生人成为萍水相逢的朋友。

蓓芳姐把车停在车库里，我从后备厢拿出所有行李，我们一起从车库的大门进入她家的客厅。她的丈夫和儿子已经站在门口等待迎接我的到来，一家人非常热情地招呼我进门。

蓓芳姐："这位就是莎莎。"

蓓芳姐的丈夫带着他们的孩子："欢迎欢迎！快进来。我们刚才在吃晚饭，还没来得及收拾，你看看这还有点乱。别介意。"

餐台上的玻璃花瓶里插着一束粉红色的玫瑰花，碗筷还没有来得及收拾。因为蓓芳姐去接我，他们匆忙地结束了晚餐。

蓓芳姐的儿子八九岁的样子，特别兴奋地给我介绍说："我叫刘韵涵。"说完就羞涩地退到父母身后。

蓓芳姐："这是我儿子目前唯一会说的一句中文，所以只要是见到中国人，就会主动跑过去跟人家说'我叫刘韵涵'。"

蓓芳姐："我和我先生是一起到美国读的大学。我们两个人就这么在异国他乡从读书到工作，再到结婚生子，这么多年过的也是与世无争的简单生活。"

蓓芳姐："莎莎呀！你说旅行选择什么方式不好呢？我非常不赞成你徒步！女孩子嘛！就应该文文静静地读读书、写写字。如果旅行，坐飞机、火车或者开车就好了呀，何必徒步这么辛苦！这应该是男孩子才要做的事嘛！"

我不知道如何回答，也许她太久没有接触过国内的人。中国时下有大批像我这种性格的女性，我们被形容为"女汉子"。"女汉子"这个词条也已经被收入了百度百科，主要指性格豪爽、独立、不怕吃苦的女性。词条里形容最到位的，恐怕就是与男性友人在一起时不拘小节，吃得跟平时一样多。用"吃苹果不削皮儿、直接啃"这句话形容，又贴切又极富画面感。与国内大批的女汉子相比，我只是沧海一粟。

蓓芳姐的丈夫刘燕文先生倒是对我的行为表示支持与称赞，并给了我一些建议，比如如何选择徒步路线。一家人知道我已经走了一天，很累了，怕过分消耗我的精力，很快就结束了对话。

蓓芳姐带着我来到二楼的房间。房内布置得很简洁，墙边摆放着一张白色铁艺的单人床，铺有一层厚厚的床垫。窗前有一张书桌和一盏台灯。整个房间被灯光照射成干净的米黄色，印有 Hello Kitty 图案的红白相间桌布让房间备感亲切和温暖。房门外的洗手间今晚单独给我使用，我打开行李拿出自己的洗漱用具，便开始享受一个舒适的热水澡。等我回到房间，蓓芳姐抱来了更多的被褥。

蓓芳姐："这里晚上很冷的，我给你多拿了一套被褥。条件有限，希望你不要介意，在这里将就一晚。"

我："您不用特别照顾我，这里已经很好了。"

对于我来说，这哪里是将就，这样的环境比住帐篷要好上千百倍，甚至比美国的汽车旅馆都要舒适和干净。

蓓芳姐："我们家正好有咱中国的红豆冰棍，我拿来给你尝尝。"

我："太客气了您。蓓芳姐，您有微信或者 Facebook 吗？我们可以添加好友。"

蓓芳姐："哎呀，我从来都不用那些的，跟朋友基本还是靠打电话。很早以前有个 Facebook 的账号，我得下楼用电脑找找看。"

蓓芳姐下了楼，不一会儿再次回到我房间。

蓓芳姐："莎莎，我找到了，这是我 Facebook 的账号，你看看怎么添加。"

我："我给您发请求，您点同意就行了。"我们彼此留下了几种联络方式。

我："蓓芳姐，麻烦您把名字帮我写这个本上好吗？"

蓓芳姐："好的呀，这是我的名字。这是我丈夫的名字，刘燕文。我儿子的名字，刘韵涵。这是我的电话和电子邮箱。"

这是我第一次亲身体验美国中产阶级的家庭生活。不论如何，我都要感谢在教堂遇到的广东夫妇，如果没有他们"迫于无奈"的帮忙联系，我也不可能结识这样温暖慷慨的一家人。

躺在柔软的床上，盖着温暖的被子，回想着这一切是如何有趣地发生了转变，让我再次对自己这次旅行做出肯定，海外华人的那份爱护和情谊让人感动。将当天的意外收获和经历迅速写成简短的网络日志在朋友圈、Facebook 进行发布后，我就进入了熟睡。

2013-5-14

—— 新泽西州普兰菲尔德、皮斯卡特维、富兰克林镇 ——

早上 6 点半起床，收拾好行装，我背着双肩包、提着行李箱下楼准备出发。到楼下时见到了蓓芳姐，她身穿蓝色紧身上衣和黑色的运动裤，刚洗完的头发还没有来得及吹干，湿漉漉地贴在脖子和肩膀上。蓓芳姐光脚踩在厨房的地板上，正忙着为一家人烹饪早餐，美国中产阶级一天的生活就这样开始了。

她见我下楼，招呼我坐到厨房的餐台上。

蓓芳姐："莎莎，我在做早餐。你吃不吃葱花？我做了鸡蛋葱花饼。桌子上有热豆浆。你快坐下来吃早餐。"

我："谢谢您。"

蓓芳姐："别客气，快吃吧。"

说完，她把刚刚煎好的热乎乎的鸡蛋饼放在盘子里递给我，桌子上已经摆着热好的豆浆，一份传统的中式早餐吃得我心里暖暖的。他们一家人住在新泽西州，每天 7 点多开车出发跨海到纽约州上班，新泽西州居住着很多在纽约州工作的中产阶级，就像很多住在燕郊的人每天跑到北京城工作一样。

吃早餐的过程中，蓓芳姐说到昨天夜里气温已经降到了 0℃，他们夫妇怕我的房间冷，半夜起来调节了空调的温度。可以想象如果我昨晚露营在外，恐怕又是一个寒冷的不眠夜。作为一个有宗教信仰的人，我心里坚信：他们一家就是上帝派来帮助我的天使。这份帮助不单是一次行动，更是温暖人心的传递。

早餐过后，我提着行李准备出发。

刘燕文："蓓芳，你应该跟莎莎合个影。"

蓓芳姐："哎呀，照相呀。那我得赶紧换件衣服，这身太随便了。"

刘燕文："快去换，我们在咱家门外草坪给你俩合影留念。"这一下提醒了我，我们从昨晚见面到今早我准备离开都还没有来得及合影呢。

我："对对！这个想法太棒了，差点给忘了。"我在门口放下行李。

蓓芳姐："你们等等啊，我很快下来。"

蓓芳姐迅速回到房间换了一条米色过膝长裙。粉色樱花形状的项链坠，搭配酒红色针织开衫，跟我穿的大红色抓绒上衣颜色很搭。她的头发已经吹干，在清晨凉爽的微风中飘扬着。我们站在她家室外绿色的草坪上，以他们的房子作背景，由她的丈夫刘燕文先生摄影。

刘燕文："看这里！一、二、三！稍等，再来一张啊。一、二、三！"就这样，我们拍下一张传统意义的纪念照片。这张照片的特别之处在于，刘燕文先生的手指也呈现在照片的右上角，可以说，这是一张很有意思的三人合影。

美国北方的早晚温差很大，夜间虽然降到0℃，但午间气温却很高。一路走到皮斯卡特维，这是一个落寞的老街区，白天整条街上也没有见到一个人。我抬头看到好大一圈彩虹般的太阳光环，这是我生平第一次看到这样的景观，可惜我用手机尝试了很多次，都无法将这个太阳光环完整地拍进画面。现实的景观远比记录在照片中的令人震撼！

上帝打开了一条光明的通道，指引着我们去正确的地方，遇到善良的人们。我们每个人都犹如盲人摸象般认知和感受着这个世界。我们见到好的，便相信好，见到坏的，便相信坏。其实我们见到的永远都不是全部，我们只是从自己的角度给看到的事物片面地下了一个定论。地球有南北两极，八卦有阴阳两面，事情有正反之分，我相信这个世界到处都是善良可爱的人们，只是有些人被诱惑而误入歧途，但终有一天他们会幡然醒悟。生活中会有很多人给予我们爱，帮助我们认知世界、理解生活的意义，也会有人伤害我们，但我想那是他们在用另一种方式帮助我们成长，让我们在挫折中更加坚强。我要感谢给予我爱和帮助我成长的所有人！

Google的GPS推荐线路经常有误差。它推荐的很多都是快速路，不允许行人走，所以我时常需要根据地图显示走小路。美国有十分优越的自然环境，不光是植物，就连昆虫的数量也很多，特别是河边、小桥等有水的地方，小飞虫数以百万计地散播在空气中。因为没有准备，见到如此情景，慌乱中错误地张嘴呼吸，结果误食了几十只小腻虫，卡在喉咙里异常难受。还好路段不算长，很快冲出了那个区域。

今天接到蓓芳姐和她丈夫刘燕文先生打来的几次电话，询问我走的路线和方向，帮我调整合理路线。他们在我离开后，一直联系我可能途经地区的朋友，希望尽可能帮助我顺利完成接下来的旅程。下午，我收到他们发来的短信，内容是一个地址、一个人名的拼音及其联络电话。紧接着接到他们打来的电话。

蓓芳姐："莎莎啊，我和我先生联系了些朋友，你走的这条路线正好有个朋友家住附近，今晚你可以住在他们家。夫妇两个都是大学教授，人很好的。一听说你的事，非常欢迎你去他们家。"

我："真的啊！太感谢你啦，蓓芳姐。"

蓓芳姐："我先生刚刚把地址和电话给你短信发过去了。你收到没有？"

我："刚刚已经收到了。"

蓓芳姐："你到了回头给他们打电话。"

我："好的。"听到这个消息，我仿佛感到一股逐渐强大的力量推动并激励着我完成这段旅行。

我在 GPS 中输入地址查看了距离，对我而言，前方无论怎样都是一次全新的体验，我满心期待。这一天到目前为止，我已走了大约 30 千米，体能消耗有点大，脚早已开始酸疼，但是却并不想休息，眼看着距离地图上显示的目的地越来越近，我希望能赶在天黑前到达那里。

很快，我迎来了今天的夕阳。按照地图指示，我转弯进了一片社区，沿着社区大路继续往前走，路两边是茂密的树林，见到分岔路的时候，会看到分岔路附近一座座相隔甚远的房屋。周围没有穿梭的车流声，只偶尔可以听到几声清脆的鸟鸣，所以当我拉着行李箱走在柏油路上，行李箱的轮子与柏油路摩擦发出的噪音显得异常响亮。我沿着路走了很久，这条路虽然很宽，但是其间没有一辆车穿行，这让我心里泛起了嘀咕，因为如此宽的路却没有车辆经过，很有可能是条死路，走不通。正在这时，我看到一对锻炼身体的老夫妇从道路另一头走来，两人看起来年事已高，穿着深蓝色的厚重棉服，戴着手套和帽子。我这样一个陌生的亚洲女人背着包、拉着箱子走在这片安静的社区必然引起了他们的注意。我们迎面走向对方，走近后才看清，这是一对中国老夫妇。我早该猜到的，中国有"春捂秋冻"的传统，只有中国老人会在春天已经到来后，依然把自己包裹得严严实实。

这是一对香港老人，他们拉下戴在脸上的白口罩，带着浓重的广东口音大声地问我："你去哪里呀？"

　　我："我在徒步旅行，今晚去这个地址。"我拿出手机上的短信地址给对方看。

　　香港老人："眼睛看不到，太小，我们眼睛不好。你旅行啊？"上了年纪的人由于自己听力下降，所以讲话都会很大声。

　　我："是呀！请问您，前方的路是通的吗？"我也大声询问。

　　香港老人："走路啊？可以可以。开车过不去的，走路可以。"

　　我："谢谢您。"

　　香港老人："你一个人啊？"

　　我："是啊。"

　　香港老人："路上注意安全！"

　　我："谢谢您。"我拉着箱子继续一头扎向前方。

　　强忍着脚底的酸痛，我又走了十几分钟。眼看着地图上显示的目的地越来越近，眼前的路却被铁丝网大门拦住。大门上了锁，周围没有可以穿过去的缝隙。地图上显示的目的地，只需要穿过这条路一转弯就到了，我却被生生拦在这里。如果要绕路进去，大概又要多走几十分钟，恐怕天黑之前也不能赶到。双脚一旦停下来，比行走时疼痛还要加倍。

　　我知道自己不应该翻铁丝网，这里毕竟是美国，随便乱闯后果会非常严重，但身体已经开始跟我严重抗议，所以思想上做了短暂的斗争后便妥协了。我于是开始观察铁丝网的四周，希望找到比较容易翻过去的位置。幸运地，我发现有一大块被切断的树根斜靠在铁丝网上，如果踩上去，势必会大大降低翻越的难度。翻铁丝网前，我需要把行李箱先扔到对面，对我而言，这并不容易。我的两条胳膊虽然并不纤细，但力量不足，就连乘飞机时把随身携带的小行李箱放到头上的储物柜，都需要铆足劲儿用上瞬间爆发力，何况现在我已筋疲力尽。我先踩上这块树根，前后左右摇了摇，看是否稳当，结果还算满意，然后摘下双肩背包放到地上，再站上树根把行李箱提起，铆足了全身所有的力气将箱子举过头顶，向铁丝网对面扔了过去。行李箱里装的帐篷、防潮垫和衣物都不怕摔，但双肩背包里面是电脑等物品，必须小心对待。站在大树根上，我右手托起双肩背包往铁丝网另一边举，左手穿过铁丝网的网孔伸到对面，右手一松，左手迅速抓住从上而下的书包带，然后再换右手穿过铁丝网孔，就这样一点点地把在铁丝网对面的双肩背包往下挪，直到安全着陆。

身上两件行李顺利过关，就差我自己了。这是我人生中第一次翻铁丝网，设想中展现的是矫健的身姿、潇洒的动作，就像电影里一样，应该身轻如燕、易如反掌，可事实并非如此。尝试了 3 次都没能成功翻越，让我心里有点着急，毕竟我带的所有东西都已经在对面了，一定要把自己也成功运过去才行。经过前面 3 次的尝试，多少找到了些技巧，总结了一下失败的原因，终于在第四次翻越成功！笨拙的动作让我羞愧地庆幸周围没有人看到。总之，虽然选择了捷径，但也是冒了风险、费了力气的。

终于根据地址找到了蓓芳姐的朋友家。此时天已黑了，我站在房子外面拨通电话。房内暖色调的灯光透过窗户照到室外，与周围的昏暗色调形成对比，显得房内的气氛倍加温馨。电话另一头接通了，很快大门打开，LiHua 走出来迎接我。

LiHua："欢迎欢迎！累不累？这天都黑了，算着时间你也该到了。路上顺利吗？我们这儿好找吗？"

我："还行。挺容易找的。"

我跟着她走进这栋温馨的房子，把所有行李放在楼梯拐角处。接着，我被拉到餐厅，一家人已经坐好，就等着我一起吃晚饭。

LiHua："莎莎，你吃不吃辣？我们刚煮好的馄饨，给你放点辣椒？"

我："我吃辣。谢谢您。"

我入座后，LiHua 很快递给我一碗刚煮好的热馄饨，红油汤底，白色的馄饨上面漂着绿油油的香菜。

一桌人包括我一共 7 个，大家围坐在桌子旁边吃边聊。这是一顿典型的中国式家庭晚餐，没有因为我这个陌生人的加入而变得拘谨和客套，用餐的整个过程亲切而自然。我们聊到旅行、聊到成长，一家人非常赞同我的旅行方式。

LiHua："我特别支持你，要不是我需要照顾两个孩子，我都有冲动辞职跟你一起背上包走一圈。"

也许，大多数被忙碌的生活和工作牵绊的人，都会像我一样迷失了自我吧。为了找到自己，我选择徒步旅行，独自徒步旅行最大的好处是给自己一个与自己好好相处的机会，聆听自己内心的声音。

晚饭过后，我提议合影。

LiHua："莎莎，在我们这个家里，你可以随便拍照。但是我们一家人不想出现在网上。"

我尊重他们的决定。

LiHua 的大儿子："妈妈，今晚我可不可以不练琴？"LiHua 的大儿子见她正在跟我投入地聊天，便试图让妈妈网开一面。

LiHua："不行！吃完饭，赶快去练！"

LiHua 的大儿子："哎呀妈妈，能不能休息一天，就一天不练啊？"

LiHua："说了，不行！"

LiHua 的大儿子："哎呀……真是的。"孩子果然是天生的社交家，而这个 8 岁孩子的小算盘在老练的妈妈手里失算了。

LiHua："莎莎，我看你今天也累了。我带你到房间，你洗个澡，早点休息。"

LiHua 看出我的疲惫，很快结束了对话。

今晚的房间里有黄色小碎花的被罩，还有搭配小熊图案的枕头，我想这应该是孩子的房间，今晚让给了我。

我放下所有的东西，打算洗个热水澡缓解肌肉的疲劳。这时发现右后腰的地方被毒蚊子叮了一个大包，摸起来又硬又疼。"可能是在翻铁丝网的时候不小心被偷袭的。"我这么想。

回到房间，第一眼看到的是床头摆放的一杯水，是 LiHua 在我洗澡的时候为我倒好放在那儿的。"也许是怕晚饭吃得太辣，也许是怕我洗完热水澡后口渴。"我关上门，坐在松软的床上，端起水杯，这种来自家人的呵护瞬间化解了我身上所有的酸痛。我感叹自己是如此幸运，经历的各种意外都是新奇的收获。

2013-5-15
——— 新泽西州普林斯顿 ———

今天一大早，LiHua 家就为我准备好早餐，我特别感谢这家人对我此次行动的认可、鼓励和支持，这些对现在的我真的很重要。

旅行前，我在国内没有跟任何人提起这个想法，因为我知道不论我跟谁说，都会遭到否定与无情的打击；到了这边，几天走下来，我发现越来越多的人肯定我、支持我、鼓励我，这些都是我精神能量的来源。旅途才刚开始，完成它还需要走很长的一段路，在路上，我不知道会遇到什么问题和麻烦，但这些都不重要，重要的是这段经历会带给我怎样的惊喜。

天地万物的生长都存在印记，就像树的年轮一样。我不是生物学家，但是我知道树的年轮记载的并不单纯是树木生长的年龄，还有每一棵树都经历过什么，气候带给它的影响，土壤变化对它的成长起到的微妙作用，等等。人们平时看到的是树的外貌，却不能轻易看到年轮。做人有如一棵树，我们在成长过程中的经历会在一生中为我们烙下印记。

今天徒步的路段经过了很多农场和湿地公园，环境优美，丛林的生态保护得非常好，看到很多可爱俏皮的小动物，有的我甚至不知道如何称呼它们。路边一些动物的尸体散发出腐烂的味道，刚开始吓我一跳，以为会随时遭遇大型动物，后来发现所有的动物尸体骨骼都有断裂的痕迹，所以判断这些小动物应该是横穿马路时遇到了车祸，被撞死然后遗弃在路边。它们的身体已经进入食物链末端，大部分肉体已经被分解，留下的只有骨骼和毛发。这个分解的过程，我早年曾在科学探索的纪录片中看到过。虽然已经记不清大部分细节，但对于镜头下记录的自然界呈现给我们的画面印象颇为深刻，而我们眼中看到的真实世界，远比被镜头记录的还精彩。

从早上到午后，我一路上没有看见任何商店和餐厅，肚子已经有了饥饿感，不过还可以忍受。水是在出发前就准备充足了的，这算是我的一个好习惯吧。只要有条件，我一定会灌满随身带的水瓶，今天出发前也一样。1000毫升的容量，完全可以保证我一天的饮水量。

为了避免被烈日晒伤，通常我会在中午找一处可以歇脚的地方小坐。不过今天一路上茂密的树林遮盖了大部分直射的阳光，走起来既舒适又轻松，我也就放弃了休息尽可能多走些路程。午后，路边终于见到一座教堂。由于不是工作时间，教堂的门上了锁，我坐在台阶上小憩。看着满眼生机勃勃的绿色，聆听着落在枝头的鸟鸣，我静静地发呆，享受着大自然的一切。时间总是在最美的场景下飞快流逝，手机铃声把沉浸于美景中的我唤回到现实。电话是蓓芳姐打过来的。

蓓芳姐："莎莎呀，走到哪里了？"

我："现在在一座教堂门口休息，今天一路走过来都是丛林，路过了几个农场。"

蓓芳姐："怎么样？还顺利吗？"

我："挺好的，今天不算热，走得比较多。"

蓓芳姐："哎呀，那就好。是这样的，我们帮你今晚联系了一家台湾人，Yen太太带着两个女儿生活在这边，先生在国内工作。"

我："真是谢谢您了，蓓芳姐。"

蓓芳姐："不过不好意思的是，她们一家也是刚刚搬到这儿，太太对两个女儿管教比较严格。对方不太理解你的行为，所以并没有像我们一样展开双臂欢迎你。不过这位 Yen 太太最终答应，你今晚可以在她家的阳台露营，希望你不要介意。"

我："不会不会，这已经很好了，真是太谢谢您了，给您添麻烦了。"

蓓芳姐："那一会儿我把地址和电话发给你，估计距离你现在的位置不太远。"

我："好的。"挂上电话，看了看时间，是时候继续出发了。

这时，不远处有位老爷爷在他家院子里隔着白色的矮篱笆墙对我招手，大概是看我一个人坐在教堂门口有些担忧。我们两人之间隔了几十米，老爷爷对着我大声喊。

老爷爷："你还好吗？"

我："是的。"

小憩过后的我精力充沛，站起身来，对着老爷爷满脸堆笑，大声回答。

老爷爷："你需要帮助吗？"

我："哦，不，谢谢，我很好。"

老爷爷："你在做什么？"

我："我在旅行，徒步旅行。"

我边解释边摆动胳膊，做起百步走的动作，希望自己尽可能地表述清楚。

老爷爷："好的，保重。"

简短的对话结束，我拖着行李箱继续回到那条两边都是丛林的小路。

经过刚才的休息和调整，我的身体和精神都恢复到了满格状态。踩着地上透过树叶洒下来的片片阳光，迎着绿荫愉快地行走，这一切都感觉好极了。长途的徒步旅行最重要的一点就是，不可以让自己太过劳累。阶段性的行走，适当时候要休息，不给自己的身体太大的负荷。开始的时候可以少走一些，了解自己身体各个部分可以接受的运动强度。肌肉酸疼或者夜晚睡觉的时候抽筋，都是负荷过重、身体还未适应的表现。所以徒步的关键在于循序渐进。

一辆车从我身边驶过，停在了不远处的空位。一位戴着窄边眼镜、举止儒雅的人站在车边对我轻轻摆手。他叫 David，说话语气非常温和，他问我是不是在从纽约往迈阿密走。我很惊讶，问他怎么会知道。原来他去了我刚歇脚的教堂，之前跟我聊天的老爷爷告诉他关于我的事情，于是他赶过来找我，询问我今晚是否有地方休息，是否需要帮助。我很感谢 David 对我的关心，他看起来很善良，我相信他是一个好人，但是今晚我已经有地方可以休息。见他眼神关切地看着我，我于是给了他自己的邮箱和 Facebook 账号。他很高兴，赶快拉开车门，从车里翻出一张小小的纸来，我从背包里拿出笔，在那小片纸上留下自己的信息。这是一个关心我的陌生人，我掏出手机询问我们是否可以合影，他愉快地答应了。合影上我们俩的表情都很开心。

与 David 告别后，接下来的路上我遇到了 Susan。

她开车从我身边经过，然后停在前方不远处，并摇下车窗。

Susan："女孩！你走了好长好长好长的路。"

我："我在徒步旅行。"几天下来，我已经会一些简单对话。

Susan："我知道，我几小时前就看到你，你走了那么远。"

我："哦，是的！"

Susan："告诉我，我能为你做什么？"

我："哦，谢谢，我不需要，但是非常感谢你。"

Susan："哦，请让我为你做些什么，那会让我感觉好些！" Susan 左手握着方向盘，右手掌展开铺在她的胸脯前，非常诚恳。

"可是我现在真心不需要什么帮助，最大的问题已经解决，就是今晚我有个安全的地方可以休息。"我心里这么想着，没有来得及回答。

Susan 已经从车上下来。她打开车的后备厢，从一个纸袋里掏出一个粉色的、手掌大小的笔记本送给我。笔记本上面印着花朵与藤蔓组成的花纹，上面写着"快乐，因靠耶和华而得的喜乐是你们的力量"。紧接着她拉开后车门，从包里掏出名片递给我，然后继续翻找，感觉想要给我更多的东西。突然，她发现了让她特别开心的东西：一份她刚打包的三明治。她把三明治递到我的手上。

Susan："我知道你一定饿了，这里没有餐厅，这是非常好的三明治。"

我："哇，谢谢你。"

这份三明治看起来十分美味，早餐过后我就没吃过东西，肚子早就饿扁了。今天这一路虽然风景优美，但途中没有经过任何一家商店或者餐厅。因为从小接受"不食嗟来之食"的教育，我觉得手里这份三明治分量有些沉重。我试图谢绝Susan的好意，但是她一再坚持，还把双手叠放在胸口前，微笑地看着我。

　　Susan："请你拿着，会让我感觉好些。请求你了！"

　　我："好的，非常感谢。"

　　被她的诚恳打动，我接受了这份三明治，没有再做推辞。Susan的双手仍然叠放在胸前，看见我接受，长松了一口气。

　　Susan："你去哪里？我可以带你！"

　　我："哦，不用了，今晚我会去朋友家，我想徒步去。""谢谢你给我这个和这个。"我捧着手里的粉色笔记本和三明治。

　　Susan："哦，不客气，如果你需要帮助给我打电话，这是我的号码。"

　　Susan指了一下之前递给我的名片，上面有她的名字和电话号码。我并没有马上去看上面的介绍，我需要手机辅助翻译才能看懂，我不想因为看一张名片而错过了与一个善良的人面对面的交流。直到后来我再次翻开这张名片，才知道原来她的名字叫Kathleen Miller，为银行里面一个叫"Susan Gordon"的小组工作。这张名片我一直当纪念品放在钱包里收藏。

　　Kathleen的车子只是临时在路边停靠，并没有停在停车区或临时停车带上，所以路上经过的其他车辆需要绕过我们通行，她必须赶快离开。我们甚至还没来得及合影，就匆匆地告别了。

　　拉着行李箱，沿着手机上显示的路线，我终于到达了今晚借宿的地点。这是一间典型的美国社区里的房子，门口是标有号码的报箱，地上有一叠用塑料袋装好的报纸，被送报人扔在了院子里。这里刚下过小雨，路上的水泥板是干的，但水泥板上的裂缝处是湿的，装报纸的塑料袋外面也有水印的痕迹。

　　在美国，送报人大都是住在社区里骑单车的孩子。这些孩子可以通过为社区送报纸或者卖自制柠檬水赚取零花钱。当我看到躺在地上的这叠报纸，眼前仿佛看到一个骑着单车的孩子戴着头盔和膝盖护具，双脚忙碌交替地蹬着。孩子路过订报的人家时，一只手握着车把，控制好车速，保持住平衡，另一只手从前面的车筐里抄起一份报纸，抡圆了胳膊，用力将手中的报纸扔到订报人家的门口。因为通常都是在快速运动中进行投掷，所以准确率很差。我捡起地上的这份报纸，拨通了蓓芳姐之前发给我的电话号码。

电话那头接通后，Delphine Yen 很快从家里走了出来。她是一位身高与我相近，身材微胖的台湾太太，穿着一件灰色 T 恤，舒适的家居裤，头发的长度过了肩膀，披散在后背上。她的台湾口音很重。

Yen 太太："你好，那个北方人说你徒步旅行，哎呀！你可真是的，何必吃这个苦呢。"

Yen 太太说了见面的第一句，我不知道该如何用比较简洁的话来回答她。

我："您好，这是您家门口的报纸。"

我将刚才地上捡到的报纸递给她。Yen 太太发出了厚重的低音笑声，"呵呵呵"地接过了报纸。

Yen 太太："这些报纸我们也不怎么看的。来，进来吧！"

我们一起走进院子，院里停着两辆车，一辆灰色的轿车，一辆浅棕色面包车。我们从两辆车之间穿过，到达她家房子左侧外面的围栏。

Yen 太太："你看你怎么选择吧，你可以睡在车里，也可以睡在后面的阳台上。可能车里比较舒服吧。"

我："我能再看看阳台吗？我有帐篷，阳台上可能比较适合。"

Yen 太太："哦，阳台也不错，只是我们刚搬来，那里都没有收拾，很乱的。"

我："我无所谓的。"

我们边说着，Yen 太太边打开了涂着白色油漆的木质栅栏门。

我跟着她走进她家后院。一进后院，右手边就是阳台大门。阳台是在草地上架起的一个平台，三面都是一片片的纱窗，一面跟房子的外墙衔接，像是阳光房。阳台外是青翠的草地，院子里有一棵大树在草地中央开枝散叶。

我跟着 Yen 太太上了三级台阶，打开纱窗门，进入阳台。阳台地上铺着一块蓝色的薄地毯，地毯上除了尘土还有一些散落在上面的干树叶；一盏白色的柱灯孤单地伫立在阳台的一角，几片灰色的毯子不规则地卷在阳台的另一角，与晾衣竿堆放在一起。这个阳台很大，虽然堆放了不少杂物，仍有一大片区域空出来，我的帐篷完全可以搭在这里。

我：“我觉得这里可能更好一些，我可以搭帐篷。”

Yen 太太：“你觉得这里可以啊，那就这里好了！我之前想着可能车里会舒服些。”

我：“如果在车里，可能需要开窗，会有蚊子。”

Yen 太太：“你说的也是，那就这里了哟。你还有什么需要吗？”

我：“我能上个厕所、洗个澡吗？如果方便的话。”

Yen 太太：“现在吗？”

我：“哦，不急。我先要把帐篷搭上，把我用的东西拿出来。”

Yen 太太：“那好，那你先弄。”Yen 太太从阳台上打开了通往家里的大门，回到屋子里。

我站在阳台上，摘下双肩背包，脱了红色抓绒外套，深深呼出一口气。这一天的旅途总算是到了终点，可以放松一下了。稍微活动活动有些僵硬的肩膀和后背，蹲下身子打开行李箱，取出我的装备。这是这次旅行以来第二次搭帐篷，不论天气、环境都比上一次好太多了。在一户人家的院子里，还有这么一个大阳台，这种安全感比在野外要强烈得多。我甚至可以将打开的行李箱和背包就这么敞开地放在帐篷外，不需要收拾，更不用担心下雨会把所有东西淋湿。

我带的是一个双人帐篷，一半的空间睡人，另一半用来放背包和行李。今晚，这个帐篷空间会宽敞很多。几分钟后，我的帐篷搭好了，充气防潮垫也充好气放在帐篷里。一个小小的属于自己的私密空间就这么搞定。帐篷总是给人一种游戏般的私密感，一层薄薄的尼龙防雨布与筷子般粗细的金属支撑架组合在一起，既不结实、也不隔音，看起来是那么的弱不禁风，不堪一击。但就是这一层薄薄的布与两根可以折叠的"筷子"架构起来的小小空间，却能在我躺在里面休息时，成为我的保护层。

Yen 太太抱着几瓶果汁和矿泉水走到帐篷前递给我。

Yen 太太：“你出门在外，要多吃水果，多补充维生素。”

我从帐篷里钻出来：“谢谢您，Yen 太太，现在方不方便让我洗个澡？”

Yen 太太：“没问题，你在阳台外面楼梯下的那个房门外等我。我需要从房子里打开那扇门。”

我：“好。”

Yen 太太回到房子里，她的小心谨慎可以理解，作为两个女儿的母亲，提防一个突然造访的陌生人非常有必要。蓓芳姐和 LiHua 家都是男孩子，也许我的行为多少会起到鼓励男孩子，让他们更勇敢一些的作用。Yen 太太家却是两个女儿，她有自己教育女孩子的方式，不希望我的出现影响或者改变她们，所以从始至终我都没有见到过这两个孩子。

我站在她说的房门外等了大约几分钟，Yen 太太终于绕到这里，为我打开了门。这是一个书房的后门，里面堆放的杂物比阳台上还要多、还要乱。Yen 太太指引我来到这间房左边的卫生间，我在里面尽可能快地洗完澡。打开卫生间的门，Yen 太太坐在一把旋转座椅上，正对着我刚刚打开的卫生间的大门看着我。她应该是从我一进到里面就坐在那里看着了。见我出来，可能觉得自己的这个行为多少有些令我尴尬，她赶快从旋转座椅上起身，再次发出她那浑厚的低音笑声"呵呵呵"来打破彼此的尴尬。我当然也很识相地开口，来让彼此心里都好受一些。

我："我洗完了，很舒服。谢谢您啊。"

Yen 太太："不要客气了啦，早点休息去哟。你太辛苦了啦，走那么远。真是的！"

我："呵呵呵，还好，其实这经历挺好玩的。"

我边说边提着自己的洗漱用具走出了房门，回到了阳台上属于自己的小窝。头发还有些湿，我打开一瓶橘子汁，热水澡后喝饮料应该算是人生中最享受的时刻之一。我正在品味这瓶橘子汁时，Yen 太太走到我的帐篷前。

Yen 太太："我的女儿非要吃墨西哥餐，我现在要去帮她们买那个墨西哥餐。也帮你买一份回来好了啦，你喜欢吃鸡肉还是牛肉？"

我："我都可以，我给您钱，稍等。"我钻回自己的帐篷取钱包。

Yen 太太："哎呀，不要跟我提钱了啦，不要跟我算这么细，算我请你的好了啦！"

我："啊，这样啊，那太不好意思了。"

Yen 太太："不要跟我客气了啦。你还需要什么吗？"

我："我可能需要您帮我看看，我的后腰被蚊子咬了两个包，很疼，我自己看不到。"

我提起上衣边儿，指着我能摸到的两个包的位置，让 Yen 太太帮我看。

Yen 太太："哎哟，很严重耶！我家里有药，等下我找出来给你涂上，你这个必须要消毒、涂药才可以的呀。这咬得很严重耶！"

我："是吗？我就觉得摸起来特别硬，特别疼。平时蚊子咬之后没这么疼。"

Yen 太太："你等等好了，我去拿药给你。"

不一会儿，Yen 太太捧着一盒消毒纸巾，还有一管管的药膏和一盒创可贴回来。她先是帮我用消毒纸巾擦了很疼的那两个包，然后用醋倒在创可贴上面，帮我贴在包上。

Yen 太太："这是台湾的土方，白醋可以消炎止痒，对蚊虫叮咬很管用的呢。这个需要每隔几个小时换一次才行。我看你除了被咬的包，还有些过敏。"

除了蚊子咬的包，我身上还起了一些过敏性红疹。从小到大在北京，除了青春期时疯长在脸上的青春痘，我从没过敏起过疹子。Yen 太太将拿来的不同功能的药膏帮我涂上，然后把剩余的塞给我让我带上。

Yen 太太："你把这些药膏带上，路上肯定还要用的。"做母亲的人心总是很细，特别会照顾人。

半个多小时后，Yen 太太端着一份打包的墨西哥餐再次来到我的帐篷前递给我。

Yen 太太："来，墨西哥餐。这份是你的。"

我："谢谢您。"

Yen 太太："客气什么嘛！"

阳台上的几个插座都没有通电，我只能再次求助 Yen 太太。

我："Yen 太太，这里没有电，能不能麻烦您帮我为手机充电？"

她爽快地接过手机，用浓重的台湾口音说："Ok 啦。等充满电我再拿给你好喽！"

躺在自己的小帐篷里，那份三明治下肚后，我到现在还不饿。打包回来的墨西哥餐实在不对胃口，我尝了两口就放在帐篷外。记不清我是什么时候睡着的，总之，应该是很快吧。

到了深夜，寒流再次来袭，我躺在帐篷里被冻醒了，于是开始责备自己为什么还没买睡袋；责备自己因为前两天在别人家里睡得太舒适太安逸，居然忘了第一次露营的惨痛教训；也责备自己对气温的预估太想当然。按照以往的旅行经验，我的路线通常都会设定成由北向南，从寒冷的地方南下，一路就会越来越暖和，带的衣服都是平时快要穿烂了的，这样可以边走边扔，既能减轻负担，也不会心疼。然而美国的天气却变幻莫测，白天和夜晚的温差大不说，暴雨的突然来袭经常让人躲闪不及。

今夜，手机被拿到房里充电，黑暗中摸索着打开手电看看手表，夜里 2 点。"还有几个小时才会天亮呀！"我心里这样感叹。如果有手机陪在我身边，肯定会帮我排解这份寒冷，让这难熬的几个小时快点过去。无法安枕入睡的我，脑子里开始各种胡思乱想。想起 Yen 太太曾经让我选择睡在车里，那样的话现在会暖和很多吧。我甚至开始默默地埋怨起 Yen 太太来："她也真是的，防备心太重了，早知道会这样，我求助白天遇到的 David 或者 Susan，也许今晚就可以睡得暖和些，他们看起来都像是愿意付出的好人。"人就是这样，在某些特定环境下非常容易改变想法，变得贪婪和不满足。在睡觉前我还感激 Yen 太太为我提供了一处安睡的露营地，至少不会让我提心吊胆地过夜，现在却幻想着能睡到人家的家中。尽管我在用"寒冷"这个客观条件当借口，依然无法掩盖我此刻贪婪的想法。

我躺在帐篷里，蜷曲着身体，让红色抓绒上衣尽可能盖住自己，心里的阴暗面在寒冷的深夜里暴露无遗。我用散开的长发盖住耳朵和脖子保温，感觉鼻头变得冰凉，脑海里不停抱怨着，却改变不了客观存在的事实。我心里默默地嘟囔着"明天一定要去买个睡袋！"不知过了多久，终于浑浑噩噩地睡着了。

清晨 6 点，太阳的光线透射进来，我打包收拾好自己的行李，期待着 Yen 太太可以早些醒来，将我充满电的手机还给我。也许在上路前，我还可以借她家的厕所方便一下。昨天晚上放在帐篷外的那盒墨西哥餐已经被冻得冰凉，我拿出包里的塑料袋把自己制造的垃圾装到一起，然后坐在行李箱上期待着 Yen 太太可以快点起床。

一个不速之客睡在自家的地盘上，估计主人家这一夜睡得也不见得比我安稳多少。Yen 太太很早就起了床，把充满电的手机还给此刻正坐在阳台上百无聊赖的我。见到手机的那一刻，我无法掩饰自己的欣喜，在 Yen 太太的再次监督下，我很快用完卫生间并洗漱完毕。简单道谢后，拉着箱子离开了。

2013-5-16
—— 新泽西州普林斯顿 ——

从 Yen 太太家出来，距离美国著名的普林斯顿大学已经非常近了。一早刘燕文先生就打电话告诉我，一定要去参观这座美国著名的学府。刘燕文先生说普林斯顿大学是美国最古老的大学之一，2012年在美国大学排名中已经超过了哈佛，在常春藤盟校学府排名第一，是世界闻名的精英教育机构。虽然规模比哈佛和耶鲁等著名大学要小，但学术气氛和贵族气质是世界范围内独一无二的。

我十多年前还是电视节目外景导演时，曾拍摄过国内顶尖学府北大和清华的校园外景。那时这两座学府可供人参观，校园里甚至还经常看到旅行社导游举着小旗子，带领一拨拨游客到校园著名景点合影。后来，这两所国内顶尖大学门口已设有重重关卡，外人要进入已不太容易。海淀区的众多著名大学，包括我的母校北京电影学院在内，近几年都开始用现代化的遥控铁门把校园与外界隔开。所以，在我的刻板印象中，高等学府有着与世隔绝的神秘感，我甚至不觉得普林斯顿大学这样一座世界顶尖学府会允许我一个小小的背包客随便参观。

按照地图的指示往前走，我看见穿着银光警示标志背心的人举着"停"字警示牌站在马路的人行横道旁，美国的路很少设有红绿灯，这个路口每当有学生准备穿越马路时，拿着"停"字警示牌的工作人员就会举起手中的标志拦下路上的机动车，让等待的行人穿越。机动车会在见到警示牌时停在不远处静静地等待，直到"停"字警示牌放下后再行驶上路。我停在路边静静地观察，发现一旦有行人想要穿越马路，就算这段路没有机动车经过，举牌子的人也完全没有放松戒备，依然会完成上述的程序。后来才知道这些工作人员都是住在附近社区的人，各家各户轮流站岗，义务值勤，性质有点接近记忆中我小时候在居委会义务值勤的爷爷奶奶们。

我记忆中的北京，街边儿上戴着红袖标的大爷大妈们都会坐在马扎儿上，看见谁做得不对了，就拉过来用慢悠悠的口吻跟那个人掰开了揉碎了地讲道理，道理讲通了，不文明的行为改过来了，大爷大妈们还会鼓励和夸奖几句。记忆中，值勤的大爷大妈们对过路人露出的是慈祥和蔼的笑容。

不远处，一座像是城堡一样的老式建筑静静地伫立在路边。周围很安静，偶尔有人从这座建筑里进出。城堡附近的路上，可以看到很多现代风格设计的建筑，与老式的建筑交相辉映着。

继续往前走，我第一次看见了美国的体育场，整个球场大门敞开着，任何人都可以直接进入。此时没有比赛，我一个人坐在观众台上看着空旷的球场，想象着比赛时运动员们在球场上挥洒着汗水、看台上观众们激动地呐喊着的情形。原来，这里就是普林斯顿大学的体育场，从刚才举警示牌的街区开始，我已经在不知不觉中进入了普林斯顿大学。

美国的大学没有墙也没有围栏，这实在是让我有些意外。从体育场出来，我又绕到了图书馆、不同的教学楼和足球场。除了化学实验室门口装有身份识别，需要刷卡才能进入，其余大部分都是开放状态。我拉着行李箱在普林斯顿大学游走，没有遇到任何人对我进行盘查或者质疑。每次与人擦肩而过，彼此都会相视而笑或点头问好。

在这样一个贵族精英聚集地，却也有不尽完美的地方。校园里散落着被拆卸得七零八碎的自行车。镶在地上形态各异的铁柱栏杆、与栏杆锁在一起的自行车残骸，就像是街头行为艺术一样出现在这片圣地不同的角落，让这座殿堂级学府多少接了些地气儿。此时我才理解，为什么美国在入镜时会检查得如此严格，因为当我们真正踏进这片土地，就可以随意进出任何地方。

参观了普林斯顿大学，顺着路走到河边，进入一段自然公园。这段路是细小的碎石子混杂着泥土的路段，可以步行，也可以骑车。路的一侧透过树与树之间的间隙可以看到河道，一群群的鸭子在水里游走，这条路沿着旁边的河道一直向前。路的另一侧是绿植茂密的丛林，植物与植物之间几乎没有空隙，这里根本无法估算到底生长了多少种类的植物。我在走这段路的过程中，嗓子开始发痒，一开始以为是嗓子干，可几次喝水都不能压制住，咳嗽完全没有好转的迹象。后来想起刘燕文先生曾经电话里嘱咐过我，美国的自然公园中植物种类众多，有些植物会引起过敏反应，我眼前的这一大片绿植种类繁多，我也许真的对其中某些植物不适应。反应过来后，我马上想到出发前朋友送的一块多功能面罩，赶紧拿出来套在脖子上，遮住鼻子和嘴巴，然后调整呼吸，慢慢往前走，几分钟后，咳嗽症状好转，走出这段自然公园没多久，所有症状就消失了。

这段自然公园出口正好连接着高尔夫球场，球场上有人在练球。我沿着球场草坪的边缘前行，看到一只可爱的小松鼠双手扶着树干，头转向球场，出神地看着人类打高尔夫。它太专注，以至于没有察觉我的靠近，让我有机会用手机抓拍到一张生动的照片。另一棵树上跑下来的一只松鼠对着它叫了两声，才让它从看球的入迷状态中回过神来，迅速离开。

今天我的行李箱坏了，我必须要更换它。箱子下面的轮子已经被磨得可以看到轴心，箱子底部的布料也破了一个大洞，露出了箱子的内衬部分。几天的徒步，让我感觉拖着箱子在很多路段走起来都不太灵活。整个过程中我始终要腾出一只手来拉它，对于徒步者而言，背包会是更好的选择。但令我犹豫的是，箱子能帮我减轻很大一部分重量，我的身体负担会轻很多。

终于走到了沃尔玛，我把自己的行李箱放到推车下面一层，推着进了超市。这家沃尔玛包含了几乎所有你能想到的和想不到的东西，这样庞大的综合性超市的出现，早年间着实击垮了一批散户商家。我推着装有自己东西的购物车走到户外用品区，仔细对比选择。

睡袋！对！先挑睡袋，再也不想体验寒冷无眠的夜晚。睡袋的种类很多，尺寸大小不一，根据现在的季节和自己未来的行程路线，我只需要选择一款体积小、便于携带的就好。我的个子不高，在美国属于矮小的，一款粉色印花的儿童睡袋在那一堆颜色单调的成人睡袋中显得特别抢眼。旁边一位正在挑选户外用品的身高超过190厘米的黑人是个热心肠，他看到我在犹豫，于是走过来帮我一起选购。他站在我身边时就像巨人一样，高挑的身材，偏瘦的体型，手臂很长。他大概询问了我的旅行计划，知道我的需求是从纽约走到迈阿密，又上下打量了一下我的身高，建议我选择那款粉色印花儿童睡袋，正好是我心仪的那一款。

已经5月中旬，天气越来越热，我一路由北向南，气温肯定越来越高。这个睡袋也许用不了多久，将会因为我行李的减重需要而惨遭丢弃。

接下来是背包。买完睡袋，我最终还是选择背包负重，这样走起路来会更灵活，双手一旦解放，从兜里掏出手机和相机抓拍的速度也会快一点。

我们转身走到一排背包前，户外的大型背包样子都不太好看，功能才是最重要的。背包种类很多，上面的一堆绑带有着不同的功能，我甚至无从下手，不知道该如何使用。热心人看了看我的箱子大小，知道我需要把箱子里所有的东西装到背包里，还要有装多一个睡袋的空间，于是从一堆背包中选择了一个他认为适合我的。我背上背包后，他又帮我调试了绑带的位置，并指点我背包使用的小诀窍。

付完款，我坐在沃尔玛超市门外的椅子上，把原本箱子里所有的物品全部转移到新买的大背包内，然后我把大背包和自己一直随身背的小双肩背包放在椅子上，让陪伴我很久的小箱子作为前景站在椅子下，为它们拍了一张具有历史意义的照片。拍完照，我把原本的小双肩背包反背在胸前，然后背部肌肉和脊椎一起用力，背起新买的大背包。正巧一位穿着沃尔玛背心的员工从超市出来整理外面的垃圾，我把小箱子交给他，继续上路了。

背包旅行对身体体能真的是极大的考验，所有的重量都需要由身体来承担。肩膀、腰、颈部、脚踝等处突然增加了这么多负重，对于第一天背包上路的我是全新的考验。身体越累，就越发想念曾经帮我承担这些重量，跟着我走南闯北的小箱子。

今天做得最愚蠢的事就是买了一大包薯片，国内从来没见过这种大包装，这种包装薯片的量就相当于国内几包薯片之和。我对垃圾零食诱惑的低抵抗力，使这样的一包薯片跳到了自己的购物车里。前后都要背包，我的身体已越来越累，手里的这包薯片最后仿佛千斤重担。路边偶尔有野鸭群，我撒出一些来，试图跟它们一起分享美味的薯片，结果它们完全不赏脸，根本没兴趣，我只能再次自嘲自己的愚蠢。

这一天，我实在没有体能走到计划的目的地。天已经渐黑，需要赶快安顿今晚的住处。正好前方不远有座教堂还亮着灯，教堂门口写着圣安教堂。

我走进教堂，教堂的顶部是木质结构，深红色的原木搭成三角形的屋顶；红色和白色的宽绸带从教堂讲台中间的上空向四周扩散，垂挂在墙边；教堂顶部的射灯像星星般点缀在红色和白色的绸带间。工作人员正在这里为即将举行的庆祝仪式做着准备。我背着两个大包站在教堂中间的走廊处，工作人员看到我后主动过来询问。我说我需要一个安全的地点露营一晚，于是他们找来了这个教堂的负责人，一位身穿浅蓝色裙装制服的修女。

蓝衣修女："我能为你做什么？"

我："我需要找个地方露营。"

蓝衣修女："好，跟我来。"

我跟着修女穿过教堂，从后门走到外面，在停车场附近找到一块草坪。

蓝衣修女："这里可以吗？"

我："是的，这很好。"

蓝衣修女："好，教堂将会在8点钟关闭，也许你现在需要用卫生间。"

我："是的，太感谢你了。"

我再次跟着蓝衣修女回到教堂，她把我领到卫生间门口。

蓝衣修女："这是卫生间。祝你有个愉快的夜晚，享受你的露营。"

我："非常感谢。"

蓝衣修女离开后，我在卫生间里进行了简单的洗漱，然后回到之前的那块草坪，用很短的时间搭起帐篷。在我搭帐篷的过程中，一对母子好奇地走过来。

母亲："你在做什么？"

儿子："你在做什么？"儿子看起来已经成年，但依然被母亲挽着胳膊，并重复着母亲的话。

我："我在这里露营。"

母亲："教堂知道吗？"

儿子："教堂知道吗？"儿子依然重复着母亲的话。

我："是的，教堂说在这里露营没问题。"

母亲："嗯……"

儿子："嗯……"

这对母子不再存有异议地离开了。

帐篷搭好后，我很快钻进去，一头瘫在帐篷里。终于把今天背了一天的负重卸下来，此刻我正享受着这个负重为我提供的空间。"我们之间只有彼此依赖，才能将下面的旅行继续下去。"我这样想着。

不一会儿，我感觉帐篷外有人走动，并停在离帐篷很近的位置。我拉开帐篷的拉链探出上半身查看，还是刚才跟我对话的那对母子。由于我的腿脚酸疼，实在没力气再从帐篷里钻出来站着与他们对话。那对母子站在我帐篷前，母亲胳膊依旧挽着她已经成年的儿子，儿子看起来有些智障。

母亲："我刚刚跟我丈夫说了，我们家可以有一个房间给你，你可以睡在房子里，你愿意吗？"

儿子："嗯，嗯。……"

我："我在这儿露营没问题，非常感谢。"

我此时已经非常疲惫，但尽量让自己表现得友善并感谢她的邀请。我的身体已不想再多走一步，这个帐篷给我提供的空间让我感觉很舒服。这对母子虽然能给我提供更舒服的住处，可总让我有种不安全的感觉。谢绝了他们，正好赶上教会学校放学，一些青少年陆续从大楼里走出来。他们看到我多少有些意外。在路灯的照耀下，我那顶天蓝色的帐篷被绿色的草坪和一排绿色的灌木衬托着，很容易引起别人的注意。我用微笑回应他们，然后钻回帐篷拉好拉链，将自己关闭在这个小小的空间里，透过这层薄薄的布，可以清晰地听到他们的对话。

女孩子声音："在这里露营？太疯狂了！"

男孩子声音："我喜欢这个点子，这太酷了！"

女孩子声音："是，这是很酷，但我的意思是，为什么露营在这儿？"

男孩子声音："为什么不？这里是教堂学校，很好并且很安全。"

女孩子声音："我只是觉得怪异。我真的做不到这一点。"

男孩子声音："哪天我也尝试看看，这个很有意思！"

男孩女孩们的讨论声随着汽车引擎的发动陆续消失了，虽然是教堂的后院，但还是可以听到周围路上响着警笛的警车不停地穿行驶过。我意识到在下面的旅行中，意志力薄弱和内心的挣扎将会是我将面对的最大的挑战。今晚，我盖着新买的粉色小花儿睡袋入眠。

2013-5-17
—— 新泽西州劳伦斯小镇 ——

清早5点30分，天亮了。这一晚睡得很熟，也许是已经习惯了住帐篷，也许是新买的睡袋非常温暖，我中途没有醒过一次。睡眠充足，人就精神，心情也自然愉悦。我钻出帐篷，收拾自己的行装。教堂早上6点钟已经开门了，我背着所有的行李再次走进这个地方。昨晚匆匆穿行而过，并没有好好地驻足欣赏。

这是一座教堂和教会学校合体的建筑，美国很多教堂都与教会学校相连。昨晚看到正在布置漂亮绸带的教堂，只是这座建筑的一部分。而我现在正在穿行的走廊，则是教会学校部分。这座教堂是现代派建筑，走廊顶部是由几十组四方形玻璃对接搭建起来的尖顶，从走廊的一边延伸到另一边。阳光透过尖顶的玻璃洒下来将长长的走廊照亮，这种设计可以节省很多能源。走廊的左侧摆放着几把长椅，右侧摆放着几盆剑兰，剑兰约1米高，上方的墙上挂着讲述不同故事的圣像，其中一幅照片拍摄的是米开朗琪罗 1499 年创作的《圣母怜子》雕像。这尊雕像现在一直被安放在梵蒂冈的圣彼得大教堂，我之前在梵蒂冈亲眼见过，所以印象深刻。记得自己当时还购买了这幅雕像的明信片寄给我的爷爷。

我的爷爷奶奶都是非常虔诚的天主教徒，记得他们每天早晚都要对着圣像做早晚课，一日三餐前，两位老人也要先祈祷。

我们 80 后这一代人，从小接受的是唯物主义教育，课本上，达尔文进化论用短短几行文字就简单概括了人类从猿进化到人的过程。从小学到高中，老师的话就是权威，所有的试题，哪怕是所谓的论述题都有统一的标准答案。我们不能对任何书本上和老师课堂上传授的知识质疑，期末考试卷子上的分数代表了一切。在这种大环境下，我叛逆的想法没有空间得以释放。直到成年后，思想不再被应试教育捆绑束缚，大脑中一系列的问题才会有机会蹦出来：动物园里的猴和猩猩为什么没跟着人类一起进化？是不是所有物种都有机会进化成人类现在的样子？假设用进化论来解释涵盖所有的物种，人类的外貌是否应该更加多样化？怎么没有像古希腊神话中的半人半马，或像中国鬼怪故事里牛头马面那样的人出现？但这些质疑在大脑中都是灵光一现，便被再次丢到脑后，无暇去想。是的，我们的成长过程是忙碌的，我们忙着学习、忙着考试、忙着工作、忙着社交，我们没有时间和精力去思考和遐想庞杂之事，我们甚至没有时间学会怎样好好地生活。我们这一代人像是被催熟的苹果，被迫着成长、结果，而内心却是青涩的。

穿越教堂的走廊，尽头就是昨晚我进入教堂的玻璃大门。八扇长方形的玻璃排成一排，左右两边的四扇大玻璃上分别印着四位圣人的圣像，中间的四扇则是进出教堂的玻璃大门，这个设计现代感十足。阳光穿透玻璃门直射到教堂走廊棕红色的地板上，让人感觉暖暖的。

我找到走廊边的洗手间，里面宽敞明亮，设施齐全，还附带着母婴专用的换洗台。时间尚早，教堂还没有人出入，我便占用了这间宽敞的卫生间洗漱。在美国，几乎所有的公共卫生间配套设施都非常完善，卫生纸、洗手液是最基本的。有的公共卫生间还提供擦手巾纸，抑或烘干机。不过我觉得最实用的，则是所有的公共卫生间洗手池都提供冷热水，这简直让我旅行中的个人卫生提升了一个台阶。

在欧洲，很多国家的公共卫生间是需要付费的。如果是无人看管、自行投币的卫生间，也有不成文的规定，上一个用完卫生间的人，会在出来后拉着大门，让排在门口的人直接进去，这样一个接一个，后面的人就可以省下投币的钱。但这是你能遇到的少数幸运时刻，毕竟国外很难见到在卫生间排长龙的队伍。我在芬兰罗瓦涅米火车站时，曾经因为身上没有硬币，又迫切地想要上厕所，焦虑不安时是火车站工作人员直接用钥匙为我打开了需要投币的门。我从钱包里抽出一张纸币递给她，工作人员微笑着冲我摆摆手，没有收下钱，那个时候一股暖流涌上心头。芬兰北部那个时候天气是寒冷的，但我却因为那里的人而感到温暖。

我甩了甩刚洗完的长发，因为没有干，所以只能披散开。从卫生间出来，正巧遇到教堂的神职人员，这是一位老爷爷，也是今天来得最早给教堂开门的人。他的体型偏瘦，个子不高，发际线靠后，灰白色的短发整齐地向右后方梳起，有点像《丁丁历险记》中的主人公，和善的微笑、红润的面庞，高耸的大鼻子上架着椭圆形的眼镜，后面是蓝灰色的眼睛。他见我湿着头发从卫生间出来，表现出一瞬间的意外。我赶快用不熟练的英语解释前因后果，他则搭配着手势关切地问我是否需要水和吃的。很快，他为我端来了一杯热咖啡，我征求了他的同意后借用墙壁上的电源为我的手机充电。在充电的过程中，我们聊起了旅行，我注意到他的眼神在听到关于旅行的话题时是放光的。

渐渐地，来教堂的人多了起来，昨晚同意我留宿的修女也来了。

她一进大门见到我便问："你睡得好吗？"

我立刻做出回应："非常好！谢谢你。"

修女："好，保重。"

老爷爷与修女打过招呼，便开始兴奋地介绍我的旅行。

老爷爷："她徒步旅行，从纽约来。"

修女回答老爷爷："是的，我知道。我们昨晚见过。"

在我离开这间教堂前，老爷爷为我的水壶装满了水和冰块，修女则再次嘱咐我旅途中注意安全。

早上出发，我已经从新泽西州进入了宾夕法尼亚州。见到路边的座椅，摘下所有的背包，坐下来休息。水壶里的冰块已经融化，水喝起来是凉爽的，特别解渴。我低头看着穿在脚上的旧运动鞋，特别庆幸自己出门时选择了它们，既轻便又舒适。临出发前，我也买了户外用品店出售的专业徒步鞋，那种鞋的鞋底材质更结实，但考虑到新鞋总归磨脚，特别是新穿上的那几天，所以临出门前的一刻，我最终脱下已经穿好的新鞋，换上这双旧的，这几天的徒步旅行，证明我的选择是对的。

一路上，我经过一个没有记住名字的小镇，小镇上一个叫 Mary 的女人从我身后跟了上来，人行道不宽，两个人并排走刚好。Mary 是一位染着金色短发的黑人，她刚好跟我同一个方向，看见我的装扮就跟上来闲聊。

"我在徒步，从纽约去迈阿密。"这应该是我近几天里说的频率最高的话。

她并没有像大多数人那样表现出一脸吃惊，而是问我是不是在为癌症或者艾滋病筹款，我回答不是。

我确实从网上查到过很多类似信息，在美国，会有组织不定期举行一些穿越美国的活动来为慈善筹款。我没有那么伟大，也没有机会去做那么伟大的事情。我很难用自己仅会的那几个词汇解释清楚目前的想法，所以也不可能将这个话题深入。Mary 把话题变得简单，我们谈起行走与健康，谈起身体在行走时给人的良好感觉。她说美国人到哪里都开车，而她跟我一样喜欢走路，走路让她的身体更舒服。我们并肩走的这一路并不长，到了分岔口就各分东西。人生道路也是如此，时而孤单，时而结伴，会有新奇的事物出现，也会有熟悉的人离你远去。一段段的插曲交织在生命中，丰富着我们的人生旅途。时光流逝让每个人的人生只能向前。

从公路、草地、石板、砖、木板、石头再到公路、草地，我脚下的路不断变换，沿途的风景却重复再重复。不论是自然风光，还是穿越经过的不同生活区、商业区，或者路边遇到的各种野生动物，都无法再轻易地让我兴奋起来，眼中看到的一切归于平常。当外界呈现的各种因素没有新的变化，人的大脑会综合所有的旧信息，重新进行分类整理，然后结合外界环境对即将发生的情况进行系统预估，这就是人们称为"经验"的东西的形成过程。这时候，如果没有新的突发情况出现，大脑很容易就会通过自身判断，自动过滤接收到的重复信息，将注意力转移到其他地方，这就是"走神儿"。此刻的我就处于这种状态，是的！以上的概念都是我胡乱编出来的。虽然还在一步步走着，我的意识却早已脱离了身体，开始各种天马行空的幻想。我想每个人都能理解这种状态的感觉，比如在课堂上，比如在开会中。

神游着的我走进了一家不大的快餐店，我需要休息。在我的计划里，整个旅行过程都不是在赶路，我并不想赶路，也不想让自己体力透支。在日照最强烈的午后，我需要休息，以便保存自己的体力。

找到店里有电源插口的座位坐下，我开始享用美式午餐。一杯可乐、一个被切开的金枪鱼三明治。不论你吃得有多慢，一个 6 英寸的金枪鱼三明治都无法让你吃上 1 个小时。倒是这杯可以无限续杯的可乐解决了我想赖在店里的尴尬。一个人坐在角落，也许所有的尴尬都是自己的感觉，店里工作的那些员工根本不在乎你在这里待了几分钟还是几个小时。

在午间本该忙碌的用餐时间，这家店却几乎没有客人。没有客人并不代表这里的食物不好，至少我点的金枪鱼三明治味道不错。白面包经过烤箱加热，一口咬下去的时候，可以感觉到表皮薄薄的那层酥脆和面包内部纤维的松软。面包中间夹的金枪鱼实际上只是蛋黄酱跟金枪鱼碎肉搅拌在一起的金枪鱼酱。金枪鱼酱因为需要低温保存，所以是凉的。热面包中间夹上口感凉凉的金枪鱼酱，再搭配新鲜的西红柿薄切片和生菜，一口咬下去，味蕾告诉我，这个三明治味道真不错！相信我，这个判断跟自己当时的饥饿感无关。在判断美食方面我一贯理智，当然这并不表示我是一个挑食的人。也许小时候是，但现在绝对不是。

这家店下午上班的员工是一位烫着金色卷发、体型圆润的中年妇女。她一进门就开始跟店里的每一个人打招呼，好像她认识所有的人一样，当然也包括角落里的我。她的态度热情极了，我一时不知该如何回馈她的这种热情，只能挤出一个笑脸，之后迅速低下眼皮玩手机。当我再次抬眼时，我看到她跟吧台里面的人在聊天。从他们交谈的眼神中，我知道他们在聊我。毕竟我是今天坐在这里时间最长的人，但他们并没有想要找个理由驱赶我的意思。

金发中年妇女从吧台走向我，问我是不是在徒步旅行。我的特征太明显了，一个硕大的登山背包和一个小一点的双肩背包就在我旁边的座位上立着。我回答是的。她对我说，她见过一些徒步旅行的人，一直想问这些人一个问题，就是徒步的原因。她说她理解有的人是为了健康，有的人是为了看到不一样的世界，也许每个人都有不同的理由，但她还是想知道为什么。她向我提问时，每一次问"为什么"之后，她都自己做出各种各样的回答，我甚至不觉得她是在跟我聊天，她的状态更像是在台上演讲，而我只是那个让她有机会谈论徒步旅行的理由。她讲话时表情夸张，但真的非常友好和热情。两位在吧台工作的员工和零星的三两位客人（其中包括我）都关注着她此刻的"演讲"，她成功地抓住了所有人的关注力。听完她喋喋不休的自问自答，我决定再次上路。

从纽约走到迈阿密

在宾夕法尼亚州寻找合适的露营地并不顺利。下午拜访了一间教堂，围着教堂转了一圈才找到神父办公室。开门的是一位十来岁相貌帅极了的小伙子。来美国这么多天，还是第一次见到长相这么精致的男孩：只见他皮肤白皙，脸上布满了小雀斑，头发留的是披头士那种半长发，身材消瘦，蓝色的眼睛特别清澈。开门的那一瞬间，我们彼此都有些意外。我意外的是没想到在这里能见到这么帅气的小伙子，而他意外的大概是没想到门口站着一位背着大包徒步旅行的女汉子。我拨通了刘燕文先生的电话，请他帮我翻译我来的意图。小伙子找来神父，神父接过电话了解情况，最终还是不同意让我留在教堂附近。

我了解教堂的规矩，从传统意义上讲，教堂是不允许有女客留宿过夜的。这些传统的规矩有时会根据每间教堂的管理者而略有不同。神父把电话还给我，我听着刘燕文先生在电话里给我翻译他与神父之间的对话。在这个过程中，这位老神父转身回到自己的办公室，很快他手里拿着一封写好的信交给我。

信中的内容我用翻译软件得知，大致是：这个女人在徒步旅行，请看到信的人能提供帮助，或者提供一晚的住宿。然后是神父的署名和教堂的名字。

我接过这封信，感觉自己像是置身于欧洲中世纪时期的赶路人。每天傍晚来临前，手里捧着这封信找寻可以落脚的地点。敲开一间室内亮着灯的大门，屋子的主人接到神父的亲笔信，犹如得到了神圣的指令一般，为我提供温暖的床被和可口的食物。这封信就像是有魔法的通行证一样，为我开启了前方的道路。虽然还不知道这封信在21世纪会有怎样的魔力，但我无法控制自己大脑中的想象，我把信放在自己的贴身口袋里收好。

从这间教堂出来，继续沿着手机地图指引的方向走到了一个叫Bensalem的地方。眼看天要黑了，我却还没有选定一处合适的落脚点。前面有间教堂，我打算过去再试试看。透过侧面的玻璃门，我看到这间教堂的走廊亮着灯，但不论大门还是侧门都紧锁着。里面没有人办公，因为外面停车场没有一辆车。我坐在侧门外的椅子上等待，希望会有人来。侧门外是一片空地，不远处的一排树林形成了天然的屏障。

天已经彻底黑下来了，侧门墙上的射灯自动打开照到墙上，我想今晚应该不会有人来了。再次环视了一下周围的环境，安静得只能听到树林里昆虫的叫声，于是我私自决定就在这里过上一晚。帐篷打开，我钻了进去。照例记录这一天有趣的见闻，发送自己所在的位置到网络上。这是我这次旅行每天要完成的功课，我必须确保坐标和内容的实时更新，这样才能保证我的安全。当然，这样做不能说是百分之百保险，只是一旦发生意外，警察可以通过网络对我进行历史追踪。一旦我失踪了，他们也能找到我最后出现的地点。我真该少看一些悬疑推理剧，可是这个类型的剧目不论是电影、电视剧还是卡通片都深深吸引着我。

按照地图的导航距离，明天我就可以到达费城。我开始搜索关于费城青年旅舍的信息，我需要好好休息一下，洗个澡，睡个好觉，当然是在床上睡个好觉，还要把身上所有的衣服洗了，这几天流的汗，已经让我开始发臭了。看来徒步旅行确实是一种艰苦的旅行方式。

2013-5-18

── 宾夕法尼亚州费城 ──

根据日照的作息时间，我甚至甩掉了常年熬夜晚睡晚起的习惯。这些日子基本都是日出而作、日落而息，天刚亮我就醒了。我的身体还在适应背包在身体上的负重，昨晚卸下所有东西，在帐篷里躺下的时候，不论是脚踝、手腕，还是腰、肩膀、脖子都一直酸疼，偶尔腿部肌肉还伴随着轻度的抽筋。不过一晚上的休息总归是给了身体放松的时间。早上5点半，我已经整装走向费城了。

经过这些天的徒步旅行，从测试到记录，我基本可以确定自己每天步行所能达到的极限距离。负重步行24~30千米是我最近所能达到的极限，我很佩服之前那个横穿美国的中国留学生，可以用89天的时间完成近4800千米的徒步旅行。我是无法达到他那个速度的。

费城是美国最古老、最具历史意义的城市之一，这座城市被称为"友爱之城"。从各种电影和电视中都可以看到这座大城市灯红酒绿、市井繁华的一面。然而，当我越是走近这座城市，越是看到某些街区的破败不堪，满目疮痍。

就在昨天，我还陆续接到了几位曾经来过费城的朋友的警告。他们知道我快要抵达费城，于是特地嘱咐我，千万不要在费城露营，那是非常危险的。某些街区不要停留，因为治安乱到你无法想象。甚至有朋友跟我说，他们开车经过费城的某些地方时，差点被袭击。虽然我此次的旅行在大部分人看来有些疯狂，但我还没有疯狂到打算把自己这条命白白送到谋杀者或者抢劫者手中的地步。

这些天的所见所闻让我对美国有了更全面的认识，当我看到大街中间高架桥上面的交通快轨，我知道这种快速传输的公共交通工具是大城市的象征，我已抵达费城。快轨桥下的道路两边是一个个紧挨着的底商，部分商家虽然招牌还挂在门上，但已经拉下卷帘门呈关闭状态；部分小店只有门上亮着的"营业"彩色灯管让你知道，他们正在营业，可透过上面沾满污垢的玻璃往里看，里面漆黑一片。底商前的人行道不宽，从这条街开始，便道上的行人多了起来。三五成群地倚在墙边聊天、抽烟。很多黑人说话的嗓门很大。当然在中国生活了几十年的我，对于在公共场合大嗓门说话这种行为根本见怪不怪。当我亲眼看到走在自己前面的人，从地上抄起一支烟头叼在嘴里点上的时候，确实让我有些惊讶。这里是费城，美国第五大城市，概念中美国的城市汇聚了各路精英，创造着大量的财富，到处不都应该是一片积极向上、繁荣富强的景象吗？眼前看到的一切完全不是想象中的样子。

昨晚在帐篷里，我还嫌弃自己几天没有洗澡的酸臭味，走在这条街上，我感觉自己跟很多人比起来还算是干净的。背着大背包的我，在这里犹如异类一样，每每与三五成群的人擦肩而过，都会引来他们注视的眼神。甚至我已走过他们，仍能感觉到背后眼神的杀伤力。相信我，那些眼神虽不凶残，但也绝对不友善。闪着蓝灯的警车数量比我前几天加一起见到的都多，警察多的地方治安都不算好，这点我是知道的。已经引起关注的我，必须沉住气、稳住脚步，为自己营造出强大的气场，才不会被人轻易找麻烦。这种气场的营造，需要感谢中国的功夫片。中国功夫被宣扬到了全世界，在很多思想单纯的外国人概念中，中国人人都会功夫，轻易惹不得。身材矮小的我，能身扛这么大的背包，还能脚步稳健，一定也不是鼠辈。我一边不停地暗示自己、给自己打气，一边祈祷着赶快走出这条街区。

街角这家中餐厅从一进大门到点餐取餐的窗口处，整个区域大约有十几个平方。这跟国内很多麻辣烫店一样大小，但里面没有一张就餐的桌椅。点餐处是类似银行柜台窗口的厚重玻璃墙，玻璃墙中间有一块可以推拉的滑动玻璃板。每次有人来点餐或者取餐的时候，玻璃墙里面的人才会解锁后从里面拉开这块可滑动的玻璃板。整个玻璃墙除了可以滑动的这块玻璃板外，其他部分全部摆满各种货物展示品，尽可能地遮挡住所有你可以通过玻璃往里面看的角度。玻璃墙的上方是一排展示菜单的灯箱，上面 16 幅图片分成两排，每幅图片下面是菜品名称。与国内所有餐厅菜单上的照片相比，这里的照片拍摄的食物显得并不美味，由于灯箱内灯管的亮度太强，图片被强光照射得完全看不清楚食物诱人可口的样子。国外大部分餐厅的餐牌上并不配有图片，而是在每道菜名字的下方写上这道菜主要原料和配菜明细。在中国餐厅常年养成了看图点餐的习惯，给你一本上面密密麻麻写满小字的餐牌，你很难用堆积起来的文字去想象为你端上来的食物的样子。

我站在玻璃墙前抬头研究上面的菜单，最终决定点"快乐全家福"，因为这个名字看起来很有趣，中国并没有这道菜。走到玻璃墙前，滑动的玻璃板从里面打开，一位华裔妇女出现在窗口处，记录下我点的这道菜。从打开的玻璃板看到里面钉在墙上的几排货架。货架上不整齐地排列着一些零售物品。货架的左边是一个双门冰箱，里面摆满了各类饮料。冰箱左侧位置往里延伸的部分是后厨，可以听到炒菜声但看不到。我摘下自己的背包戳在餐厅靠窗的角落，这里没有提供可以坐下休息的椅子，我只能靠在大大的背包上休息，等待我的午餐。很快，我点的这份"快乐全家福"就做好，并装进了一次性塑料泡沫餐盒。餐盒内配有米饭，所谓"快乐全家福"就是将猪肉、牛肉、虾仁、蘑菇、四季豆和西兰花混在一起爆炒，样子看起来还不错，虾仁够大，菜量也十足。为了不给自己后面的行程增加多余的负担，我索性把背包横放在地，坐在上面捧着饭盒开始享用。这样类似的画面，最常出现在国内火车站外的广场上、施工地外围的蓝色铁皮墙下，以及剧组开工的外景地。在哪里都能吃，到哪里都能睡，练得这样一身硬本领得益于自己早年拼命三郎似的工作状态。这三者唯一的不同，就是后者在伙食上确实有很大改善。

前方终于迎来了我熟悉而亲切的国际青年旅舍标志，对于这个标志的亲切感是由之前的欧洲之行培养建立起来的。青年旅舍是一种提供简便住宿环境的地方。主要以提供床位形式为主，配有公用的卫生间、洗澡间、厨房、饭厅。有的青年旅舍还会提供娱乐室、咖啡厅等等。所有的环境都安全、轻松，并且很容易结识来自世界各地的朋友。在欧洲，很多青年旅舍都设在上百年的老建筑内，住起来别有一番情趣。

费城的青年旅舍在河边一个很大的自然公园最深处，周围绿荫环绕，与市区隔离，幽雅而宁静，不远处还有一个马场。这家青年旅舍是一栋 2 层高的楼房，米黄色的墙体，橄榄绿的屋顶，设计简洁老派，肯定有很多年头了。网上介绍说这里要到下午 4 点半才会开门办公，此时楼房的大门紧锁，服务电话也无人接听。门口的屋檐下有数把木质休闲椅，我卸下所有的行李，享受此刻的宁静。"这里环境太好了，要在这里多住两天好好休息一下！"我这样想着，身体兴奋地忘记了疲劳。

终于等到 4 点半，大门从里面打开。此时等在门外的除了我，还有三位欧洲来旅行的姑娘和一位单身男子。由于所有人的英语都不太灵光，大家只能相互打了招呼，没有多聊。每个人排队逐一办理了入住手续，一进大门，楼房里面的陈设和布置果然不负众望，所有的物品都很有历史年代感。走廊吊顶很高，上面挂着不同国家的国旗，这里可能很少有中国人光顾，所以众多国旗中没有中国国旗。

楼内一层是公共区域，睡房在楼上。顺着木质楼梯走上去，二楼有公共的卫生间，房间分为女生房和男生房。房间的门锁是水滴形状银色金属密码锁，在水滴造型的锁偏下的位置有五个暗红色凸起的圆形按钮，围绕着按钮的是罗马数字 I、II、III、IV、V，水滴形偏上是一个可以转动的旋钮，旋钮下方的箭头标示从右指向左。办理的入住单上有一组数字，按照密码顺序按下红色凸起的按钮后，向左转动旋钮，房间门就打开了。

屋子很大，干净而整洁，清新的洗衣液味道环绕着整间屋子。屋内有很多张上下床，床上标有编码，我根据编码找到了属于自己的床位。一张床位一天的价格是 20 美金，算是相当便宜了。放下行李，快速冲进卫生间，痛痛快快地洗了一个热水澡，换下穿了几天的脏衣服。

从公共卫生间出来，抱着所有需要清洗的衣服下楼。走到一楼的服务台换了几枚硬币，继续顺着楼梯下到地下一层。这里被白炽灯照得十分明亮，完全没有地下室的阴暗感。左侧是很大的开放式厨房，购买的食材可以拿到这里自己做饭。厨房还放了茶和咖啡可以自己动手煮。右侧区域摆放着一架钢琴，旁边放着一台桌上足球。靠墙的一组书架上摆满了各种类型的图书。旁边还有几组沙发可以坐下休息。右侧墙最里面有个门，打开就是洗衣房。洗衣机和烘干机都是需要投币的，我把自己的脏衣服扔了进去，将刚换好的硬币投进洗衣机上方的投币孔，机器轰隆隆地运转起来。

回到走廊，进入一层客厅，这里漂亮极了。墨绿色的窗帘和地毯搭配整套的暗红色木质家具，壁炉上放着两盏插满白色蜡烛的烛台，墙上挂着一位身着中世纪服装的女士画像。这幅画正对面墙上，挂着的是一位中世纪着装的男士画像。

"这两幅交相辉映的画中人应该是这栋房子的主人吧。"我这样猜测。

穿过这间客厅，另一间客厅被布置成了可以看电视的影音室。穿过影音室是餐厅，餐厅地毯的颜色改成了暗红色，一台一人多高的古典竖琴静静地竖在落地窗前。逆光映照下的竖琴线条柔美，犹如少女颇有心事地望向窗外的远方。客厅的人开始多了起来，这里非常受欢迎。

整栋房子只有一位工作人员负责为大家办理入住手续，这里的规矩是每天上午11点，所有入住的人必须离开这栋房子，直到下午4点半再次开门，入住的人才能回来。今晚，我需要将记录在手机里的照片和日记全部整理到电脑里进行备份，我真的是喜欢这栋老房子的感觉。

2013-5-19
—— 宾夕法尼亚州费城 ——

这一晚应该是我近几天睡的时间最长、最熟的一次。我甚至不记得整理完日记后是如何睡着的，也没有因为天亮就醒。我躺在床上，并没有急着起床，而是赖在床上阅览这几天的网络新闻，看看世界又发生了什么改变。时间在指尖的滑动中流逝，房间里其他人也慢慢醒来。

大家如约在11点纷纷离开了这栋房子。最后一位客人离开，大门就关闭了。我顺着绿树成荫的街道向公园外走去。这个自然公园很大，兜兜转转中需要30分钟才能走出这片区域。终于走到了一排商店，可超市里空荡的货架几乎没有任何你想买的食物，几包薯片和看起来甜腻的面包圈实在不是我想要的，还好隔壁有间中餐外卖。

在美国，几乎所有中餐店墙上的灯箱照片都是一样的不好看，菜品的种类和口味也大同小异。这家店里没有厚重的玻璃墙遮挡，在开放的吧台处点餐，吧台的后面是可以一眼望到底的开放式厨房。店面虽然不大，但让人觉得舒适、坦荡。点了份叉烧肉盖饭，在店里等餐的过程中，老板与我客套地闲聊。大家都是中国人，所以话题会更多一些。这是一家福建家族经营的餐厅，他们还有几家分店。回旅舍还有几个小时需要消磨，而我今天想放慢节奏轻松一下，于是用完餐仍坐在店里继续跟老板聊天。虽然不存在语言障碍，但我实在回想不起我们曾经聊天的内容，总之，都是一些东拉西扯的对话。

从店里出来，悠闲地往旅舍方向走。时间仍然充裕，我要好好地享受这轻松而悠闲的时光。走路的过程可以帮助大脑思考，也可以让大脑放松。有人总结说："清醒时做事，糊涂时走路，大怒时休息，独处时思考，时间会在你身上刻画出努力的痕迹！"这句话犹如强心针一样为我身体注入能量。这些年到处盛行的励志短文、心灵鸡汤，不知道"营养"了多少人，又"迷惑"了多少人。恍惚间，大众都像圣人般活在营养过剩的精神世界里，而现实浮躁的生活状态又再次暴露了缺钙的本质。很难用生动的实例，解释清楚这句话的意思。因为这也许会让很多人自行对号入座，我可不想因为这样得罪朋友。虽然我之前说话太过直白，已经得罪了他们。人在很多时候都是矛盾体，大脑中的两个自己经常会因为一些决策而唇齿相冲。当我决定徒步旅行时，感觉浑身充满了各种挑战极限的能量。拥有着能实现阿基米德说的"给我一根杠杆和一个支点，我能撬动地球"般的自大。才做了几天的背包客，这种自大就让我体会到了腿脚酸胀、饥寒交迫的滋味，而地球也并没有因为我改变了什么。没有负重在身，脚步轻盈。欣赏着由绿荫搭建出来颇有纵深感的景致，眼前的一切像是为大脑神经做着放松按摩，此时的身心都感觉到了一些放松。

回到旅舍，时间尚早，大门仍是紧闭的。我坐在门口遮阳篷下的木质座椅上，看着在附近闲逛的几只小猫。我始终改不了招猫逗狗的习性，于是弯下腰垂下手臂，离我最近的一只虎斑向我走了过来。它先是用头在我垂下的指缝间来回磨蹭，我的指尖在它柔软的毛发间游走。它喜欢这样，于是纵身一跃跳到了我的座椅上。木质座椅很宽，它也许想要靠在我的身边跟我一同分享这把椅子，用脸在我的大腿外侧蹭了又蹭，我也轻柔地抚摸着它的头和背。

我很享受与小动物的这种亲密关系，我养过一只叫欧迪的狗，是一只白色的贵宾犬。当我在家里沙发上坐着的时候，它会跳到我身边，将头搭在我的腿上，时不时用冰凉的湿鼻尖挑起我的手，示意我抚摸它的头，向我索要宠爱。它有时也会站在沙发下，把头搭在沙发垫中间的接缝处喘粗气，再用懒得理我的眼神不时地瞥我一眼。总之，它会想出各种引起你关注的方法。虽然猫和狗在性格上很不同，但当我的手抚摸着这只虎斑后背的毛发时，它对我的这种依赖让我想念欧迪。这只虎斑想必也读懂了我的心思，它毫不犹豫地起身，从椅子上踩着我的大腿，自己走到我怀里，选择一个它认为最舒适的地方，就卧倒在我的双腿上开始打盹儿。我尽量不调整自己的坐姿，以免惊醒它。它的一只胳膊向外舒展着轻轻地搭在我的膝盖上，这小家伙不知道做了什么梦，胳膊突然抽搐了一下，藏在肉垫里的爪子伸了出来，之后又慢慢地放松，缩了回去。

我沉浸在这种亲密关系中。此时，另一只黑颜色的猫也向我走了过来。这只黑猫抬头看我的时候，露出了从脖子到胸前白色的毛。它也纵身灵活地跳到椅子上，立起身，两只爪子搭在我胸前，用小脸凑近我不停地又闻又看。最后在我身上选择了一块它认为舒服的位置，跟那只虎斑一样卧了下来。

不知何时，旁边的椅子下方又多了一只身材消瘦的白色短毛猫，用渴望的眼神看着我。我身上已经有两只猫，如果我不拒绝这只小白，恐怕周围的猫同胞们会源源不断地找到我，直到成百上千的猫压在我身上，把我彻底埋起来才会罢休。

下午，等在旅舍门口的人逐渐多了起来，4点半，旅舍的大门准时打开，人们陆续走进楼内。我身上的两只猫醒了，它们从我身上跳下，企图尾随着陆续进入楼房的客人混进去。门上的温馨提示写着：外面的猫咪不可以带进楼。大门一开一关，每个进入楼房的人都小心翼翼，防止已经聚集在门口的猫咪们的计谋得逞。我从椅子上起身，两只曾经在我身上打盹的猫再次用可怜的眼神望着我，我能读懂这种眼神的意思，但我不能破坏规矩。当我进入这栋楼关上门的那一刻，我与它们的亲密关系也就结束了。

2013-5-20
── 宾夕法尼亚州埃辛顿 ──

今天，我看到了繁荣的费城，与第一天看到的街头破落的费城完全不同，整个市中心街道干净整洁。

我游走在费城国家独立历史公园，看自由钟的游客排起了长龙。这口钟的历史只有200多年，重900多公斤，无论外观还是历史，都与北京城钟楼里的大钟无法相比，但这是全世界最著名的钟之一。钟上面刻着《圣经》上的名言："向世界所有的人们宣告自由。"1752 年由伦敦运达费城。由于制造工艺不足，钟被运到费城试敲时出现了破裂。当地的铸造工曾对其进行修补，但在 1846 年纪念华盛顿总统生日时被再次敲裂。先天的制造缺陷，使得这口代表自由的钟，出现了多处裂缝再也无法修复。这让我不由想起北京钟楼内悬挂的钟，那口钟高达 7.02 米、重达 63 吨，铸造于明朝永乐年间，是工匠在皇权统治的逼迫下铸造而成的，至今仍完好无损，每年春节都会在零点时分敲响它。

走马观花地参观了本杰明·富兰克林公园大道、圣彼得圣保罗教堂及远近闻名的中国城，我出了费城市中心，离开排列密集的摩天大厦，继续徒步之旅。整个路线依靠 Google（谷歌）GPS 的导航推荐，当走到普拉特桥时，由于桥体正在施工，我被一辆深灰色的卡车拦截下来。坐在车上、穿着荧光背心戴着荧光黄色安全帽的施工人员告诉我，这里的行人通道被封锁，如果想要过桥，必须要搭乘他们专门护送行人过桥的服务专车。边说边指向停在桥头那辆车顶上闪着黄色警示标志的红色服务专车。这辆车已经启动，车上穿着带有美国国旗和徽章制服的人摇下车窗对我招手，示意我上车。桥上已由原本的单向车道改为双向车道，路中间用水泥墩隔开，两边的车道都显得十分拥挤。

过桥下车，我继续按照 Google 提供的路线行走。路很宽，没什么人，也没几辆车在路上行驶，周围很多停车场。附近的指示牌上写着"机场"，地图显示这里已经靠近费城国际机场。一个人走在宽阔的路上，穿梭于一片又一片的停车场，加上下午阳光暴晒，附近没有可以遮阳的地方，我的情绪开始变得焦躁，急促地想要赶快离开这里，于是尽量加快脚步。沿着主路，终于走到旁边有树荫的地方。这里的主路，沿道路的最右侧都设有紧急停车带。主路紧挨着一片片茂密的树林，植物生长稀疏的地段，可以透过树林看到河流。路旁的防护栏有一个地方留有出入口，人可以从这里走到河边，坐在那里的木制长椅上欣赏风景。走在这条路上，我心里有些打鼓，当看到一辆掉了车漆很破旧的小卡车停在停车带，车主人优哉地坐在河边钓鱼时，我悬着的心才算放下来。

一路风景不错，太阳的位置变低了，阳光也没有刚才那样暴晒。走在树林的阴影里，旁边车辆每每驶过时空气流动产生的风让我感觉凉爽。路旁茂密的树林中，一直能听到因为踩踏而折断树枝的声音，我总感觉有双眼睛在暗处盯着我。当我突然停下转身想一看究竟时，一只身材单薄瘦弱的小鹿正用单纯的圆眼睛盯着我，它没有任何动作，对视的刹那间，我感觉时间是凝固的。我想赶快拍照留念，可当我掏出手机，它就惊恐地闪电般跑向远方。

太阳的位置越来越低，一辆白色的轿车从我身边开过，停在前方不远处。开车的男孩叫 Kevin，他警告我这条路是快速路，我走在这里非常危险，并愿意把我带离这里。在车上，他知道我在旅行，就问我晚上住在哪里。交流中他给我的感觉安全可信，于是我告诉他我正准备找个安全的地方露营。他家位于快速路下来的辅路上，我见他家门口有块不大的草坪，于是询问今晚能否在他家门口的花园露营。他非常爽快地答应了。车停后，Kevin 帮我提大号的背包，我自己拎小号。此时，Kevin 妈妈正拿剪刀整理门前围栏上的藤蔓，看到我们时摆手示意。

Kevin 双手用力提着我的大包往门口走，边走边跟妈妈打招呼："嗨！妈，这是我朋友。"然后转身问我："你叫什么名字？"

我："我叫莎莎。"

Kevin："嗨！妈，这是莎莎，我朋友。"

Kevin 妈妈："很高兴认识你，萨沙。"

我的名字经常被美国人这样叫，萨沙是他们熟悉的名字，莎莎这个名字对他们来说太陌生，年纪大的人很难记住。我并没有纠正她。Kevin 妈妈有着一头蓬松的金发和善良的笑容，跟我小时候看过的美剧《成长的烦恼》里面的妈妈造型一样，只是年纪大了些。我们在门口快速打过招呼，Kevin 拎着我的大包叫我跟他一起进了他家。

Kevin 把多余的一个房间让我住，里面有一个沙发。房间里的柜子上、桌子上到处都堆满了衣服，整个屋子凌乱得让我想起大学时期的男生宿舍。靠门的墙上有一面落地大镜子，这让整个房间感觉上宽敞了许多。我们放下背包。Kevin 说你睡在这里肯定要比睡在外面的帐篷舒服多了。之后，他告诉我对面的卫生间如何使用，介绍他的房间就在我住的这间隔壁，他妈妈的房间在我们住的同一层楼的转弯处，他这样的介绍让我从心里增加了安全感。

这是我第一次住在美国人家里，这种随意让我备感意外。他们就这样把一个刚刚在路边认识的陌生人领到家里住。从始至终都没有想过查看我的证件，感觉对我完全没有任何戒备心理。介绍完楼上，Kevin 又拉着我下楼，大致展示了一下他的家。这是美国普通老百姓的房子，与我之前住过的华人家庭相比，这里的房子空间很小，门口的院子也不大。房子不是独栋，与邻居家相连。他从厨房的冰箱里拿出果汁递给我，我问他能不能给他拍照，他当时正在往嘴里塞冰冻草莓，听说我要拍照，马上把草莓吞下闭上嘴，站直后冲我的手机挥手任我随便拍。

我这么做一是为了记录独特的经历和有意思的人，放到网上跟大家一起分享；二是为了安全考虑。我们在厨房聊了一会儿，与其说是聊天，其实基本上都是Kevin 在说，因为我的英语水平只能做到应和。他讲的话我能听懂简单的一部分，绝大部分我都不知道他在讲些什么。总之，聊天在 Kevin 的自言自语和我的半蒙半猜间进行。

我回到房间，把自己的行李打开。我需要洗个澡，让自己放松下来。当我洗完澡回到房间，Kevin 妈妈端着一杯为我冲好的热茶来到房间递给我，询问我饿不饿，需不需要为我准备些吃的。我接过热茶，表示自己不饿，非常感谢她的热情款待，说真的，他们让我感觉很亲切。Kevin 也过来说他的朋友来了，就在隔壁房间，想介绍给我认识。洗完澡，我的头发还没干，但又不好推辞，于是跟着他过去。他的朋友坐在电脑前痴迷地打着网络游戏。

Kevin："嗨，这是莎莎，这是我朋友 ×××。"（抱歉我实在没有记住这位朋友的名字。）

我："你好。"

Kevin 的朋友看了我一眼，打了声招呼，马上又转过头继续对着电脑屏幕打游戏。Kevin 示意我随意，他的房间除了一张双人床，就是他朋友正在打游戏的那把椅子可以坐。没的选择，我坐在他的床边，Kevin 在他的房间走来走去，翻找着什么。他递给我一摞他画的漫画。我没有想到他会画漫画，而且画工相当不错。他让我评价这些漫画，我一张张翻看着，对他的画工表示称赞。我在翻看这摞画时，发现其中夹杂着几张色情漫画，Kevin 显得有些不好意思，羞涩地把画拿走了。为了打破这层尴尬，他问我是否需要吸烟或者喝酒？我说我不吸烟也不喝酒。紧接着他问我是否介意他在这里吸烟？我说可以，毕竟这是他的家。他的那位朋友仍然专注地对着电脑打游戏。

之前的一切都很好，开始让我担心的部分来了。Kevin 从柜子里拿出一个盒子，里面是一排银色的管子。我不知道这是什么东西，如何称呼。当我看到他取出一根管子，用手遮住鼻子和脸往里吸时，我知道这应该是某种毒品。他问我是否想尝试？我马上拒绝了。他先是指了指手上那个管子，然后用食指挡住嘴唇，小声告诉我说："不要告诉我妈妈。"

这是我第二次见人当着我的面吸毒，我并没有第一次见这种事时的紧张和害怕。第一次是在荷兰阿姆斯特丹的一家青年旅舍，我看见同房间的一男一女吸。那是我第一次见这种场景，很害怕，跑到前台跟在那里工作的中国女孩说起这件事，她淡定地告诉我，这在阿姆斯特丹很平常，不用大惊小怪。

这次见到 Kevin 吸毒，也许是因为之前的接触和对他家庭的了解，我并没有害怕。Kevin 继续翻找出更多的漫画和素描给我看，后面递给我的都是些画得很暴力和色情的画作，虽然画工很好，但内容让我感觉很不舒服。他在房间里来回地走着，他的朋友依然对着电脑打游戏。Kevin 说他喜欢看漫画，也喜欢画漫画。这让我想起电视剧《生活大爆炸》里面的几个人物。Kevin 越说情绪就越兴奋。我开始警觉起来，意识到这也许是毒品起了作用。我把所有的画都放在一边，跟他说我现在需要回房间写旅行日记，我必须记录每天发生的故事，然后马上起身离开了。Kevin 没有想要拦下我的意图，这是一个好的信号。当我离开他的房间时，Kevin 的朋友依然专注地对着电脑打游戏，头也没回地说了句再见。

回到房间，我并没有开始写日记，而是用手机给我在美国的朋友晓傲发我所在的定位和照片，留言对他大致讲了一下情况，一旦我出现任何危险让他帮忙报警。我告诉他，目前看来没有任何需要担心的迹象，我已经回到自己的房间，但不确定之后是否还会有新的情况发生。他迅速地给我留言，说如果明天早上我没有给他发送新留言，他就会选择报警。我们谈好了约定，我开始记录这一天发生的故事。

我刚写完之前的文章，Kevin 再次敲门来到的我的房间找我聊天。这时的他已经没有刚才表现的那样兴奋，我不知道是不是那股劲儿已经过去了。他表现得很正常，我们一起坐在沙发上聊天。当他进入我的房间，我必须保证我的房间门是敞开的。他把他的朋友冷落在自己的房间，不过那位朋友专注打游戏的状态也确实不需要 Kevin 特地陪着。

也许 Kevin 真的想要找人倾诉。虽然他不确定我是否真的能听懂他说的所有的话，不过还好有翻译软件。总之，接下来的时间，他不停地说啊说啊说。讲了很多很多，讲到他有个 10 年没有见过面的儿子，孩子已经 13 岁了，孩子的妈妈不让他见。Kevin 今年 35 岁，比我大 4 岁，却有个 13 岁的儿子。然后讲到他从没见过他的爸爸，他姐姐的婚姻破裂，他妈妈后来的老公抛弃了她，他自己也从未结过婚。

等等！这一大串的信息进入我的耳朵，再到达我的大脑，这混乱的家庭关系着实需要我先消化一会儿，我才能知道该做如何的反应。我房间的墙上挂着 Kevin 和他儿子小时候的合影。照片上的 Kevin 那个时候看起来更英俊和阳光，脸上还有着婴儿肥，深棕色浓密的头发，笑起来像是年轻时候英国的威廉王子。照片里他抱着自己的儿子，歪着头、张着嘴笑得特别开心。现在的 Kevin 虽然也很英俊，但身材消瘦，脸上的婴儿肥消失了，脸型变得瘦长，头发虽然没有秃顶，但相比照片感觉稀少了一些，发际线也稍向后移了些。

Kevin 依然在对着我不停地说啊说，我只能在无数的句子中过滤出自己能听懂的部分。他跟我谈到美国印第安人，讲到他的家族，他们很早以前从英国移民过来，登陆这边美洲大陆的时候，欧洲人杀死了大批居住在这里的印第安土著。他认为这是非常错误并且残酷的。因为我肤色很像印第安人，头发的颜色也是黑色的，而且很长。他说我的头发很像印第安公主，问我能不能让他帮我梳头感受一下。他眼神中依旧是谈论他儿子时的那种忧伤，为了安慰他，我同意了。让他拿着梳子帮我梳头，希望这样能舒缓他感伤的情绪。

洗完澡到现在，我的头发已经干了。我们坐在沙发上，他坐在我的左侧，从旁边用手小心翼翼地捧起一缕头发，用梳子轻轻地帮我梳理。我看着帮我梳头的 Kevin，他长得还不错，虽然不是很帅，但我相信他要是在北京三里屯周围转一圈，也绝对是会被女孩子前簇后拥的那种类型。我把这件事告诉他。

我："如果你来中国，会有很多女孩子喜欢你。"

Kevin："真的？"

我："真的。"他听了特别高兴。

Kevin："我喜欢中国。那儿有悠久的历史，也许将来我还会娶个中国女孩。"

我："是的，你应该去中国。"

说到这时，他放下梳子，握起我的手开始感叹。我知道他释放的这个信号代表着什么，此情此景按照电影里的情节会发展成，顺其自然地触碰和接吻，然后展开旅途中一小段如流星般闪烁的恋情。但是 Kevin 还不足够吸引我，也许因为他吸毒的事情仍然让我介怀。总之，当他握住我手的时候，我把手抽了回来。

我："我感觉到累了，我真的需要休息。"于是起身示意要送他离开。一米八以上身高的他，站起来显得更高了。

他认真地问我："你确定吗？你确定你想独处？"

我："我确定。我需要睡觉了。"

实际上我真的困了。在他吧啦吧啦说话的过程中，我已经不止一次地打哈欠，我的眼睛疲惫干涩得都开始流眼泪了。他看我态度坚决，于是走到我房间的门口。在我们互道晚安的时候，他还要求拥抱我，然后亲吻了我的手背。在我准备关门的时候，他嘱咐我说，在这里随便就好，去哪里都可以，想要什么就拿什么，但是明天临走的时候一定要叫醒他，他要跟我道别。我答应了他，关好房门。我确认了两次门锁是否锁好，这才放心睡下。

躺在床上，我感到有些惭愧，我真的不应该胡乱设想 Kevin 的阴暗面，这个家为我提供了一个温暖的房间、一张舒适的沙发，而我肮脏的想法却侮辱了他们本性的善良。我真该好好检讨，这个世界，好人还是占大多数的。怀着羞愧的心，不知不觉中我睡着了。

2013-5-21
—— 宾夕法尼亚州 Tinicum 小镇 ——

松软的沙发确实比帐篷里的睡袋要舒服得多。我醒来一看，已经上午 8 点过了。从卫生间回来，看见 Kevin 妈妈在我房间门口的地毯上放的一杯热茶。我开始打包所有的东西，准备上路。收拾好东西，我如约准备叫醒还在睡觉的 Kevin。他的房间没有关门，我站在门口叫了两声，他就醒了。

我："凯文，我要走了。"

他听到后，快速从床上起来，套上一件上面沾满了巧克力色污渍的 T 恤。我提出要跟他一起合影。他用双手在脸上搓了搓，用手指清理了一下眼角，然后站在我的身后。因为我们身高相差太多，他需要弯起腿、低下身子，我才能通过举着的手机，用自拍的方式将我们两个同时装在一个画面里。

他帮我提着包送我下楼。在厨房，他的妈妈为我准备了一个袋子，里面是几个橙子还有笔记本和笔。

我："我不能拿这些，非常感谢。"

Kevin："妈，这些太沉了。"

Kevin 帮我跟他妈妈解释说这些东西会增加我的负重。

Kevin 妈妈："那我做早餐。"

我："不，谢谢。我不饿。非常感谢。"谢过后，我背起所有的背包准备离开。Kevin 和他的妈妈送我出门，两个人站在门口对我挥手告别，我用手机拍下了他们挥手的那一幕，转身继续自己的旅行。

当我用手机跟晓傲汇报我已经安全离开继续上路的时候，我心里仍然是惭愧的，一直埋怨自己不该怀疑 Kevin 一家的善良。

今天，我从宾夕法尼亚州走到了特拉华州。天气变得很热、太阳特别晒，我的肤色越来越深，难怪昨天 Kevin 觉得我看起来像美国的印第安人。沿着公路走，虽然地图上看着距离河很近，但实际上周围是一片工业区。植物很少，无法替我遮挡猛烈的阳光，更没有看到期待中的美景。

这会儿我走到了一片破旧的贫民区。正巧看到一家很小的中餐外卖店，于是准备进去歇歇脚，顺便凉快凉快。由于早餐吃的麦当劳汉堡，这会儿还不算饿，于是只点了一瓶非常冰凉的雪碧。暴晒的时候，喝上一瓶带气的碳酸饮料是再过瘾不过的事情了。这家外卖店跟我在费城看到的大同小异，同样用厚厚的玻璃墙把里外空间隔离。不同的是，在点餐的窗口处被封上的不是可以推拉打开的玻璃门，而是一个玻璃盒子，玻璃盒子下面是一个可以旋转的圆形转盘。客人把钱放在转盘上，玻璃盒子关闭、旋转，递交到玻璃墙另一侧老板的手里。同样，老板把东西放到玻璃盒子里，然后再通过转盘转出来，客人从玻璃盒子里把东西取走。像这种严密的保险方式，我真的只在国内的银行和美国使馆面签的时候才见到过。店里的老板看到我是中国人，用浓重的方言口音跟我打招呼。他们不会说普通话，也不太能听懂普通话，我们打过招呼后，也没有怎么聊天。坐在店里歇脚的工夫，前后进来过两个客人买烟。他们交给老板钱，老板拆开一盒烟，从里面抽出大约四五根，放在转盘上交给他们。虽然我不吸烟，但我知道国内香烟零售最少都是一包起卖，雪茄有的时候按支出售。香烟按支卖我还是生平第一次见。

这片社区到处都是破败的景象。原本以为，这条街会像之前去费城经过的那条街一样让我感到不安。但实际上，见到我背包走过的黑人态度都非常友好。这条街上人非常少，我遇到的所有人都很有礼貌地跟我打招呼。因为人少，整条街都很安静。前方路边站着几位年轻人，他们在一个门口很小的酒吧聚会。大部分黑人说话的声音都很大，但这不意味着他们是坏人。在我经过他们大约 50 米远的地方，突然听到身后有人大声吆喝。我并不以为这声吆喝是为了叫住我，于是继续走。又吆喝了两声，我本能地回头，看见一个黑人让另一个黑人跑过来给我送两瓶冰凉的矿泉水。今天是烈日，虽然是走在街上，但与在沙漠中行走别无两样。冰凉的矿泉水在这个时候绝对代表着生命之泉。可我刚刚过瘾地喝下一瓶冰爽的碳酸饮料，随身携带的水瓶也是满的。我只能友好地谢绝这份美意，他们这个行为让我特别舒服。

虽然一路上遇到的人绝大部分都很友善，但当麻烦主动找上门纠缠你，有时却无法躲开。我离开了那片贫穷的社区，接下来的一路，景色虽称不上优美，但从社区和绿化看，绝对比刚才那里要好很多。

我走在人行便道上，一群在路边玩耍的小孩见到我，就追着围了上来。我一路走，他们一路在我前后左右跟着。他们大概有十人，年纪大的身高跟我相近；年纪小的大概也有七八岁的样子，大约比我矮一头。其中一个白人小孩，看起来也就只有十岁上下，一直挡在我的路前。刚开始围上来时，我边走边微笑着冲他们打招呼。周围的孩子眼神里大概是对我充满了好奇，至少我是这么想的。我并不是一个易怒的人，也不太喜欢主动惹事。在我看来，出门在外，你对陌生人友好，绝大多数人会非常友好地回馈你。但这次并非如此。挡我路的是个白人孩子，穿着红色T恤。

小孩："你在干什么？"

我："我在徒步旅行。"

小孩："你包里是什么？"

我："我旅行的东西。"

小孩："不，你包里装了婴儿！"

他说这话的时候，我完全没有理解他的思维逻辑。之后亦然。但眼见他从正常的语气扭转到愤怒生气，我解释说没有。但是他完全没有等我说完话，就开始一边生气，一边愤怒地大喊"婴儿在包里！你包里装了婴儿！"他边冲我喊，边用手愤怒地指向我身上的背包。周围的孩子在这个孩子的情绪带领下，也开始表现出生气和愤怒。

我："不！没有婴儿！"

这群情绪高涨的孩子却完全不听。这一路我的脚步并没有停下来，他们也一直围着我跟着我走。那个红衣服的白人小孩一直挡在我前面。我并不想激怒任何人，也不想找没必要的麻烦。我继续往前走，对待他们的喊叫，我尽量不做任何回应。我对他们的漠视更加激化了这个红衣服带头闹事的男孩。他挡在我前面，不停地冲着我喊"婴儿在包里！你包里装了婴儿！"他也许是想在这群孩子中建立威信，于是他的情绪在我不做回应的情况下越来越激动。我想他可能见我没有做任何反抗，认为我比较好欺负，这时他开始对我讲脏话。周围的孩子只是迎合着他的情绪，这让他表现得更加激烈。他开始疯狂地对我爆粗口。我加快了脚步，他们也一路加快了脚步跟着。

我需要忍耐，所以忽视他们。我不想惹麻烦，不论是对谁，我都不想惹麻烦，何况他们是一群未成年人。从各种新闻和电影中获取的信息，美国对于孩子的保护是非常严格的，即便孩子的亲生父母都不能对他们动手打骂，更何况一个外人。当然我根本就没有想过要动手打人，只是不想发生任何推搡和肢体接触。他们只是对我围观和爆粗口，并没有任何实质上的殴打，我更不想跟他们有任何一丁点的肢体接触，因为我在这方面吃过很大的亏。那种百口莫辩、被颠倒是非黑白的滋味至今让我觉得憋屈。

实际上他们没有跟着我走很远，毕竟是一群孩子，他们自己也不会轻易离开他们熟悉的领地。我加快脚步，很快他们就在我周围一个个停下脚步，不再跟了。抓紧走了几步，只剩下那个领头孩子还在起劲地跟着，其他的孩子已经停了下来。没有了追随者，领头孩子也失去了展示雄风的气势。很快他就离开我往回跑，去跟所有孩子会合。"我终于把他们甩掉了。"我庆幸着。

虽然我一再安慰自己不要把这件事放在心上，但情绪的影响就像感冒病毒，被传播的过程是无形的。人很容易被周围的情绪和气氛所感染。套用中国谚语：近朱者赤，近墨者黑。人是以群居为生存形态，以家庭为单位发展壮大成为社区、社会、国家。人与人之间的行为、思想、兴趣、爱好、心态和情绪都是在群体生活中相互左右的。如果把每一样因素都用数字1~10量化表示，当所有因素都在4~8之间，因素之间是可以相互吸收、消化、制衡的，这样才能平衡，也就形成了和谐。当数值低于4或高于8，就容易出现失衡状态。数值过低的一方无法吸收、消化和牵制数值过盛的一方，从而失去平衡，矛盾也就出现了。负能量、抑郁症及暴力事件的发生都是失去平衡的表现。也许我会针对能量学的分析出一本专门的书来讲解，但不是现在，因为以上我总结的这些，都只是根据我自己的经历瞎掰的。想要针对这些进行系统的数据分析，需要做很多的实验和专心的研究，并不是我现在背着行李、徒步旅行的时候可以完成的。

还是说回自己，我强迫自己不要被这些坏因素影响。这个旅行我必须积累和释放好的磁场，才能将正能量最大限度地释放出来，我的旅行才会变得快乐而有趣。网上搜索到一个教堂的露营区，我到这里的时候天已经黑下来了，围着教堂和后面的露营区转了一圈，没有找到一个人。因为对露营有了之前的经验，我想在未征得允许的情况下在这里睡上一晚，上帝也不会怪我的。

2013-5-22
── 特拉华州纽瓦克 ──

至今为止，来美国已经十二天了，徒步持续十天。从纽约曼哈顿上西区开始到现在的特拉华州威尔明顿，虽然走得不快，看到的美国也只是很小很小的一部分，但感受到的远比我看到的要深刻得多。我想这个经历是任何旅行社都无法提供给我的。

今天一早，当我路过特拉华州消防局的时候，一群正在室外整理消防物资的消防员看到了我。他们一个个露着粗壮有型的胳膊，一身肌肉，穿着明黄色的T恤，所有人都是短发，看起来特别阳光。当我经过的时候，他们几乎所有人都停下手上的工作好奇地看着我。被这样一群颜值高、身材棒的热血男儿盯着看，我必须要忍住自己想要喷鼻血的冲动。此时的我内心如奔腾的海浪，迫切地想要扬起头对着天空大喊："制服诱惑太帅了！"但我必须考虑自己的民族形象和国际影响。此时的我，在任何一个外国人眼里代表的是中国人的形象，我要优雅大方地面对这群热血男儿。当他们好奇地看着我时，我挺直了腰板儿，将头转向他们，微笑着对他们挥手致意。他们看到我打招呼，也兴奋地对我挥手，回应我微笑。他们的笑容配上明黄的背心颜色，让我第一次明白原来"灿烂"不是形容词而是名词。

离开 Kevin 家后，我们互加了 Facebook 好友，他就一直在给我留言，但是因为他很多拼写上的错误，翻译软件根本无法准确翻译出留言的意思。当我将他的留言截图到网上分享时，我的大学同学付昆和她的外籍老公 Adi 给我留言。他们试图劝我终止现在的行为，认为我现在身处的境地太危险了。Adi 给我解释 Kevin 网上留言的意思，他说你不知道你遇到了多么危险的人物。Kevin 给我留言，我看不懂的部分，实际上是在告诉我，我错过了一个大"××"（此处为男性生殖器俗称）。

Adi："你住在一个吸毒的人家中，他吸毒后如果开始不理智，会对你造成无法弥补的伤害。"

Adi："你之前算是幸运，对方没有做出任何出格的事情。如果你再坚持一个人这样旅行的话，在美国这个毒品和枪支泛滥的国家，可能会遇到比 Kevin 还要过分的人，后果将不堪设想。"

付昆："莎莎，我和 Adi 强烈建议你修改你的旅行计划，用其他方式去迈阿密完成你的旅行。"

Adi："但是如果你仍要坚持，我和付昆仍然会为你祝福和打气。"

我很感激他们对我旅行的关注，每天浏览我的旅行日记，并为我的安全担忧。如果不是这样的旅行，我根本没有机会遇见、体会到这些温暖，并结识蓓芳姐和她的丈夫刘燕文先生。其实我是一个固执的人，并不容易听从劝告。也许有的时候我会在被语言攻势压倒的情况下被迫假装听从。可实际上，我只是假装听从。

18 岁那年，我想义务献血以纪念自己成年的这个生日。提出想法后，家人和朋友一致劝阻。结果，我还是去了。那个年代，凡是在采血车上义务献血的人都会给一个纪念徽章和一个红色的献血证书。为了不让家里人发现，我把这两样东西藏在自己的小书柜里，并用其他书挡上。我可不想让我那个有洁癖、爱归置屋子的处女座妈妈发现。当然在一年后的某天，这些东西还是被她翻了出来。我不是一个圆滑的人，也没有修炼出见风使舵的本领。这一天，我真的非常感谢收到了付昆和 Adi 的留言，Adi 作为一个西方人，对我的行为给予的是一种开放的态度。不论我做出怎样的选择，他们都会站在我选择的路上给予精神上的支持。

人有很多面，善良的、邪恶的、快乐的、悲伤的、友善的、愤怒的、美丽的、丑陋的、信任的、猜忌的、坦诚的、虚伪的、坚定的、迷失的，我们到底有多少张面孔，可能没有一个人能够算清。其实我们彼此见到的对方或者展现给对方的，都不是全部。但是谁又能真正看清楚自己最真实的那张脸呢？如果连自己都看不清楚，谁又能真正看清楚你？再善良的人，也有拥有邪恶想法的时候；再邪恶的人，也一定有爱藏在心里。

我做人是真诚的，我对自己为人处世的态度是自信的。这种自信给我的能量，帮助我在很多时候发现别人真诚和善良的一面，让他们可以更多地展现自己充满阳光的一面。未来的旅行我会随机应变，在保证自己安全的情况下进行调整。为了让朋友们放心，我在网络上跟关注我的人保证，每天发消息确认自己的位置，让所有人都知道我是安全的。

我的旅行从这天开始出现了一个分界点。之前的十天，我对这里是陌生的、新奇的，每天对所有的事物都有着不同的感受。但从现在开始，我进入了下一阶段。我要面对的是自己的耐心和毅力。这个阶段对我的考验将更强烈和深刻，展现和记录的也将是自己的心路历程。

今天午饭去的中餐馆，老板见到我进门特别热情地跟我聊天。不仅让我在店里多休息一会儿，还主动帮我为手机充电，因为他们知道我的旅行需要随时使用手机查阅地图。点餐的时候主动为我打折，还送我几瓶矿泉水在路上喝。我接受了吃饭打折的优惠，付钱买下一瓶矿泉水，剩下免费的水我没有接受。美国的中餐都会送一个幸运饼，里面塞着一张纸条。纸条的一面是各种至理名言，另一面是普及中国的汉字，上面印着一个简单的词，标注上拼音声调，并配有英文解释。我很欣赏将幸运饼普及到美国所有中餐厅的人，可以让美国人或多或少地了解中国文化，同时将这种施教的方式变得轻松有趣。

离开中餐馆，也离开了那片商业区。下午终于走到一片清静的地方，这里虽然没有任何围挡，但应该是属于私人区域。我摘下背包，坐在自己的大包上休息，欣赏这片空旷的草坪和周围的景色。这个时候，后面房子的主人端着一大瓶冰水送了出来。我指了指自己的水瓶，表示里面有很多的水。但是主人说，你的水里没有冰，你需要冰。于是我将水瓶里剩下的水倒在了草坪上，主人接过我的水瓶，把冰块和水一起灌进我的水瓶里。在30℃以上的高温下行走，虽然不停地喝水、不停地出汗，但是能让身体在高温下感到瞬间解渴的还得是冰块。这个时候已经是下午5点多了，其实我应该主动询问房子的主人，能不能在他家外这块空旷的草坪上露营。可我没有开口，也幸亏当时没开口，才有机会认识 Carly。

我继续走路，感觉自己挑选晚上露营地点的技能越来越娴熟。我可以通过 Google 查看卫星地图来确定哪些位置对我来说更安全。通常我会在地图上准备三个选择，当然这三个选择之间的距离不会相差太远，然后走到实际地点去勘察，最终决定是否安全。太阳已经落下，天空的颜色也变成了深蓝色，当我加快脚步往目的地行走时，Carly 的越野车在我前面不远处停下，一个漂亮的女孩从驾驶座爬到副驾驶座，摇下车窗回头喊我。

Carly："你要去哪里？我送你。"

我："我在找露营地。"

Carly："你可以露营在我宿舍，在大学里。"她不假思索地对我说。

我："真的？"

Carly："是的，你可以睡在地上。"

我："安全吗？"

Carly："在大学里，非常安全！"

我："谢谢你。"

Carly："不客气。"

就这样，幸运之神再次关照了我。

Carly 是个长得非常漂亮的美国女孩，几缕金黄色的头发，自然地与深棕色的头发融合在一起，长度刚好过肩。她穿着一件蓝紫色 V 字领的 T 恤，白色镜框的墨镜卡在头顶，充当了发卡。浓眉、大眼、高鼻梁，晶莹剔透的白皮肤透着粉红色，一口整齐的白色牙齿笑起来，与小时候陪我的洋娃娃一个模样。

到达大学宿舍的时候，天已经全黑了。几个大学生坐在宿舍的门口聊天，Carly 下车带着我到了她们宿舍的房门。这里的宿舍环境跟我在电影学院读书期间的宿舍截然不同。首先就是没有宿管！一进门，一层放着一台电视机，一块毯子铺在地上，看电视就是席地而坐。顺着墙边摆放的是各种书籍、唱片、DVD及各种兴趣爱好的玩具，我这里指的玩具，其实包括三四把吉他、脚踏的独轮车、滑板、弓箭、墨西哥宽檐草帽等，总之这些东西全都凌乱地摆放在一层大厅的各个角落。其实这种环境让我很有亲切感，也不会因为太整洁让我显得拘束。我把自己的背包放在这层的角落里，跟着Carly上了二楼。楼梯上几个房间都关着门，Carly快速地打开房间，分别介绍了住在房间里的她的室友，然后再关上房间门。卫生间在二楼，Carly带着我认识了位置后，我们又一起下楼。穿过一楼刚才的客厅，走到里面转弯处涂着红色墙壁的区域，这里是厨房。

Carly："这里有茶、咖啡和果汁，你需要什么？我可以为你泡茶。"

我："不用了，水就行。"

因为在宿舍一层的角落打地铺，所以我认为没有必要撑起帐篷。虽然这里有足够的空间让我撑起帐篷为自己提供一片私密空间。但是我觉得那样做，在这里会显得太奇怪。我可不想让美国的大学生认为我是个古怪的人。我拿出防潮布、充气防潮垫和睡袋，在这个角落里占了一块空间，把所有东西铺好。

Carly和她的朋友们每次从一层大厅经过的时候都要对我说："酷！""佩服！"

上楼洗了一个热水澡，换下身上的脏衣服。美国的空气和绿化很好，污染少，也没有满天扬起的尘土。我所说的脏衣服，只是由于自己大量出汗，衣服上呈现了白色的汗渍，带上汗液的味道而已，与在国内沙尘暴和重度雾霾中被弄脏的衣服概念不同。Carly带着我走到厨房后面的洗衣房，我把手里的脏衣服丢进洗衣机。在美国，不用担心洗的衣服第二天是否能晾干，因为所有洗衣机旁边都配有一台烘干机。洗完的湿衣服直接丢进烘干机，十几分钟后被烘干的衣服带着清洁的香味就可以再次穿上身了。

我坐在角落属于自己的那块领地上休息，旅行期间的日记和照片还有定位都是用苹果手机记录下来的。Carly和她的朋友们还在楼上，趁着这段时间，我照例掏出手机记录今天发生的事情。查看了一下地图，今天大约走了27千米。在傍晚光线不好的时候，脚被崴了一下，现在依然感觉疼。

晚上，Carly的头发一侧染成了蓝绿色，也有可能是粉色，我记不太清楚了。总之，她和朋友们从楼上一起下来。她们邀请我参加大学今晚举行的篝火晚会。Carly说她必须要去参加今晚的这个派对，她必须确保今晚她染的头发是最漂亮的。

我是多么想参与其中，这是一个太难得的机会，能真正体验美国大学生的业余生活。我的脚此时已筋疲力尽，甚至在她们邀请我的时候，我依然瘫坐在地上的毯子上。Carly 属于美国大学里受欢迎的女孩，她周围总是围绕着很多男孩。我考虑到自己第二天的体力，最终还是推辞了她的邀请。

Carly 参加派对临走前问我："你需要有人在这里陪着你吗？"

我："不，我可以照顾好自己，谢谢你，享受你的派对。"

Carly："那好，我们走不远。如果你有任何需要，我们就在外面。"

我："好的，非常感谢。"

Carly 带着一群朋友出门了。她们关上门后，我瘫倒在地面的垫子上。这时才看到也住在这个宿舍里的一个小家伙，是一只黑色的短毛猫。胸前的毛和四肢的小爪子都是白色的，造型就像夜礼服假面一样，穿着白衬衫、黑色燕尾服、戴着白手套。它看着瘫倒在垫子上的我，好奇地走到我身边巡视，然后走到大门口。大门里面的木质门开着，这只猫站起身子，趴在外面的玻璃门上看街道。它小心翼翼地巡视一圈后，最终选择离我脚边不远的地方躺了下来。在我拿着手机写日记的过程中，它歪躺着身子，不时用舌头梳理自己的毛发，间或转头盯着我凝视，然后再继续梳理毛发。

我不知怎么搞的，今晚的身体异常虚弱，脚踝和小腿肿胀得让皮肤发亮。徒步这些日子来，从来没有感觉自己这么虚弱过，整个人的精神状态都是恍惚的。我依偎在房间的角落，仰看着客厅的整个空间。从我这个角度看，房间的空间感被放大了许多倍，这样的对比，就连摆放在墙边的那几把吉他，都显得小了许多。我身体和精神都太过疲惫，此刻觉得蜷曲的身体在这个被我放大了无数倍的、硕大的房间内很小很小。我半睁着眼玩手机，希望借此打起精神，至少要等 Carly 一行人回来再睡着。再怎么说出于礼节，也应该在临睡前跟 Carly 道声晚安。

在自己半迷糊的状态下，Carly 一行人参加完派对，兴奋地回到宿舍，跟她一起回来的还有一些新面孔。我强打精神坐起来，Carly 与周围的人跟我一一打招呼。

她的朋友们看到我，嘴角微笑着嘟囔"Awesome！"翻译词典上的中文解释是：令人敬畏的，使人畏惧的；可怕的；极好的。但我觉得这些都不及北京话"真牛"这个词形容得贴切。

我脸上的倦容显而易见，Carly 跟我打过招呼后，就带着所有人上楼去了。她们要闹到很晚，上楼前，Carly 随手关掉了客厅的灯，只留下楼梯走廊的灯还亮着。我再次躺下，盖着自己的粉色小花睡袋，迷迷糊糊中，能听到她的朋友从楼上下来过几次，去厨房拿饮料。之后，便不知不觉中睡着了。

2013-5-23

── 特拉华州特拉华大学、马里兰州埃尔克顿 ──

一早起来，感到腰酸背疼，这不是一个好的征兆。果然，去卫生间的时候发现自己的大姨妈提早很多天造访。难怪从昨晚到今早，身体状态各种的虚弱无力。Carly 起床下楼跟我打招呼。

Carly："早上好！你睡得好吗？"

我："是的！Carly，我来月经了，感觉很糟。"

Carly："你需要去医院吗？"

我："不，不需要。我能在这里多休息一天吗？"

Carly："哦，不行。我要离开，所以这个房子必须锁门。今天是我生日，我要去郊野与我所有的朋友一起露营。不好意思！"

我们一直在使用 Google 翻译进行交流。我用我的手机，她则使用她的 ipad。我们两个人面对面相互输入着自己国家语言的句子，翻译好让对方看。

Carly："我有个好主意可以帮你！我把你的信息放 Facebook 上，问我所有的朋友谁能让你留下或者与你一起旅行。这将是给我自己的最好的生日礼物。"

瞬间，回应的人很多。在她朋友的留言中，很多人表示愿意提供各种帮助。

例如：两周后他们会在 ××，我可以去那边住上几天。

如果我经过 ××，他们会非常欢迎我。

暑假计划去迈阿密旅行，可以一起同行。

……

大量的信息涌来，但都不能立即解决我眼下的问题。按照我自己的生理期惯例，第一天是我最虚弱的一天。这一天脚踝、小腿浮肿，后背和腰部疼痛，小腹坠胀并伴有疼痛，腹部偶尔抽搐，眼皮只能处于半睁状态，大脑反应慢，情绪极其低落。这一天与正常状态下的我相比，就是半死不活。总之，在我不想对自己的计划有任何大变动下，我必须收拾好所有的行装继续上路。

很早之前，我看过一本台湾女孩连美恩写的书，书名叫《我，睡了，八十一个人的沙发》。这本书当时由马英九推荐，曾提到"沙发客不花一分钱周游全世界"的概念。couchsurfing.com 这个网站为所有想旅行的人提供了沙发客的平台。注册需要信用卡付费，费用不多。注册这个网站，你想要寻找免费住宿的时候，作为平等交换的条件，你也需要将自己家里的可提供给沙发客的沙发或者房间进行登记。登录后，你可以选择某段时间你的沙发是被开启状态，某段时间是关闭状态。你可以选择全世界任何一个你想要到达的国家，寻找那里注册的沙发客。每一个提供和被提供免费服务的用户都会在接待之后得到评价，彼此在选择对方的时候，可以看到评分和历史点评。这个平台的概念极好，准备去欧洲旅行前，我曾在这个网站上进行了尝试。但当我给想去地方的登记者发送邮件时，可能因为语言障碍，也可能是旅行时间与大部分人不符，总之，给我回复邮件的人数比例不高。我成功预约到沙发的概率为 0。在我看来，互联网世界与真实世界的连接，确实搭建了信息快速传递的平台，我们可以轻而易举地搜索任何我们想看的信息，可以更高效更廉价地与世界各地的人沟通。互联网世界影响、帮助和改变了很多真实世界中人们的日常生活方式，但它永远只是人们生活中的辅助工具，互联网世界充斥了太多的泡沫，所以不要被这个虚幻的世界主宰。

这一天，我在恍惚中穿越特拉华州北部。特拉华州版图类似直角三角形，30°角在左上方，90°角在左下方，60°角在右下方。区别是左上方 30°的角被替换成了有弧度的边，所以看起来有点像不完整的螃蟹钳子。GPS 定位显示我已经到达马里兰州，我决定驻扎在一家装潢气派的中餐厅后院的露台上。

当我支好帐篷，听着雨点打在帐篷顶上的声音，躺在厚重柔软的海绵垫子上，能感觉到全身肌肉在慢慢放松。今天一天都在混沌中度过，我需要理清思绪，回想这一天发生过什么？

从 Carly 宿舍出发前，Carly 和她的男朋友问我会走哪条线路。我们一起察看地图得知，我会经过一条很宽的河，这条河有 3 座桥可以通过，Google 的推荐路线是 1 号路，Carly 和她的男朋友强烈反对，他们形容那条路段的治安非常差，于是我接受他们的建议，选择了往南走的另一条路。Carly 的男朋友从大门后拿出一根长约 1.8 米、粗细与我小臂相当的长棍交给我。他的表情非常认真，让我将这根棍子绑在背包侧面。

Carly 男友："你拿上这个，不沉。"

Carly："是的！是的！你需要这个保护你，会更安全。"

我脑子里闪现的画面是：自己穿着古装、梳着长辫、头上顶着戴面纱的斗笠。京剧里锣鼓点的节奏急促地响起，猛兽从背后突袭，我瞬间从身后抽出长棍，伴随着锣鼓声，耍着各种帅气的武术动作。伴随着锣鼓点儿"Kuang ~ Cang ~ Cei ~！"然后我胜利地一个亮相，便闪回现实。我把棍子最终还是交还 Carly 男友，并一再表示我可以保证自己的安全，谢谢他们昨晚的照顾。

从特拉华大学宿舍出来，在附近搜索到一家中餐厅，点了猪骨萝卜汤、卤蛋、炒河粉，虽然没有国内大多数餐厅做得好吃，但这些正是我身体需要的。饭后，我拖着疲倦的身体走向 5 千米远的麦当劳。在异国他乡完全陌生的地方，能让我产生亲切感的，莫过于自己熟悉的麦当劳。美国的全球化商业理念，在不同的地点复制相同的品牌、产品和经营模式。在我熟悉的大环境中，麦当劳征服并引领着大批消费者；而在完全陌生的环境中看到这个熟悉的品牌，熟悉的产品和服务，竟然唤起了我的亲切感和安全感。

当我快要抵达麦当劳时，一辆老旧的福特卡车在我旁边停了下来。车上面坐着位年纪很大的男人，问我是否需要帮助。实际上，我确实想找一个可以休息并恢复体力的地方，但警钟在我头顶再次敲响，我说我只是去麦当劳买吃的。他说那你上来，我送你过去。实际上，麦当劳就在前面不远处，大大的字母 M 戳在路边，异常醒目。但我真的太累了，于是上了车。不到半分钟，他把我送到麦当劳门口。下车前他问我是不是来旅行的，他家就在附近，如果有需要随时打电话给他，可以去他家休息。我从车上提下自己所有的包，对他说我先进去，让我想一下再联系。坐在麦当劳，我想听一下朋友给我的建议，于是给刘燕文先生打电话。在我简单地介绍下，刘燕文先生帮我定位并搜索周围环境，根据对美国环境和人的判断，他提醒我，如果第一感觉不对，就不要轻易相信对方，这也正如我所想。外面下起了大雨，我在麦当劳里为手机充电，没有再与那个人联系。

雨停了，我感觉自己的体力和精神多少恢复了一些。虽然感觉今天走不了多远，但也没有停下脚步。剩下的 9 千米，雨后呈现的景色很美。临出发前，为自己晚间的住宿定下了几个方案。教堂为首选，其次是 24 小时快餐店，最后看看是否有中餐厅，可以念在同胞的分上让我抱抱他们的大腿。

教堂在美国的分布相当密集，其次就是各种商业连锁店。走来的一路天渐渐黑了，道路两边是大片大片的树林。经常可以听到动物跑来跑去的声音。人的意识会在某些时期变得非常容易脆弱。

我在做什么？

我到底为什么要这样做？

值不值得我这样做？

我在成长。我在经历着我一直想要经历的过程。

这将是我一生中难得的记忆。

这样做是在浪费生命？

愚蠢的行为？

不值得去冒险？

我在接触自己的内心，找回最初的自己。

亲身感受和感知这个世界。

走在马路上的我，脑子里一直胡思乱想地自问自答，其间还穿插着空白与混沌。

我想，女人真正成熟的标志，应该是在自己虚弱和孤单的时候依然可以跟自己和睦相处。有时，享受一下孤单的感觉也未必是一件坏事。

天已经半黑，不停地有疯狂的人开着汽车快速驶过，打开窗户对走在路边的我叫喊。我听不清他们疯狂喊叫的内容，但促使他们疯狂喊叫的，应该是在这条路上，我是唯一一个行人吧。前面到达了我首选的目的地——教堂。周围是正在施工的沙石厂，旁边有一两家破落的二手车店铺，后面一小片树林。这里的感觉实在不能让我放下心来睡一个晚上，我甚至没有停下脚步。还好我做了准备，还有备选。一路上又一次次经过很多停满废旧车辆的地方，地图上显示的中餐厅就在里面，我环顾了一圈却没有找到。天已经彻底黑了下来，快要失望的时候，发现高处有一个非常不起眼的广告牌。按着上面的电话打过去咨询，接电话的人不会中文，我蹩脚的中式英语无法跟电话另一头的人进行明确沟通。望着前方又是一片漆黑茂密的树林，只能硬着头皮继续往前走。

美国的很多路上没有路灯，周围漆黑一片。但只要有勇气继续前行，总会发现一片新大陆。如同我在树林后面发现了一片在外面挂满灯笼的地方。我不知道那里是做什么的，但那种大红色绝对代表中国元素。我往亮灯的区域走。一座金色的大肚弥勒佛被无数的暖色调串灯围在中间。看了一眼这家餐厅的名字"山林东"，正是我刚才打电话找不到的中餐厅。他们的地址在 Google 上还没有更改。看餐厅外面的装修，这是我目前在美国见到装修最豪华的一家。外面到处挂满了暖色调小灯泡，气氛像极了过年。

我走到门口，餐厅大门没有开，旁边有个看起来很旧的小门从里面开着，但这个小门外面的纱门是上锁的。隔着门往里看，里面摆满了各种廉价的中国特色工艺品。我敲了半天的门都没有回应。也许里面挤满了人太吵闹，听不到外面的声音，我这么想着。我又回到大佛附近，再次确认了戳在地上的招牌，上面有餐厅名字和电话。电话被接通了，依然是那个不懂中文的声音。

我："我现在在门外。门关着，这里还开吗？"

接电话的人似乎听懂了，马上放下电话给我开门。开门的是一个身材瘦高的白人，深棕色的平头，发际线靠后。从外形上很难判断他是不是美国人，但一定不是中国人。他微笑着从餐厅里面打开门，指了指门上标注的营业时间。很显然，现在已经过了他们正常的营业时间。

我用自己说得最熟练的英语句子解释自己来的原因："我来不为吃饭，我需要帮助，这里有中国人吗？"

餐厅老板："不，这儿没中国人。"

我："我在徒步旅行，能让我在这外面露营吗？"

餐厅老板："请进！"

这个人把我请进餐厅，餐厅里面的布置比外面还要豪华。顶上挂满了大大小小的、各式各样的中国灯笼和折扇。从门口的收银台到里面的就餐区，中间隔着一面雕刻着龙凤呈祥的大月亮门。桌子之间是木雕"寿"字符号的屏风，墙边和柱子边的台子上摆着各种观音像和佛像。餐厅里没有客人，也没有厨师和服务员。这家装潢豪华的中餐厅实际上只有他一个外国老板在，这是我完全没有想到的。老板表现得很友善。

餐厅老板："今天中国人不工作，我可以让你待在那里。"说完，他把我领到餐厅的后院参观。

后院是被木篱笆围起来的一片草地，靠近餐厅外墙的地方，用木架搭了个露台，上面摆放着沙发。整个露台被大型帐篷的支架罩着，支架上缠满了烘托气氛的暖色调串灯，只是今天这些支架上没有罩上防雨布。

餐厅老板："这里你感觉可以吗？"

我："可以，非常好！"

餐厅老板："这里将在晚上十点关闭，我需要把这个门锁上可以吗？"

我："可以。"

餐厅老板："在我锁门之前你需要使用卫生间吗？"

我："是的！谢谢你。"

从卫生间出来，老板站在餐厅吧台前，准备锁门离开。

我："我能为你拍张照吗？"

餐厅老板："可以。"

老板特别绅士地把右手搭在吧台上，让我拍了一张照片留念。他张开双臂，我跟他礼节性地拥抱告别。

我："我回那里。你可以锁门了。谢谢你的帮助！非常非常感谢。"

老板开玩笑地说："帮助漂亮的女士，通常会得到一个吻。没有吗？"

我："中国人不这样。"

我们对视后笑笑，我知道他想要表现幽默感。关门前，我再次对他提供的帮助表示感谢。他也祝我可以得到很好的休息。

后院通往外面的木质院门有一半坏了。我从院子里翻找到掉下来的半扇门，搬到院门边，用来堵住那部分缺口。主要是担心树林里的动物会跑进来。环顾后院这片空间，非常适合我今晚的需求。

又开始下雨了，虽然浑身没有力气，但搭帐篷对于现在的我不成半点问题。帐篷很快在露台上搭好，所有的东西放到帐篷里。露台沙发上有一个非常厚的海绵垫子，长度刚好可以当我的睡垫。我把海绵垫子塞进帐篷，把充气防潮垫放在海绵垫子上。刚刚拉上帐篷拉链，外面的雨就大了。帐篷里很温暖，盖着睡袋，躺在柔软的海绵睡垫上，这种舒适感瞬间让我浑身的肌肉得到了放松。我心里感激着这一切，感激着绅士的餐厅老板让我可以在后院休息，感激着这个柔软的沙发垫。这一切就好像是老天对我的眷顾，所有的一切都安排得刚刚好。

2013-5-24

── 马里兰州格雷斯港 ──

这种被我戏称为半野蛮式的旅行体验中，女生无法规避的弱势有两样：一是大姨妈，二是不具备像男生一样便携的排尿系统。伴随着雷雨声，我睡得很熟，醒来的时候已经上午9点。自徒步旅行以来，感觉很久没有这么晚起来过。对比前一晚经期导致的疲惫，此时的我感觉精神和体力都恢复了很多。钻出帐篷，外帐上挂满了雨露，到处都被雨水打湿。餐厅锁着门，我只能钻进院子外面的小树林里。虽然四周除了草就是树，植物多得只要我蹲下身子，根本不用担心被任何人发现，何况四周根本就没有人，可心里的那种防御感仍让我忐忑不安。深呼吸、鼓起勇气，嘘！

再次回到院子里，我一身轻松，呼吸着泥土的芳香，一切都那么美好。美国的中餐厅开门都很晚，这家也一样。帐篷的外层已经被雨水打湿，需要将摘下来的外帐尽量甩干，所以收起来的时候费了些力气。临走前，把沙发垫子和移动木门恢复原位。看看表，距离这家餐厅营业还有很长的时间，于是决定继续上路。

翻看手机，发现我在北师大读书时的周坤老师给我留言，原来她也一直在关注着我的活动。周坤老师看到我日志显示的地点是马里兰州，于是告诉我，她已经联络了她在马里兰州居住的女儿。让我住她女儿家里休息些日子，养好精神再出发。随后周老师的女儿联系了我。我将自己的定位发送给她，最终确认我与周老师的女儿韩娜之间相差约160千米的路程，她所在的位置，我未来将会经过，但是预计需要一周左右的时间。韩娜问我是否真的想要继续走完这段路，如果我身体情况不允许，她可以直接开车来接我。

一张舒适松软的床对于现在的我极具诱惑。我甚至在自己最疲惫的时候，经常想起家里的那张大床。幻想中，床的尺寸比我实际拥有的那张还要大得夸张，床上的海绵垫松软又有弹性。当疲倦的我慢动作地一头栽倒在床中央，床垫的弹性会将我整个身体回弹到空中30厘米的距离，当我的身体再次跌落到床垫上时，整张大床毫不客气地将我接住。我身体所有的重量全都被大床吸收、化解、释放掉。我沉浸在即将要实现的幻想中，就在这时，我耳边有个小人蹦出来，不停地碎碎念："昨晚上睡的垫子那么舒服，今天身体恢复得挺好，继续走吧，有奇遇啊！"我讨厌自己这该死的好强性格，却只能跟韩娜说，等我走到她那边再去打扰她。

白天断断续续下了一天的小雨。40号公路路况很好，旁边有条很宽的辅路，可以安全地骑脚踏车或者步行。Google推荐的路需要绕很大一圈，然后返回1号公路，可1号公路是之前朋友们提醒我千万不要走的。我现在走的40号公路，比Google推荐的路线节省27千米。27千米，以我现在的身体状况，至少需要多走1天的时间。我一再庆幸自己明智的选择，可沿着40号公路走到桥边时傻眼了。这座桥不许步行通过。如果想要到对岸，按照GPS的指引，须绕道95号公路，再往西北回到1号公路才行。这时，一位老兄上桥前把车停下招呼我。

老兄："你想要过桥？"

我："是的，想去对面的麦当劳。"

老兄："上来吧。"

"乐于助人的人真多！"我这么想着。

老兄看到我的行装，于是主动聊起来。

老兄："你在徒步旅行？"

我："是的！"

老兄："我喜欢旅行和徒步，我常露营。"

我："我也露营，这是我的帐篷。"我对他指指我的大背包。

老兄："真棒！"

老兄还给我介绍了一款野营时用的速食食品："你应该试试这种面条，很不错，容易做，味道也好。"

我："好，我记住了。"

原来老兄的家就在桥的起点附近，他之前看到我，因为知道这座桥行人不能通行，所以专门绕远带我过桥。现在，他再掉头回去。路线很短，我们甚至没有想起要介绍彼此的姓名就到达了对岸。善良的人很多，真正乐于助人的人都抱着无私奉献、不求回报的心。他自己一再说：这不算什么。我则一再感谢他。临别前，他祝我旅途顺利。

外面依然下着雨，我坐在麦当劳，拿出随身携带的笔记本，把所有文字和图片资料全部导在电脑里备份。麦当劳在我此次旅行中就像是一个个不同地点的接待站，可以为我提供食物、电源、网络，轻松的环境让我得到足够的休息。几乎我去的每家店，餐厅里的座位都不曾人满为患。来餐厅的人分为四类：第一类点餐打包带走；第二类是带着孩子的家长，因为每家麦当劳都配有一个大型的儿童娱乐区域，家长们主要是带孩子免费玩耍；第三类是退休的老年人，几位好友聚在一起，享受无限续杯的咖啡，一聊就是一个下午；第四类是拿着笔记本上网的学生，我勉强把自己归类于此，实际上我也是在旅行中不断学习的学生。既然天气不好，今天就计划少走些路程，不让自己过于疲劳。所以整个下午的时间，都在这里度过。

夕阳时分，雨总算是停了，我向自己查找好的地点走去。路不远，走了几条街就看到了地图上显示的教堂，一间外表非常朴素的白色大屋。如果不是玻璃门上的十字架，我可能不会确信这是一间教堂，因为与我之前见过的所有教堂相比，这间教堂实在是不能再普通了。我走上通往大门的高台阶，想要进去看看教堂里面的样子，同时就像之前的圣安教堂一样，询问他们是否可以让我在后面的草坪露营。教堂的大门上着锁，只能从上面的透明玻璃十字架看到从里面透射出的灯光。我隔着大门想听清楚里面是否在授课，我可不想因为自己鲁莽的敲门声打断里面上课的人，这是极不礼貌的行为。确认里面没有在授课，我敲了敲大门，没有任何回应。我又用力敲了敲，依然没有回应。于是自己从高台阶上走下来，想找找看是否有其他的门可以进。

在我环绕教堂外围的时候，天气突然转变，刮起狂风还伴有小雨洒下来。地图上显示，这里是河与海交汇处，像这样的大风，如果雨水过大也许街道会积水被淹。而在这样的大风中我甚至无法支起自己的帐篷。像是慌乱中的蚂蚁，我开始围着教堂找入口。教堂侧面的一个小门半开着，我试图打开，可里面太黑，看不清楚。左侧头顶上一个显示"出口"的小灯箱下面还有一扇门，灯光从门缝中射了出来。我拉开左侧这道门，沿着楼梯走上去。这里就是这间教堂的大厅，屋里开着灯，但没有人。屋内摆放整齐的椅子朝着前方的讲台。除了讲台上摆放的几个盆栽，再没有任何装饰物。如果不是墙两边还依然保留着教堂传统意义上的彩色拼图玻璃，这间屋子更像是一个朴素的大教室。无论如何，我坐在这间空荡的教堂座椅上，心里平静了很多。这里的灯没有关，楼下也没有锁门，应该很快就会有人出现才对。我这样理所应当地分析着。上楼的时候，楼下的门依然开着，这样如果有人进来，我可以随时听到动静。现在，先让我坐在这里感受一下内心的平静。

这份平静大概持续了几秒钟，整间屋子的警报突然响起。也许是暴风雨警报，我从心里庆幸这间教堂的门是开着的。听外面狂风大作，这样的天气，帐篷即便能支起来估计也会被吹烂。警报依然有节奏地响着，这或许会催促教堂的人回来，我就可以跟对方交涉了。我摘下所有的背包，坐在屋子最后的一排等待。不一会儿，听到楼下有进门的脚步声。人回来了！我有些兴奋，这种兴奋或许来源于可以跟陌生人交谈，并得到新的旅行体验。我起身，并没有提背包，而是自己走下楼。楼上的灯光很亮，而楼下很暗，所以当几只手电筒晃过来时，我看不清来人，只知道肯定不是一个人。

我伸出双手，挡住手电筒的光。楼下的人打开了电源，我的瞳孔迅速收缩调整，当适应并看清周围环境的时候，发现眼前站着几位手里拿枪对着我的警察。他们一个个身材魁梧，穿着制服，戴着警徽。我早就通过各种渠道了解，一旦美国警察拿枪对准你，什么都不要做，把手伸到可以让他们看清楚的位置，然后听他们指挥。我站在原地，几位警察看到我，先是观察，进行辨别，然后询问具体情况。

队长："你在这里做什么？"

我："这里是教堂，我在等神父。"

他们其中一个队长模样的警察示意我根据他的手势走到椅子前坐下。这时我才看到，原来这个教堂的一层很像一个大食堂。我听从指令乖乖坐到食堂椅子上，其他的警察带着枪继续在这间教堂的其他地方搜索，以确认除了我以外，没有其他人。我的两个大包也被其中一位警员从二楼提了下来。

队长："你包里装的是什么？"

我："帐篷，衣服，电脑。"

队长："有枪吗？"

我："没有。"

队长："刀呢？"

我："没有。你可以打开它。"

其他巡视结束的警察向队长报告巡视结果，大致意思就是这里确实只有我一个。队长小心翼翼地打开我的背包，开始进行检查，确认我不属于危险分子后，所有人才把手上的枪收回到腰间的枪套。接下来，是他们对我行为的查问。毕竟徒步旅行这种事一说起来，很多人都以为我是在逗着玩儿。这个时候我想起，在宾夕法尼亚州一间教堂的神父曾经写过的那封信，那封信折叠整齐、保存完好地放在我背包侧面的小兜里。那可是一间老教堂的神父的亲笔信，这不就等于是护身符！信里面的内容就是希望看到信的人，为我提供帮助。我想，今天这封信可算是派上用场了。我示意我背包的侧面，警察队长示意旁边的小警察从我的背包侧兜翻出了那封信，并打开阅读。小警察看得很认真，之后把信交给了队长。队长接过信阅读，并与小警察背过身交流。

队长："这人谁呀？"他们指信上面签字的神父名字。

警察："谁知道啊？！"

队长："我也不知道。"

两个人嘀咕完转身，一脸思索表情地走向仍然坐在饭桌前的我。他们也许仍然不明白我在做什么，于是我示意说，我需要打电话让我的朋友帮助我翻译。我再次拨通了蓓芳姐家的电话，这个时间他们肯定已经下班，蓓芳姐的老公刘燕文先生接通电话。

我："刘燕文先生你好，实在不好意思再次打扰你。我这边遇到一些状况，我现在在教堂，身边有一群警察。需要你帮助我翻译解释一下。我到这个教堂的时候，这里没有锁门，于是我就进来了。之后警报响了，我就想既然警报响了，估计教堂的人一会儿就过来。紧接着就来了一群警察。我需要你帮助我跟他们解释一下，我现在正在徒步旅行的事情。"

电话中的刘燕文先生非常热心地答应了。我把电话递给警察队长，他们在电话里大约交流了两三分钟。看队长的表情，他明显已经了解了我的行为。队长挂掉电话，把手机交还给我。

教堂的牧师回来了，他一进门，也被我们这么一大票人惊到了，当然主要还是被一屋子警察惊到了。警察跟牧师握手打招呼后，跟他介绍了我之前不小心触动警报的情况，于是他们赶来。然后就是吧啦吧啦介绍我是个徒步旅行的人等等。

警察让牧师首先检查一下教堂内的损失情况。牧师去了厨房，翻看了一眼冰箱后，表示没有损失任何东西。接下来队长跟牧师开始讨论我的借宿问题。因为外面依然刮着大风，很显然他们也不放心让我独自在室外露营。牧师思索了一会儿，最终表示，他不能允许我留在教堂过夜。牧师娴熟地运用手机里 Google 的在线翻译功能与我沟通。

牧师："送你去速 8 酒店，教会出钱。"

我："不！"我表示不接受这个条件。

我也用手机翻译给对方看："住酒店，我可以自己付钱。但是我不想去，这不是我计划的旅行。"

沟通无果，警察队长用自己的手机拨通了某个电话，他边通电话边与牧师一起走到距离我几米远的位置沟通。过了几分钟，他们走回来，把他手里的电话递给我。电话里是一位娇嫩的女声，她用缓慢的语速讲了两句英语后，将电话转接。电话那头被转接的是一位讲普通话的女士。

电话中："女士，警官说可以护送你到宾馆，由教会出钱为你付房间的费用。提供你休息。"

电话中女士的语速非常缓慢，并且感觉每个字都字斟句酌。

我语速快而急："我不需要教会帮我付宾馆钱，如果我要住宾馆，我自己会付钱。我就是想要体验不一样的旅行方式。"

电话中："女士，请稍等。"语速始终非常缓慢。似乎停顿了一阵，我听不到电话里任何的声音。于是把电话从耳边拿到眼前确认电话是否仍在通话中。看到屏幕上的计时数字依然走着，再次把电话放到耳边。过了一会儿，电话里的声音再次响起。

电话中："女士，另外一个选择。你是否愿意今晚来警察局，你可以在警察局一直待到明早离开。"

我听到这个建议相当惊喜："去警察局？可以啊！当然可以！"

电话中："女士，我再重复一次以上说的话。第一个选择，警官护送你到宾馆，由教会支付今天一晚的房间费用。第二个选择，你可以跟随你身边的警官一同回到警察局，在这里待到明天早上。女士你听清楚了吗？"

我："听清楚了，我跟着回警察局。"我的语气中含有难以掩饰的兴奋。

电话中："请稍等。"说完，电话里面再次没有了声音。

几秒钟后，电话里传来的又是之前娇嫩的女声，再次讲起了英文。我把电话交给身边的警察队长手中，他拿过电话，与电话里的人交流1分钟后结束了通话。

　　队长："你确定吗？"

　　我："是的！"

　　我努力控制着不让自己因为过于兴奋而高兴地跳起来。但我能感觉自己上扬的嘴角已经咧到了耳朵根。队长跟神父对话，大致介绍了我在电话里跟翻译达成的协议。他们认真地沟通着，最后纷纷表现出困惑的表情。

　　神父走向我，用很柔和的语气再次跟我确认："你确定不去宾馆得到一间房间休息？"

　　我坚定地回答："是的，我确定。"

　　神父额头的皱纹随着我的回答从眉心处向上舒展，他看了看警察队长说："好。"

　　警察队长轻微地摇了一下头，通知周围的警员准备收队。

　　队长走向我："你和我一起，我带你去警察局。"

　　我："好。"

　　我与所有的警察一起从教堂出来，教堂外的停车场内停了四五辆警车，每一辆警车车顶都开着蓝白色的闪光，四五辆车聚在一起同时闪，把寂静的街道烘托出异常热闹的气氛。我跟着队长走到他的车旁，将自己的两个背包放到警车的后备厢里。他为我打开警车后座的门，我坐上去后，他关上门，然后走到司机位置坐下，其他的警员也纷纷上了车，一同离开教堂。

　　这是我第一次体验美国的警车。驾驶位旁有一台与总部联网的电脑，可以随时与处理中心联系。前后座间隔着不锈钢栏杆和透明玻璃板。很像是北京早期一批夏利出租车的装备，当时为了保护出租车司机不被车上的人挟持，所有的出租车内前后座之间、驾驶与副驾驶之间都用有机玻璃板做成了隔断。警察局距离教堂不远，我感觉自己屁股还没有坐热，就已经到了警察局。当我准备下车时，发现后座两边的车门没有可以从里面打开的拉手。我怀疑自己近视眼没看到，再次用手在车门内侧确认。果然！这里没有可以从里面开门的拉手。我只能等着警官从驾驶座离开，然后从车外帮我开门。

　　我钻出警车，背上自己所有的包，站在警察局外面拍了张照片后，跟着队长一同进入美国的警察局。

一进走廊，左边是镜面玻璃墙，玻璃墙打开一扇窗，可以看到房间里的值班警察。队长跟窗口里面的人打招呼示意归队，我也跟在后面。我们一同穿过走廊，从左侧的门进入警察办公室。办公室内空间宽敞，从房顶到墙面再到地板，干净得一尘不染。所有的办公桌上都没有堆积成山的文件，墙上挂着的开放式文件柜内整齐有序地放着文件。房间其中的一面墙上摆满了各种奖章，每个奖章镶嵌在一个带花纹的暗红色木板上，木板上面用金属版刻出的黑底金字，讲述得到上面这个奖章的年份和理由还有授予人的名字。我拿着手机在这间办公室内像个参观展览的游客一样，不停拍照。队长领来了一位体型圆润的黑人女警官，年纪看上去比我大些。

黑人女警官跟我握握手说："我是刚刚在电话里跟你通话的人。"

从她跟我打招呼发出的娇嫩声音我就辨别出来了。

黑人女警官："你饿不饿？你需要食物或者水吗？"

我："不，谢谢你。"

黑人女警官："那好，那你待着吧。"

我："我能在这里跟你合影吗？"

黑人女警官："你可以。"

与她合完影，我又拿着手机拉刚才"捉"我的队长跟我们一起合影。他们的体型都很魁梧，我们三个人努力挤了挤，才终于同框。

我回到走廊，走廊的墙上有关于这间警察局建造的时间和建造团队姓名，及当选官员的姓名列表。走廊边上摆放着一个一人多高的玻璃展柜，展柜里挂着一面美国国旗和一面这个地区名字的小旗子，隔板上放着很多样式不同的马里兰州及该警察局的警徽。下面的隔板放着水晶奖杯和这间警察局的照片。走廊右侧的男女卫生间门外，中间的墙上是一个可以随时张贴和更新信息的白板，一张黄纸黑字的通告非常醒目地钉在上面。

纸上写着"这里是没有毒品的工作环境！我们进行药物测试"。

起初我并不知道这个提示的作用，后来我的朋友付昆告诉我，这是用来提示和监督在这里工作的警察的。因为警察也是普通人，也会有犯罪的可能，也会有吸毒的可能性。所以完善的体制不是依靠所有人的自觉形成的，而是需要有完善的管理和监督机制才能建立和引领起强大的团队，一个企业、一个社会、一个国家的形成也是如此。我们总说到国外后感觉那里的人都特别守规矩，特别懂得礼让，感觉素质都很高，实际上我们所看到的，是经过很长一段时间完善的管理、监督、惩罚体制下呈现的结果。

当长途旅行进入一个平稳期，好奇兴奋的状态已逐渐归为平淡。美国地方警察局深度游，这个意外的插曲，终将在我的旅途中创造出一道特别的闪光。当晚，因为没有床，我几乎是坐着睡的。其间偶尔醒来，还看到了半夜将抓捕犯人押解回来的情景。哪里的警察局都一样，警察作为一个地区的守护者，需要二十四小时睁大双眼保卫自己管辖的地区居民的安全。人民公仆都不容易，向全世界的好警察致敬！

2013-5-25
—— 马里兰州金斯维尔 ——

清晨 6 点钟，我与警察局内上班的人道别后继续出发。吃了几天的快餐，想吃中餐的欲望非常强烈。搜索沿路最近的中餐厅至少也要走二十千米，但精神上强烈的渴望赋予身体的力量是无穷的，我决定走过去。

今天天气晴朗，蓝天白云，绿树成荫。可再美的景色如果一成不变也会审美疲劳。一眼望不到头的 40 号公路向远处延伸着。汽车一辆辆从我的左侧主路匆匆驶过，几组骑公路自行车的车队也轻松地从我身边擦肩而过，很快消失在这条无尽的公路上。跟他们比起来，我只有一个人，缓慢、孤独地一步步行走着。我安慰自己不断挣扎的内心，提醒自己：饭要一口一口地吃，路要一步一步地走。

烈日下，汗流浃背的我为了不让自己的脸晒伤，戴上了渔夫帽、大墨镜和面罩。通常，夏季外出时我从不需要遮阳伞和防晒霜，但现在长时间暴露在烈日下，我必须做好最基本的防护。我不是一个在护肤美容方面讲究的女生，家里的卫生间也没有各种护肤品的瓶瓶罐罐。年少时我也曾像很多女人一样在保养品上消耗了太多钞票，但不知从何时开始，我在这方面的需求逐渐减弱，而今对脸部的护理已经简化到仅需使用一块香皂进行清洁即可。至于头发，我从上高中起就努力尝试各种新奇的变化，直到大学毕业参加工作以后，花在头发上的开销逐渐削减到最低。因为留起了长发，处理更为简单，只需每年在春节过年前，把头发下面感觉粗糙的部分剪掉即可，剪发的费用基本都在 30 元内。我几乎成了接近零成本保养的女人，甚至身边的朋友都认为我活得过于粗糙。可节省下来的费用，让我换取了一把开阔眼界的钥匙。我太想出去看看这个世界的样子，心中长了翅膀，应该让她自由地飞翔。从书本上、电视里看到的世界，永远都比不上自己亲眼所见。

路走到一半，景色的视觉疲劳感再次让我感觉单调和枯燥，身上的背包犹如千斤压顶般沉重。我迈出的每一步都像大象一样缓慢而笨重，唯一的动力就是前面的中餐。这种感觉让我想起小时候的动画片《曹冲称象》，为了让大象往前走，于是用渔竿钓着一根香蕉，不停地在大象眼前晃，促使大象一步步前进。此时的我就是那只大象，而我幻想出来的美食则是那根香蕉。

这一路上唯一陪伴我的就是脚下的影子。早上背后的阳光把它推向我的前方，让我欣赏身姿窈窕的自己。随着太阳的升起，它失去了清晨的兴奋劲儿，陪我驮着背包缓慢前行。到了正午时分，它为了躲避我头顶正上方的太阳，消失在我脚下。还好我有一颗坚定的心，终于在下午 2 点多的时候到达了地图上介绍的这家中餐厅。美国的中餐大都经过改良，偏向当地人的口味。虽然跟国内的中餐比，从调料到口味都相差很大，至少能看到中餐的影子在里面，但不论如何，改善伙食，总算是满足自己的口味美餐了一顿。坐在餐厅里，用 GPS 定位查看自己今天的成绩，从早上到现在，一口气走了 20 多千米。饭后，身体逐渐恢复到满血状态。

下午，我走在乡间的路上，看到路旁有间对外开放的马场，围栏里面的两只狗一直在冲我叫，于是想走进去看看。马场的标志很明显，路边的屋顶上放着一匹马的塑像。入口处戳着一个手写的信息板，上面写着"骑小马 10 美元，周六周日 12 点—16 点"。看到如此公道的价格，可知这里的老板绝不是一个只想赚钱的黑心商人。于是我向马场里面走去。

这里是一片略有起伏的平地，平地被木栅栏隔成一片片不同的区域。整片区域没有人，户外的部分也没有见到马。但看到停在马场门口的几辆车，我知道主人一定还在这里，可能地方太大，不容易找见。礼貌起见，我还是不要私自到里面乱闯。

马场门口的停车区旁边就有户外的桌椅，我摘下自己的背包放在桌子上，打算坐在这里等等。桌椅旁的不远处有一片花圃，花床里种着很多种不同的植物，我实在无法分辨它们的名称和科目。花圃对面是木质栏杆，栏杆上钉着一个木质的手绘马头。里面被围起来的木屋，屋顶不高，应该是其中一间小马厩。顺着花圃往马场深处看，是一间顶棚设计得很高的大马厩。

我坐在椅子上休息了片刻，就看见马场的女主人从木屋里走出来。女主人是白人，身材高挑消瘦，一头金发搭配着蓝色的牛仔裤、蓝色的 V 领 T 恤衫和蓝色的项链坠子。当她打开门看到我这张亚洲面孔和一头黑发时特别兴奋，边从屋里向我走来，边喊两个女儿一起出来。两个小姑娘看样子也就是大学生的年纪，听到妈妈喊，也从屋里兴奋地冲出来。我甚至还没有开始自我介绍，她们三人就对我表现出了极大的热情，问我是哪里人。当听说我来自中国，三人开心得跳了起来，告诉我她们有一个朋友现在正在中国旅行，没想到她们今天迎来了一位从中国来的旅行者。

女主人是一个非常容易开心的人，她从一见到我就一直处于兴奋状态，两个女孩也一样，年纪略小点的女孩更是直接跳到姐姐的后背上，摆出各种造型任我拍照。

见她们如此热情，我果断放弃在大约十几千米外的一间教堂露营的打算，直接跟她们提出："今晚可以在这里露营吗？"

女主人不加思索地爽快答应了。她说："你可以选择你想要露营的地儿。"

我："这里就好，谢谢你。"我选择在花圃不远的一块草地上。

女主人："好的！尽情享受。"

原本在栅栏里一直冲我叫的两只狗摇着尾巴走向我，瞬间在我脚边歪倒，不停地对我撒娇，完全丧失了刚才对我不依不饶的霸气模样。我询问卫生间的位置。女主人领着我在木屋里外参观，大致介绍了基本的布局。然后告诉我，她的两个女儿今晚也会住在木屋里，如果我需要水或者食物等等可以找她们帮忙。我表示感谢，并说明她们不用特别照顾我。

女主人交代好一切后就驾车离开了这里。两个女孩让我随便逛，尽情享受这里的时光，如果有需要就随时去木屋找她们。走了这些日子，接触了这么多家庭，我大致对美国家庭的规矩有了些认识。传统的美国家庭是非常单纯和好客的，但如果一个家庭里有孩子，是不会轻易让陌生人进入的。

美国法律对未成年人的保护条款非常严谨，法律规定 8 岁以下的儿童不能单独留在车内，12岁以下的儿童不能单独留在家或没有人管理照顾的地方，以免由于孩子不懂事而导致意外发生。一旦离开学校，家长必须时时照顾。如家长忙碌没有时间，必须托给他人照顾。学校的辅导员和警察建议孩子至少要到14岁才算安全。未成年人满12岁，可自己出门搭巴士。但去远的地方或者晚上搭巴士则需要大人陪同。法律规定16岁是允许未成年人独自在家的年龄。但独自在家不包括允许让这个年龄段的孩子单独在家过夜。18岁以下的未成年人晚上需要与大人同住。如果同时有两名以上子女，最大的需要满16岁，才能代家里照顾年龄较小的弟弟妹妹。年满21岁才是法律规定的成年人，才到允许饮酒的年龄。父母的监护责任不可推脱，一旦失职将会面临刑拘甚至坐牢。

两个女孩看起来也就16~21岁之间的年龄，所以当女主人离开后，两个女孩很自觉地回到了木屋。木屋有两个大门，一个门打开就是卫生间。另一个门打开可以直接进入木屋里面。卫生间里面也有一扇门，是跟木屋的客厅相连。所以我使用卫生间的时候，不会打扰到木屋里面的人。她们使用卫生间的时候，只需要锁上木屋外面的另一个门就可以了。这种设计方便又安全。虽然我身为女性，也依然要自觉地与两位女孩保持安全距离。天还亮着，我将帐篷搭好，坐在这样一片自然而宽阔的空间内，整个人都放松下来。欣赏着太阳西下，想到这份好运气不是随便白来的。很多时候，心态好，好运才会跟着来。其实生活中每天都会多多少少遇到些摩擦或者发生些不顺心的事，与其让自己纠结，坏了心情，倒不如调整好心态，感觉好，心情好，好运自然来。

2013-5-26
—— 马里兰州马场、金斯维尔、罗斯代尔 ——

也许一些人不相信"命运"，但我想大部分人相信"缘分"，可谁又能将这两个词的区别解释清楚呢？在马场一夜安眠，醒来时已经上午9点半。打开帐篷，外面的阳光耀眼，又是晴朗的一天。虽然夜晚没有下雨，但清晨的露水依然让我的帐篷潮湿。我将帐篷拆开，搭在栅栏上晾干，呼吸着周围的空气，有种熟悉的亲切感。马场的女主人来了，见到我的第一眼依旧像昨天那样热情，她让我不要急着离开，特地去木屋里为我准备了热咖啡和芝士炒蛋当早餐。

坐在户外的桌子旁，她拉着我聊天。我发现自己的英语口语每天都有一点提高，虽然还不能特别流利地表达，但基本的沟通还行。美国人的理解能力特别强，只需要会说一些单词，她们就能了解整句话的意思。

女主人问我：为什么会做这样的事情？从纽约徒步到迈阿密？这是一段路程很远、很辛苦的路，为什么不选择搭火车或者飞机？

我张开嘴巴，却无从回答。

像她这个年龄的人有着属于这个年龄的智慧，她的表情告诉我，她知道我很难解释所有的事。

其实很多人问过我同样的问题。为什么？原因是什么？大好的时间做点什么不好？你这么做是对自己的生命和父母不负责任的行为！这么做是徒劳，是浪费时间、浪费精力！

也有朋友告诉我，很多人的徒步经历是有人付钱让他们这样做，他们的行为最终可以得到一大笔丰厚的奖金。而我，既没有人为我出钱，又没有人为我炒作，让我成名，这样做无异于愚蠢的行为。

当然支持我并给予正能量的朋友也很多，每天都有无数的人说无数鼓励的话语。不论如何，朋友们的赞同也好、反对也好，我知道所有人的出发点都是关心我、爱护我。

我曾在大城市中迷失自己的灵魂，虽然每天过着外人看似无忧的小康生活，但我知道自己并不真的快乐。内心的空虚和寂寞、城市里忙碌浮躁的生活状态一直侵蚀着我的心灵。我感觉自己就像是个没有灵魂的躯壳，每天用纸醉金迷的生活来麻痹自己的肉身。可能只有在我独处的时候，我才能感觉到自己的存在，我的内心犹如万箭穿心般痛苦。我知道我的灵魂已经出走了，我迷失在水泥森林中。我的痛苦来源于自己内心的挣扎，眼前的一切已经偏离了我真正想要的生活。我感觉自己已经迷失在一片无尽的白色中，没有天空，没有地面，没有一切，只有白色，当时的我觉得自己抑郁、焦躁、临近崩溃的边缘。我自己真正想要的是什么？我自己都不知道。我知道除我之外，很多人都因为各种原因曾将自己迷失，但不是所有人都可以，或者愿意去找回那个原本的、真正的、纯粹的自己。我应该去寻找原本的那个我，我必须要迈出这一步，学会跟自己接触，学会跟自己的心灵沟通。我决定把自己的灵魂寻找回来，也许那个时候我才会知道什么才是自己真正想要的。

寻找的过程面临的是前面的未知，而脚下只有向前的路。也许我会因为这段愚蠢的行为付出太多太大的代价，但是只有这样做，我才能找回真正的自己，才能从被自己催眠捆绑的躯壳中挣脱出来。我需要经历一次这样的成长，一次真正的成长，成长的过程必须要付出艰辛的代价，最终获得的才是真正意义上的成长和心智的成熟。

我享受着这里自然的田园生活。女主人先带我走进大号的马厩，为我展示了马场的工作。这间马厩里的马，有些是客户寄存在这儿的，有些是马场场主自己的。寄存马的主人会经常来探望，亲自对自己的马进行维护、保养和沟通。我们领着几匹马在宽广的草坪散步，草坪深处有很大的池塘，马可以来这里饮水，周围的土地高低起伏，这个季节的马场，到处开满了黄色的小花。大部分性格乖巧的马不需要有人特别照顾，可以在外自由活动。有些不容易管理的马则需要人来控制它们外出和回马厩的时间。女主人的两个女儿和一同来这里做暑期工作的小伙伴牵着几匹马进行拍照，为这个马场做网络宣传。拥有这么一大片土地，还要照顾这些马匹的生活并不轻松，每一匹马都需要精心呵护，刷毛、马蹄上油、整理草料、清洁马厩、维护护具等。女主人完全可以选择将这里出售，获得一大笔钱享受更轻松优越的生活，但她选择了保留一切。

女主人边走边跟我介绍这个马场的历史，她的祖辈将这片土地一代代传下来，直到她接手，这里有她童年的回忆和对父母的思念。她说她年轻的时候曾经离开这里，选择居住在城市。但时间久了，那里紧张拥挤的生活方式她并不喜欢。她最终选择从父辈手中接管这个马场，回归田园生活。这里有美丽的景色，这片土地上孕育着数不清的生命。也许在这里不能赚很多钱，不能使她过上奢华的生活，但这里的生活是如此踏实，让她快乐，这里是她心灵的归属，是让她感觉舒适的家。

这种生活远远比我们开什么样的豪车、住什么样的房子、我们衣柜里放着多少名牌包、我们银行内存了多少钱，要真实快乐得多。

女主人给我展示了她脖子上佩戴的项链坠子，是一枚清朝康熙年间铸造的四方孔铜钱。铜钱的正面是"康熙通宝"四个汉字，背面标明了铸钱局，分别用汉满两种文字对照在四方孔两边，汉文在右，满文在左，这是她的父亲在去世前留给她的。她说当时父亲病危，于是喊来她们几个孩子，让她们挑选自己喜欢的东西作为留念，女主人说这枚铜钱是她最喜欢的东西。这是她爸爸年轻时认识的一位中国朋友送的。我忽然有种微妙的感觉，这一定是上辈人结下的缘分，让我有机会来到这里，而这种缘分一定还会继续延续。

旅途中遇到的一切，让我内心确定自己选择徒步的方式是正确的。如果我当初选择搭乘飞机或者火车，我一定无法将自己真正融入沿途的美丽风景。如果我没有选择露营，我也无法结识一路上认识的所有人。如果不是我无组织无纪律的性格，让我从来不对自己的旅行有细致的规划，我也不会有机会踏入美国人真正的生活。这些带给我太多的惊喜，让我体验到如此多的意外，结识了这么多善良、友好、单纯的人。这些远比我在知名旅游景点走马观花地参观收获要大得多，这才是我想要的、属于真正意义上的旅行。我收拾好自己的行装，与马场的所有人道别，继续踏上未知的旅途。

我的内心告诉我：未来的路，不论是快乐还是艰辛，遇到什么样的人、发生什么样的事，我都已经做好了准备去迎接。

从马场出来已是下午4点，今天原本计划的终点是巴尔的摩市。很多人警告我那里是美国犯罪率最高的城市，叮嘱我千万不要在那里逗留，特别是夜里。于是我想如果自己无法徒步穿城而过，就选择一家24小时快餐店，或者搭城里的巴士离开。我已经为迎接这个城市做好了充分的准备，但计划永远赶不上变化。

我戴上帽子、墨镜、面罩，将自己全副武装以抵挡烈日。这种装扮让我看上去很神秘，与我擦肩而过的有些人会在距离我很远的地方绕道而行。我这个样子可能会吓到很多人，但给我带来了安全感。我行走在公路上，从马场出来走了大约8千米后，前面的道路变窄，没有可以行走的辅路。公路上穿行的车流不止，车速都很快。我踩着路边生长的野草继续前行，前面有一栋房子正巧建造在公路转弯处，离路非常近。谨慎起见，我停下来贴路边站着，一边探出身子想看清楚远方是否有车，一边努力通过汽车行驶中发出的噪音来判断汽车的远近，想等两车之间较大的间隙通过房子的位置。这时，我听到背后有人喊话，转身便看到一男一女手里拿着啤酒冲我微笑，并向我走近。

女士问我："你在做什么？"她提问的时候脸上一直保持着好奇和友好的微笑。

出于礼貌，我摘下墨镜，并将面罩拉下。我的面罩是套头的，拉下就留在了脖子上，设计得非常方便。背在我前面的背包将我本就不丰满的胸全部遮住，所以他们主观地判断我是男生，直到看见摘下面罩的我，表现出一脸的惊喜。女士说起初她只是好奇我这个人的装扮，没想到我是一个这么漂亮的女孩。她兴奋地喊来院子里的其他家人。我好像已经开始习惯淳朴的美国人的热情，他们对我的欢迎方式让我感到兴奋，但并没有特别的意外。其他的家人手里拿着啤酒也纷纷从后院向我走来，女人们以豪爽的性格轮番对我热情地表示欢迎。

女人们轮番问我："你需要喝水吗？"

我："不，谢谢。我有水。"

她们继续轮着问："你需要食物吗？"

我："不，谢谢。"

她们依然轮着问："你要去哪里？"

我："从纽约去迈阿密。"

她们拿着啤酒兴奋地欢呼："太酷了！"

几个人拉着我一起合影，然后前呼后拥地将我拉进后院。

这家人正在自己的后院开烧烤派对，后院里还有其他的大人、孩子和两条狗。在女人们的介绍声中，围坐在烧烤炉边的孩子们纷纷向我招手，我能感觉到所有人都兴奋起来。院子里的大狗一路小跑到我脚边，对我闻了又闻。小狗躲在大狗身后不停地冲我叫。几个女人为小狗对我的态度一再表示抱歉，解释说他们的小狗一向不太友好，对谁都这样，甚至对他们自己人。我说我很理解，毕竟我在这里是陌生人。

她们领着我参观院子中间的小木屋，这间木屋大约有 2 平方米。四周的墙壁上搭着隔板，所有隔板上都摆满了各式各样的纪念品，单是靠门的一面不足 60 厘米宽的隔板上，就摆放了上百个旅游纪念小酒杯，每个酒杯上都印着不同的地点和图案。其中一个穿黑色 T 恤的女人告诉我，这里都是她的收藏品，这些收藏品积攒了 20 多年。她从墙上取下一个比手掌略大的蓝色圆形纸盒打开，里面放着的是已经被风干的各种蝴蝶标本。接着，她又取下一个方形小纸盒，里面放着一只体型肥硕、保留完好的黑色甲虫标本。她小心翼翼地把甲虫从盒子里拿出来，轻轻放到手上欣赏，说这是她最钟爱的一个。然后她拿出一个大点的塑料保鲜盒，盒子里装的依然是她收藏的标本——飞蛾，飞蛾的颜色、大小不一，品种不同。最大的一只展开后翅膀比那只黑色的甲虫还要大，飞蛾尾巴上的细绒毛清晰可见。我和女人们站在小木屋里，听她们热火朝天地聊因我而展开的话题。

我看看表，时间有些晚了，我知道美国家庭如果家里有未成年人，是不会轻易让陌生人进入的，于是询问他们今晚可否让我露营在他们的院子里。

他们全家人答应得既兴奋又爽快。

穿黑色 T 恤的女人问我是否想洗个澡放松一下。

我说这真是太好了。

她带我进入他们的房子。房子一层进门后左边是并排放着的洗衣机和烘干机，右边放着一些杂物。我跟着女主人顺着右手边的楼梯上了二楼。二楼一上来是餐厅，餐厅的家具和厨具都是木本色，灯光和墙壁都是暖色调，一张 6 人桌上摆满了各种食物。餐厅的左侧是卫生间，右侧是通往客厅和上楼的台阶。女主人把我带到卫生间，我洗了一个非常舒适的热水澡，并换下了所有的脏衣服。洗完澡出来，她们已经把今晚家庭聚会的晚餐加热，全部都是典型的美国食物：芝士汉堡、烤肠、烤鸡、烤牛肉、芝士通心粉、土豆泥，这些东西把我的盘子装得满满的。我享受着美食，家里做的果然比快餐店做的要好吃得多。美国人用餐的时间与我们相比很短，整个过程大约 15~20 分钟。

餐后，大人们忙着将没有吃完的食物分装到保鲜盒里，几个女孩子则自觉地刷碗和整理桌椅。我询问是否可以洗衣服，其中一个六七岁的孩子自告奋勇带我到楼下，她打开洗衣机的盖子，我将脏衣服扔进去，她放上浴液，熟练地按下洗衣机的设定按钮。洗衣机运转起来，她告诉我十几分钟后就可以放到旁边的烘干机里烘干。一个六七岁的孩子操作洗衣机洗衣服，对她们来说是再正常不过的事情了。

天还没黑，我在后院的草坪上选好一块比较平的地方。这个家庭里有五个女孩子一直围绕在我身边，年纪小的六七岁，年纪大的也就十一二岁。她们对支帐篷很感兴趣，于是五个女孩子一起动手搭帐篷。我告诉她们我叫"莎莎"，但她们有时仍然会错叫成"萨莎"。

穿黑色 T 恤的女主人走到我身边，问我："想喝些什么？"她原本的意思应该是问我喜欢喝哪种啤酒。

我回答："可乐。"

她说："得了吧！可乐是孩子们喝的，我们只喝啤酒！"

我告诉她我在旅行的时候不喝啤酒。她很尊重我，并为我拿来了孩子们喝的橙汁。

她啤酒喝得微醺时，自荐为我们拍照。我与五个女孩子以我的帐篷为背景让女主人照，可惜那几张照片全部都是模糊的。这反而让我每次翻看这些照片时，都能更鲜活地想起当时的情景。我记得自己与孩子们一起做游戏，她们围着我不停地转圈，还在草坪上撒欢儿一样地表演各种高难度动作，翻跟头、人托人、骑马打仗。

我的长发已经在不知不觉中干了，她们抚摸着我垂直的长发，为我编起辫子。女孩子在一起总会相互装扮，她们遗憾没有足够的卡子、皮筋儿这类东西，否则可以为我编上一个更漂亮的辫子。

最后我们所有人被大人集中到一起，玩美国传统的家庭游戏："妈妈我可以……"

游戏的规则很简单，所有孩子们并排站在一起，妈妈站在距离我们约 20 米远的地方，由妈妈点名。

被点名的那个孩子就要说："妈妈，我可以跳 5 次吗？"其中的数字和动作由自己选择。

然后妈妈说："是的，你可以。"

被点名的孩子就要向前跳 5 步。

第二个孩子可以说："妈妈，我可以跳 3 步舞吗？"

然后妈妈说："是的，你可以。"

第二个孩子要表演跨跳 3 步舞。

当然有妈妈掌控着每个人向前的速度。

如果有些人太快，妈妈就会说："不，你不可以，请倒退 3 或 5 步。"这个数字也是可以自由选择的。

然后看谁最先到达终点。最先到达终点的人，可当下一组点名的妈妈。

我们玩了几轮这样的游戏，此时天已经黑了，大家庭的亲戚们陆续开车带着孩子离开。剩下女主人和五个女孩子，还有她们的奶奶。女孩子们轮流回房洗澡，然后她们又陆续换好睡衣从房里跑出来找我。

我们一同围坐在火炉边，女孩子们在一起永远都不会只是静静地坐着。

五个女孩子中，最瘦小的问我："莎莎，你相信上帝吗？"

我说："我相信！"

她告诉我："我想我爷爷，他去世了。""但我相信爷爷在天堂与上帝一起，保护着我们家。""我奶奶疯了。她认为你会等午夜我们都睡着时杀掉我们。"

这对大多数人来说可能只是个笑话，可她们的爷爷就是在很久以前被这样谋杀的。据说是她们家认识的人，深夜闯入家里盗窃。从那个时候起，她们的奶奶就开始神志不清了。听完她们的介绍，我很理解奶奶对一个陌生人来到她家的这种担忧，就像我每每走进一个家庭遇到陌生人时一样，朋友们总是不停地在我耳边警告，坏人从不说自己是坏人。

这个季节的夜晚，温度还是有些凉的，火炉里的火快要熄灭了，女孩们从院子里收集了一些树枝，堆到火炉里，让火再次燃烧。我们聊天，她们对中国非常好奇，因为家长告诉她们，中国每个家庭只允许生一个孩子。我在她们的概念里是从来没有体会过众多姐妹一起生活的孩子，当然她们指的姐妹是家庭里同父同母的亲姐妹。这些女孩子怕我今晚孤单，想要多些时间陪陪我。

她们喜欢中餐，说起中餐都是一脸兴奋。我真想有机会带她们到中国吃吃真正的中餐。

她们也知道中国有很悠久的历史，所以希望我可以讲个睡前故事。天啊！这简直是太难为我了，我的英语水平还处在对她们讲的话连蒙带猜的阶段。除了常用来介绍自己旅行的那几句英文，其他的完整句子，我根本就说不出来，更别提是关于中国古代的童话故事。她们每个人都非常认真地看着我，我脑子里瞬间想到无数个，嘴里却只能生硬地挤出几个单词，我想她们完全不可能听懂。

那个瘦小的女孩很快理解了我的尴尬，于是又转移了话题，大家七嘴八舌地继续聊天。

已经到了夜里零点多，她们的妈妈叫她们回房。我询问她们是否可以在临睡前借用房子里的卫生间。女孩们带着我再次进入房内，女主人仍然是微醺状态，见我从卫生间出来，给予我一个又一个的拥抱。

她们的奶奶从楼上下来，见到我后，依然对孩子们说："她会杀了我们！"

女主人再次拥抱我，对她们的孩子说："看看她的眼睛和笑容。我爱这双眼睛，我确信她是个好人。"

然后对着我说："奶奶疯了。"

我说我很理解。

我走下楼，从烘干机里取出洗好的衣服，走到门外，示意跟着我下来的两个女孩子锁好房门。我尽量给她们安全感，我想这样她们会安心很多。

我拿着衣服回到自己的帐篷，在拉上拉链前，听到楼上那几个女孩子叫着我的名字。我坐在帐篷里，探出身子，看到她们五个把头挤在三楼的一个窗户里对我说：

"莎莎，晚安。"

"晚安，萨莎。"

"做个美梦。"

她们有些人始终无法区分莎莎和萨莎。虽然我今天没能完成当日的徒步计划，但收获了珍贵的回忆和感受。这些都是无价之宝，我拥有如此多的无价之宝，我必须承认自己是个非常富有的人！这些财富是所有人给予我的爱！我伴随着她们对我道的那几声晚安，很快入睡了。

2013-5-27
马里兰州巴尔的摩

7点多起来的时候，房里所有的人都还没起。想到昨晚大人们喝了那么多的啤酒，应该不会醒来很早，于是收拾行李准备出发。我背好所有的行李，正准备从后院离开，再次听到从楼上传出我的名字。

两个女孩子已经睡醒，依然是把头挤在窗前对我说："莎莎，再见。"

"再见，萨莎。"

我抬头向她们挥手道别，继续上路。

上午徒步18千米，用了5小时。几乎都是上坡路，终于到达传说中美国犯罪率最高的城市——巴尔的摩。这里是美国大西洋沿岸重要的港口城市，也是马里兰州最大的城市。这里就像其他城市一样，外围比较破败，很多的穷人和破旧的房子很紧凑地连在一起。

一路走来，我的装扮吸引了很多注视的目光，因为街上几乎没有人会把脸全部遮住。也正因为如此，没有几个人敢真正靠近我。更多的人选择站在原地注视我，有的人会举手对我打招呼，我似乎成了一个引人注目的神秘人物。

　　市中心依旧是高楼林立、富丽堂皇。但也像其他城市一样，人与人之间更加冷漠。这似乎是所有城市的通病，大家似乎更亲密接触的对象是手机或者网络带来的虚拟空间，逐渐忽略了真实的世界。我更喜欢马场和美国大家族那种真实生活的氛围，动物与人和谐相处，所有人都真实地投奔大自然的怀抱。

　　今天是周一，Google 上介绍的市中心这家 24 小时营业的赛百味门口却写着周一营业到晚上 9 点。点了三明治和饮料，我坐下休息，并为手机充电。结果三明治还没吃完，就被告知今天的营业时间已经结束了，而此时还不到下午 4 点。为了避免再次引起注意，我把面罩和帽子全都摘掉。

　　走在这个城市的大街上，我并没有感觉到任何的不安全。相比纽约和费城，这里人少了很多。城市面积不大，新老建筑和谐地在这里共存。城市人口不多，并没有感到任何的拥挤和吵闹。我知道自己对这个城市的认知是片面和不完整的，不知道夜幕下的城市会不会变成另外一番景象，但我还是决定接受朋友们的建议，尽早离开。

　　今天近距离感受了哈雷摩托车产生的冲击力。因为在公路上走的时候，正好身边经过了一辆哈雷摩托车。排气管产生的噪音为它本就嚣张的外形增加了不少气势。今天走的一段公路没有辅路，路边植物的茂盛枝叶把本就狭窄的主路外侧的空间霸占，我只能走走停停，确定周围没有车的情况下才能往前走。听到从距离很远的地方传来的摩托车声，我在路边停下来，尽量将身体靠向主路外侧，但外侧的空间确实有限。我听到发动机的声音越来越近，然后刹那间从我身边不足 1 米远的地方飞过。在它飞快行驶过后的两三秒，我可以感受到强劲的冲击波带动着周围的空气流动。要不是背包负重稳住了我的身体重心，我很可能无法站稳。

　　终于又到了一个商业聚集区，我本能地选了麦当劳。整间餐厅的员工、客人加上我总共不到 10 人。进门后，我首先寻找充电插口位置，之后才把背包卸下来。点餐的服务员是一个特别阳光可爱的大男孩，我点的套餐比原来的价格便宜了将近一半。

　　我跟他确认是不是弄错了，他认真核实了电脑上的价格后，告诉我没错。

从纽约走到迈阿密　　　　　　　　　　　　　　　　　　　119

我问便宜的原因，他耸了一下肩说不知道。

有了之前的经验，尽管知道网络上介绍的经营时间到零点，我还是跟他们确认了最终的营业时间，确保可以有充足的时间给手机充满电。他们告诉我这里今天将营业到11点，于是我放下心来，在等待充电的过程中将自己的旅行日记记录下来。

周老师的女儿韩娜一直在关注着我的路线。她告诉我她生病了，但还没有得到最终的检查结果，所以这段时间需要去医院继续观察。其实她一直怕周老师担心，所以并没有告诉自己的妈妈。她怕我住在她家休息不好，特地帮我联络了她美国的华人朋友，让我可以在未来几天去她朋友家里好好休息。

她的华人朋友 Chris 已经与我取得了联系，并且每天都非常负责地跟我确定我所在的位置，就像之前蓓芳姐一家人一样。他们对我的这种帮助与付出是从来没有想过任何回报的，我从心里感觉特别温暖。异国他乡旅行，在当地能有幸认识这些人我非常感恩。

今天是我第一次尝试在美国走夜路，之前我都会尽量避免在天黑的时候走路。美国很多地方没有路灯，视线不好，非常不安全。但今天走的夜路并没有想象中的恐怖，这条路偶尔会穿过一片住宅区。天一黑，街上很早就没有人了。

我搜索了3个教堂作为自己的备选。到第一家时，在那里并没有看到建筑，只好去第二家。路上看到两个男孩从距离我150米远的地方向我这边慢跑，整条街上就我们三个人。我看到了他们，很明显他们也注意到了我。大约距离我100米的时候两个人停下来，彼此商量了两句就开始掉头往回跑。我想也许我把他们吓到了，毕竟在夜晚从远处看起来我现在的装扮肯定会让人感到不安。看到他们这样，无形中让我增加了更多继续走夜路的勇气。

又走了30分钟，GPS显示这里是一个大教堂，但是建筑风格完全看不出是教堂。这里没有任何一个类似教会的标志，也没有任何的提示牌告知这里是教堂。附近的环境非常安静，虽然门口停着车，里面开着灯，但大门是上锁的。正在我疑惑的时候，Chris 从我发出的定位上帮我查看，他说马里兰州有很多教堂外表看起来并不像。我将我所在的这个建筑拍照发给他，他最终帮我确定，这是一家简约现代风格的教堂，所以肯定是安全的。本想着在门口也许会有人出来，但等了很久都没有动静。于是我又一次自作主张，在一个草坪的角落安营扎寨，睡了一晚。

2013-5-28
—— 马里兰州银泉 ——

　　清晨被雨水打在帐篷顶上的声音吵醒了，听声音雨量不小。正在纠结自己是躲在帐篷内避雨还是钻出去冒雨收拾行李，听见外面的雨声变小，于是不再纠结，下定决心迅速整理好一切继续上路。

　　今天有幸路过一家生产签语饼的华人工厂。签语饼是国外中餐店特有的一种小饼干。捏开后里面有个小纸条，每一个纸条的话都不一样。工厂门口截着中文招牌，能在国外看到自己国家的文字相当亲切。

　　在大雨中行进非常困难，虽然穿着雨衣，但只有背包和上衣没有淋湿，鞋、裤子、袜子全部湿透。我穿的是户外速干裤，天晴后，裤子干得很快。可是脚下的鞋和袜子恐怕短时间内很难干了。大雨总是会影响人的心情，虽然没有镜子，但我可以想象自己现在狼狈的样子。我换上了近视眼镜，可雨水不停地把镜片打湿。下雨后，路变得非常不好走，我必须要更加小心，避免自己滑倒。地面上印的各种识别线几乎无法看清，我要特别注意不要误入机动车道。

　　这场大雨再一次浇醒了我，让我又一次重新审视自己的行为。这样一场特殊的旅行，不可能永远一帆风顺，永远踏着温暖的阳光前行，眼前看到的和经历的也不可能永远美好。正如我们一生中会经历各种悲欢离合一样，旅行的过程虽只占据了人生中不多的时光，但同样不可能完美无缺。

　　今天被早上和下午的两场大雨浇湿了两次，一整天我都穿着湿透了的鞋子。被捂在湿鞋里的脚走起路来非常不舒服，湿透的鞋子也特别沉。同一天的两场大雨，被淋湿的我心态和情绪却完全不同。早上的大雨冲刷着我的大脑，让我不停地自省。下午的大雨却让我心情愉悦，享受着周围的美景。眼前的大牧场，起伏的青绿色大草坪上落了一群会飞的鸭子，它们有的围绕在池塘边，有的在池塘里戏水。木质围栏从路边迂回地延伸到草坪深处，那里有一栋房子。房子的周围林立着几棵大树，整个景色展现出美丽淳朴的田园风，雨后的大牧场雾气环绕，增加了十足的梦幻感。

从纽约走到迈阿密　　　　　　　　　　　　　　　　　　　　　　　　121

被大雨冲刷过的景物颜色都特别浓重，粉色的晚霞格外耀眼，湖面没有一丝涟漪，犹如一面镜子，将原本天空上的云朵和晚霞的颜色完美地倒映出来。雾气像半透明的丝绸一样，穿插飘逸在岸边的绿林中。我终于切身体会到，原来美景真的是会让人陶醉的。今天，我一路上既体验了醉人美景，又感受了雨中徒步的艰辛，这些绝对是上帝怕我旅行太枯燥给我加的料。

今天总共走了 27 千米，虽然距离不算太远，但感觉自己的饭量明显见长，觉得总是吃不饱。拿着手机跟同学们在群里聊天，他们总结我现在每天消耗的体力等同于四川"棒棒"一天消耗的体力。消耗是一方面，补充又是另一方面。每天高能量的摄取全部转化成肌肉，他们认真推算我现在的运动量和食量，最后总结得出，等我完成整个旅程，身材可以达到施瓦辛格的标准。

晚间，我搜索到一个可以露营的公园，路边的大条幅上写着"露营"。沿着石子路往里走，这里是一片大牧场。石子路的尽头有间亮着灯的小木屋，门开着，里面墙上挂满了工具。小木屋对面有个较大的木屋，屋外放了很多套刚刚油漆过的彩色木质桌椅。屋子的几个门也同样开着。隔壁一间白房子门口停着一辆吉普车，白房子里亮着暖色调的灯光。这时天已经黑了，我赶快跑过去敲门。从屋里出来了一个体型非常瘦弱的女孩，名叫 Melissa。

我说我今晚要在这里露营，并询问如何办手续。

她告诉我，她的老板没有告诉她这里可以对外开放，所以她没有权限决定我是否能留下过夜。不过此时天已经黑了，她很乐意把我带到周围其他的露营区。

说完她从房间里叫出她养的大狗，我们一起上了她的吉普车。美国郊区天黑后，由于没有路灯，所以路上暗得伸手不见五指。Melissa 对其他的露营区也很熟悉，于是带着我去了几处，结果没有一家是开放的。我们在她的车上，只能依靠车灯的照明来识别前方的路。对于没有开放的露营区，她有些一筹莫展。

我对她说其实我可以在教堂外露营，她马上带我找到了一间，然后将车停在门口。她让我先进去询问这里是否同意我露营，如果这里不行，可以再想别的办法。我很少见到美国的教堂这么晚还开着门的，进去后看见有很多人。我找到神父，Melissa 帮助我一同跟神父介绍情况。神父用非常担心的表情看着我，他表示完全同意我在这里过一晚，但认为住在外面对我而言实在太不安全。于是他努力翻找着电话本，希望可以帮我联络到一个女生宿舍。我对 Melissa 说，其实不用那么麻烦，我在草坪上搭帐篷就可以了。神父看我一再坚持，最终只能同意我的做法。

这是一所很大的教堂，外面的草坪也很大。Melissa 陪着我开始找适合露营的草坪。这时一位黑人女教友把神父叫了过去询问我的事情，一名黑人小伙子也加入了他们的讨论。其实我并没听到他们说了什么，只是看到他们的话让神父很为难。这时 Melissa 向神父走了过去，她说她今晚负责照顾我，不需要我在这里露营了，之后示意我上车。

我不知道具体发生了什么，便问她："怎么了？"

Melissa 告诉我，那个黑人女教友极力反对，不允许我在那里过夜。于是神父就一再跟对方解释，可对方就是不同意。于是她决定把我带回她们自己的露营区，打电话给她的老板，看能否帮我争得露营一晚的许可，就这样，我入住了那间开着门的大木屋。里面还没有整理好，房间内除了卫生间，只有几个书架。书架上全部都是关于马的图书、画册、DVD，还有印着战马图案的马克杯。墙上钉着几幅正在奔跑的马的照片。由于木屋的门关不上，我又非常害怕蚊虫叮咬，于是在这间屋子里，我搭起了帐篷。有了木屋和帐篷的双层保护，我安稳地熟睡了。

2013-5-29
—— 马里兰州阿斯彭 ——

睁开眼睛已经是上午十点半，来美国这么久，从来没有起得这么晚过。周围非常安静，我收拾好所有的东西准备上路，整个大牧场还是没有看到其他人。昨晚 Melissa 陪着我东奔西跑，我不确定她是否已经睡醒，于是没有去隔壁房子跟她道别。其实我真应该过去给她一个感谢的拥抱，拥抱她那瘦弱的身体和善良的心灵。

上午出发的路上，再次看到一组一组骑公路自行车的队伍，其中有一组队伍在我身边停了下来。队伍中有个中国男孩，他们停下来跟我打招呼，询问我的行程，然后掏出相机与我合影。整件事不过短短几分钟，却让我多了一段时间的思考，思考那段短暂的对话。对话的大概内容是这样的：

他们在横穿美国，从纽约骑公路自行车到旧金山，今天是他们行程的第五天。他们这样做的行为是帮助癌症患者筹集资金。他们计划用 2 个月的时间完成整个穿越。我介绍自己计划用 3 个月左右的时间从纽约走到迈阿密，然后再度一个月的假。那个中国男孩说看我带了很多东西，我说我带了帐篷。

他们的车队穿着统一的紧身队服，车把前面挂着一个统一的黑色小包。自行车架上除了一瓶水，就没有任何东西了。他们的行程应该是一路都被安排好了的，如果没有一个强大的后勤团队负责他们的衣食住行，我不知道这么少的装备如何撑 2 个月的时间。那个中国男孩临时充当翻译，帮我跟其他队友交流。他们问我来这里是否就为了穿越美国，我说当然不光是为了穿越，我只是很想完成这件事。这件事结束后，我会用其他方式旅行，体验不一样的美国。那个男孩说原来你是一个背包客。我说是的。我原本以为他会将我说的大概意思翻译给其他队友听。

谁知他直接跟队友们说："她疯了。"然后骑上车，示意队友们继续前行。他的队友们一脸疑惑，不过重新跨上车前，对我用不标准的中文说："祝你好运。"

接下来的这段路，我一直在思考这件事。之前也有朋友跟我说，如果是为了慈善捐款徒步，这件事会更有意义，或者哪怕当作商业行为去赢取一大笔丰厚的奖金也不错。不过我真的不这么觉得。如果抛开这些，我这么做就不值得了吗？这件事情的性质就变成浪费时间和生命了吗？不错！我承认我挣扎过，也纠结过，但那不过是在我身体不适和极度疲劳的状态下产生的短暂的消极想法。

现在已经接近旅行的第 20 天，在这段时间内，我的付出和收获很难用一两句话表述清楚，这次旅行让我意识到很多人与我有同样的想法。我们都非常清楚地知道，在保证自身安全的情况下，这样的徒步并没有任何不好。每次结识到那些自愿帮助我的人，看到他们的友善和真诚，我都能体会到美丽的人性和大爱。我坚信自己所做的一切是值得的，虽然过程有些艰辛，但这将是我一生中最宝贵的财富。如果非要让我为自己的行为找出目的和理由，我想说，为了自由、为了成长、为了坚强和爱。

我用这种扣大帽子的形式不停地安慰自己，虽然一再告诫自己不要去计较男孩的态度，可心里仍然感到别扭。为了尽快修复被破坏的好心情，我不停地往前迈着步子。我一再感谢自己选择了徒步旅行这种方式，体力的消耗确实有助于让我释放不良的情绪。走了几千米后我的情绪就恢复到了好的状态。

其实每个人根据自身原因有着不同的能量磁场，这种能量磁场在时刻变化着，它不断地影响着自己和周围人的生活。人体是一个非常敏感的信息场，在不停地接收和释放各种信息，彼此进行着信息交换。我必须坚持拥有一个积极的思想，这样才能释放出好的信号，吸引好的事情发生，并为我带来好的运气。

有些人永远意识不到自己是个负能量释放者，他们不停地释放消极负面情绪，对身边的一切都不满意，仿佛霉运永远都跟着他们，而他们也的确总是能碰到各种的不幸。朋友们仿佛就是他们的精神垃圾桶，他们将心中的各种不满，倾倒给身边的人，但你会发现，这种人的精神垃圾是倒不完的。人生中充满着因果，思想就像种子一样被播种，等待发芽、生长、结果。你运用自己的思想转换成能量来追求你想要的一切，思想造就了你的行为、造就了你的气质、造就了你的磁场。当我们运用自己的思想积极正向地吸收来自各处的能量，会让我们变得更加强大和自信。

世界上最强大的磁场莫过于爱，爱是正能量磁场，是世界上最伟大的磁场。

这些，我在这次的旅行中也深有体会，一路上遇到的人和发生的事都让我感到自己是如此幸运。按照计划，今晚我就可以到达 Chris 家。我将在那里休息几天，让自己的身体好好放松一下。

下午，阳光柔和了许多，我把帽子、面罩从脸上取下，继续沿着路往前走。这时，骑着自行车的 Andrew Lees 从我身边经过，然后在距我 5 米左右的地方停下来。他就像所有对我的行为感兴趣的人一样叫住了我，然后推着自行车走向我。

他戴着眼镜，鼻子下面有一排被修剪得非常整齐的小胡子。在美国，所有骑自行车的人都会戴安全帽，他也一样。虽然穿着运动塑身衣，但看起来与我之前遇到的所有公路自行车选手有些不同。通常情况下，骑公路自行车至少是两人以上为一组，Andrew Lees 仅仅是自己一个人。和善的笑容让他露出一排整齐而洁白的牙齿，他像所有人一样询问我在做的事情。当他得知我正在徒步旅行时，眼中现出惊喜的光芒。

他兴奋地不停对我说："你可真让人吃惊！"

短暂地介绍完自己，我问他对我行为的看法。我告诉他，我目前所做的一切只是出于自己的意愿，并没有任何的公益或利益行为。他给了我百分之百的肯定与支持。我对他说，有些人认为我这样做非常愚蠢，简直是疯了。他马上否认并告诉我，我做的事情非常精彩而伟大，这让我很意外。他从自行车上挎着的小包里掏出自己的名片给我，让我一定给他发邮件，以便知道我的联系方式。

虽然我们的交谈同样仅是几分钟，Andrew Lees 传递给我的信息却全部都是那么积极和阳光，这种鼓励对我太重要了，特别是在这个时期。临分开前他再次跟我确认了我的名字。要知道，大多数人与短暂接触的人闲聊，是不会在乎对方的名字的，特别是对于他们本就不熟悉的中文名字。Andrew Lees 给我传递的每一个信息都告诉我，我的选择是正确的，我做的事情是正确的。他的出现就像一阵清风，吹散了我脑中残留的阴霾。在临别的鼓励下，我的步伐迈得比以前更坚实。生命中出现的每一个人也许都是上帝已经为你安排好的。

临近傍晚，Chris 安排了他的侄女到我们约定的地点接我，那是一家超市和甜甜圈店在一起的合体店。超市里偶尔会有零星的客人进来，甜品店窗外有几张小桌椅。我在超市里买了饮料，然后坐在小桌椅上休息。

天已经开始黑了，甜甜圈店的店员正在做清洁，一位穿着马甲戴着鸭舌帽的亚洲老大爷走进了超市，他站在甜甜圈柜台前与柜台里正在忙碌的店员交谈了几句后，店员从后面的加工区提出 2 个大的透明塑料袋，里面装满了各种口味的甜甜圈。之后店员又从后面端出两面包筐的甜甜圈，摆放在窗口两台收银机的中间。老大爷提着两个口袋，又从面包筐里挑了两款自己喜欢的口味，拿在手里边吃边离开了。不论是甜甜圈的收银员，还是小超市的收银员都没有收老人的钱，我有些困惑。这时，进来一个年轻男子，他在超市买完饮料后，走到面包筐前，对里面的店员指了指面包筐。店员一边继续清洁，一边对这个人点头。年轻男子也从里面选了 2 个口味的甜甜圈没有付钱就带走了。

在我等 Chris 侄女的这段时间，又相继见到两三个人从面包筐里拿到免费的甜甜圈。后来我得知，今天是这批甜甜圈保质期的最后一天，明天就算没有变质，也不能继续出售。甜甜圈店已经到了下班时间，但合并在一起的超市还需要继续营业几小时，于是他们有了不成文的规定，把还没有来得及出售的甜甜圈免费让人领取。那位亚洲老大爷应该是长期客户，附近的人也都知道这个规矩。

外面的天彻底黑下来时，一位穿着休闲服、手上拿着电话和车钥匙的亚洲女孩出现了。她就是 Chris 的侄女虹虹。因为都是中国人，所以看到彼此的一瞬间，我们就辨别出了对方。虹虹准备帮我一起提行李出门时，我告诉她这里快下班了，那边的甜甜圈免费，我们可以带些回去当夜宵。因为之前 Chris 曾告诉我，他们家有两个女儿，还有侄女和外甥女，是个大家庭，这些甜甜圈可以当作免费的礼物。

虹虹："你确定吗？"

我："应该是的。你英文好，再跟收银台的小伙子确认一下吧。"

虹虹用非常流利的英语询问了具体情况之后，我们将面包筐里剩下的甜甜圈打包。

回家的路，车灯只能照亮前方不远处，周围一片漆黑。直到前方看到车库门，以及几只站在那里一动不动的小鹿，我被告知到家了。车库门锁开启的瞬间，那几只小鹿嗖的一下窜出我们的视线，消失在黑暗中。

在美国，野生动物随处可见。城市里面见到最多的是松鼠，它们与人保持着安全距离，但又会频繁地出现在人们的视线内。在郊区和农村，野生动物就更多了，像野鸭、鹿、火鸡、浣熊、臭鼬、野兔等，还有数以百万计飞翔在天空的各种鸟类，都与人类和平共处着。

我小的时候，北京还不是现在的样子，那个时候夜晚天上可以看到蝙蝠，白天可以看到各种鸟、蝴蝶、蜻蜓。那时的北京没有这么多的人和车，也没有永远挡在视线前面的摩天大楼。那时的北京一到夏天，邻里之间可以夜不闭户，天空晴朗得能从东四十条轻而易举地看到地安门的钟鼓楼，喜欢养鸽子的老辈们每天吹上两次鸽哨，笼子里的鸽子们就会自己钻出去飞翔，渴了累了又自己飞回来。奶奶家的房檐下每年春天都会有小燕子来筑巢，冬天来临前又会飞走。随着时间的流逝，一年一年翻天覆地的变化，北京再也听不到熟悉的鸽子哨，除了举办大型活动，也很难再看到一群群的鸽子飞在北京的上空。

车库的门打开了，我们停好车，提着行李从车库连接的门进到房子里。因为室外太黑，所以对这里会是个怎样的家根本没有概念。玄关连接的一侧是美剧里常出现的那种开放式厨房，另一侧是餐桌，然后是客厅。这个房子是目前我去过的所有美国家庭中最大的，在美国可能称不上豪宅，但按照国内的标准绝对超过了北京著名的玫瑰园别墅区。我们把甜甜圈放在玻璃盘子里，盖上透明玻璃盖，这样每一位到厨房来的人都可以看到。

Chris 回来了，我们这几天一直在用微信沟通，所以虽然是第一次见面，但我熟悉对方的声音。因为有韩娜的介绍，加上我们之前的沟通，所以对彼此并不陌生。我不需要重复关于自己的介绍和对旅行的阐述。Chris 让我在这里好好放松几天，他说楼下私家影院旁边有间书房空着，我可以在那里休息，对面有间卫生间可供我使用。我提着行李找到自己的房间，真的需要好好洗个澡。脱下脏衣服才发现，自己身上的皮肤很多地方出现了问题。两边胳膊的关节处出现像湿疹一样密集的红点；从后腰到侧胯还有被虫子咬的各种包，红肿疼痛。我的背包重量被腰部和肩膀的背带分担，背包与自己的身体贴合越紧密，越不容易累，所以在徒步的时候，我尽量把肩膀和腰上的绑带绑紧。但是长时间的负重，让我的肩膀和胯骨皮肤多处瘀青。我默默盼望着，可以利用休息的这几天缓解所有的症状。

洗完澡，我拿着自己的脏衣服和睡袋上楼，想要询问哪里可以洗衣服。此时 Chris 正在跟虹虹和他的外甥女交代明天的安排，并介绍了他老婆住院的最新近况。原来 Chris 的老婆正在住院，于是家里的几个人负责轮流去医院陪伴她。见到 Chris 时，他刚从医院回来。这么多天的微信沟通中，他并没有告诉我这件事，也许是想让我在这里休息时没有心理负担。他们再次确认了第二天的时间安排后，三人与我热情地打招呼。Chris 说他每天都会阅读我在网络上发布的文章，然后讲给大家听，所以这里的每个人对我都很熟悉。他的外甥女叫 Zhou Mo，是个刚考上大学的小女孩，身体非常瘦弱，说起话来声音很小也很温柔。她兴致勃勃地跑到我身边要求添加微信好友，很快我就看到了她在朋友圈写的一篇关于我的文章。由于这个家里的所有人第二天都很忙碌，所以虹虹和 Zhou Mo 很早就上楼休息了，Chris 则趁这段时间赶快坐在电脑前处理他的工作。

我来美国之前就阅读了很多早期旅行者的网文，他们提到早期在美国旅行时，很多人会提倡用自己的劳动换取住宿和早餐。我知道在新西兰、澳大利亚也有打工度假的形式，为更多的年轻人提供开阔眼界的机会。我主动询问 Chris，这两天我可以做些什么，毕竟他们一家人真的都很忙。

Chris："你会开车吗？"

我："我会，但是在这里，我的驾照开不了车。"

Chris："没关系，你可以帮我们修剪外面的草坪。"

我："没问题啊。"

Chris："那好，明天我教你怎么驾驶割草机。可以让虹虹休息一下，她最近很辛苦，经常跟我轮班去医院看望我的爱人。我爱人生病了，离不开人，最近像小孩子一样依赖我们。"

我："人的心理就是这样的，特别是在生病的时候，总是需要家人时刻在身边表现出对他们的关心。病人容易产生害怕的心理，害怕家人弃他们而去，对他们不管不顾，这是人的本能。"

Chris："所以我只要有时间都去医院陪她。家里的孩子们都会自己照顾自己，挺让人放心的。"

我沉默了，并没有用客套的说辞来安慰 Chris。一个人生病，病人和家属最常听到的词无非都是"早日康复"、"注意休息"、"保重"等等的说辞，我并不喜欢这些，我认为敷衍地说这些客套话，对病人和病人家属并没有实际的帮助，反而会一次又一次地提醒他们现在的处境，导致他们无法快速地恢复身体和心理的健康。我更愿意用实际行动让他们忘掉所处的困境，哪怕是暂时的。

Chris 看着墙上挂着的照片，是一组他和他老婆 Joy Zhou 的大头像连拍，照片记录了他们当时的甜蜜温馨。他看得有点出神，也许是沉浸在了对自己爱人的想念中，照片中的人是那么健康，笑得那么幸福。

我跟 Chris 定好了第二天割草的时间，他的大女儿去朋友家开完派对也回来了。大女儿漂亮而且自信，是高中啦啦队的队员。用 Chris 的话说，他大女儿的身边总是有一堆男孩子像跟屁虫一样，不论她走到哪里都会跟到哪里。今晚他的大女儿带了两个男同学回家，他们后天高中毕业典礼，面临着各种的庆祝和分别。同学们各自带着睡袋，打算今晚聊通宵，累了就搭地铺。Chris 安排他们去楼下的电影院，并希望我不要介意跟他们共用同一个卫生间。我们互道晚安后，各自回房休息了。

2013-5-30、31
—— 马里兰州　在 Chris 和 Joy Zhou 的家中休息 ——

次日上午起床后，我与在车库的 Chris 会合，他正在为割草机加油。我从来没有驾驶过这种东西，但看起来并不难。Chris告诉我，因为外面的草坪面积比较大，我第一次操作肯定不熟练，估计修剪的进度会比较慢，于是他说了几个时间段，让我自己安排时间。

外面阳光明媚，一眼望去，附近只能看到两三户邻居。邻里之间的距离非常远，家家户户之间没有围栏作为分界线。Chris给我演示了割草机的操作方法，告诉我需要负责割草的区域界线。他补充说其实与周围的邻居之间没有特别明确的界限，因为邻居在割草的时候也会顺带帮着修剪他们家的区域。

实际上操作割草机非常简单，但要熟练还是需要一个过程。我驾驶着割草机，在空旷的草坪上不停地来回兜转，这是我第一次体验，感觉有点像在游乐场开卡丁车。在北京，根本没有机会看到割草机，更别说亲自驾驶了。割草机压过草坪，被割掉的草就会从割草机右侧排放出来，均匀地覆盖在旁边的地上。这些碎草会成为天然的肥料，滋养这片草地。割草不能选在清晨，因为那个时候草上挂满了露珠，需要等草地被阳光晒干后才能进行操作。

我一圈圈地兜转着，突然，割草机发生了异响，驾驶起来也不像刚才那样顺畅。我后面割过的草坪看起来就像被刮秃了一样，从地下被翻出的黑土与绿色的草坪成了鲜明的对比。我赶快找来Chris，他检查割草机说下面的刀片变形了。因为没有备用的，只能等购买了新的刀片更换上才能再使用。我心里发誓："我可不是一个干活会投机取巧的人，割草机并不是我故意弄坏的，这只是个意外。"但我并没有解释，Chris也没有表现出任何的不满，他说这属于正常损耗。听到他说这话，我愧疚的心瞬间放松下来，虽然我会开这个东西，但毕竟并不知道机器盖里面的各种原理。就这样，交代给我的工作在意外的情况下不得不提前结束了。

韩娜得知我到了，于是开车赶到Chris家看我。见到她的时候，我才想起曾在北京师范大学艺术系上学的时候，在校园里与她有过几面之缘。韩娜和Chris是同龄人，比我年长些，他们的女儿、侄女和外甥女比我年幼很多。我的年龄在他们之间上下不靠比较尴尬，所以一大家人在一起的时候，我显得更加少言。但我很快发现在美国生活的中国家庭并不像在国内那样长幼有别，不论礼数还是话题都要考虑避开各种忌讳。跟他们在一起时，大家都保持着开放的心态。

Chris的大女儿高中毕业，一家人要为她庆祝，Chris的前妻特地在毕业典礼的前一天从其他城市赶来，也住进这个家里。他们并没有像国内肥皂剧里表演的那样上演因为离婚而撕扯的狗血剧情。这一天，Chris 依然忙碌地往返于家与医院之间，他的前妻则帮忙照顾家里和孩子们，关系相处得非常融洽。

Chris 在调侃自己的家庭组合时，同样也戏称这是复杂的人物关系结构，让我千万不要介意。我倒是完全没有纠结于他们说的这些，总之，我眼前看到的是一个和谐的大家庭。

Chris 大女儿的高中毕业典礼，因为学校毕业班的人数有限，为了节省场地，是附近几所学校联合起来一起举办的，几个学校的高中毕业典礼集中在同一天的同一个地点。我们到达那里时，家长们已经井然有序地沿着草坪的边缘排起几百米的长队。因为还没有到入馆时间，所有人都在安静地等着，彼此之间也是很小声音的交流，尽量不影响周围的人。参加典礼的高中毕业生们需要提前从另一个门进入，剩下的所有人都需要耐心在室外等候。大约几十分钟后，建筑的大门打开，我们所排的长队缓慢而有序地入场。

毕业典礼设在室内篮球场内，篮球场最里端摆放着布景板，那里是主席台。面朝主席台的下方整齐地摆放着众多折叠座椅，高中毕业生们已经穿戴好毕业袍坐在那里。他们后面的区域保留了数排空置座椅。来观礼的人们在礼堂门口按照指示被分为 3 组，分别按顺序坐到礼堂两侧的观众席和中间的空座位中。我们一行人被安排到了侧面观众台上入座，等待观礼的所有人入场入座后，校长上台做开篇讲话。

首先，高中毕业生和坐在两侧的所有人需要全体起立，对坐在场中央毕业生后方区域的家长们行注目礼。中间空置的座位全部留给了毕业生的祖父母们。校长对全体学生和家长们讲话："首先让我们感谢我们的祖父祖母们，是他们赐予我们生命，让我们有机会可以看到和体验这个世界的美好。"Chris 大致帮我翻译了这段讲话。然后根据校长的指示，我们坐在两侧的所有人坐下。毕业生分别再向坐在观礼台上的父母们致谢，由于需要保持场内安静，Chris 并不能将所有的内容翻译。

毕业生代表上台讲话，校长根据所有人名字的首字母大写顺序公布毕业生名单，学生们逐一上台领取自己的毕业证。当校长念到 Chris 大女儿名字的时候，我见到 Chris 和他前妻的眼睛一直追随着女儿的身影从座位起身到上台领毕业证书，再回到座位上。他们眼中饱含着对女儿的慈爱，里面有家有儿女初长成的骄傲。

整个仪式大约 2 小时，最令我记忆深刻的仍是开始的部分，所有人对祖父祖母们的致敬。校长讲的简短几句话，带领着学生们付于行动的简单小仪式，将精神和文化的传承做得深入人心。仪式的整个过程，不单是为了给高中毕业生颁发那张纸质的毕业文凭，也是为了让祖父祖母们体会自己生命延续的成就感，让父母们感慨从自己创造新生命，到哺育他们，陪伴他们成长直到成人的整个过程。这场毕业典礼其实是为所有在场的人举行的典礼。

毕业典礼当晚，Chris 家的所有亲友都被邀请去法国餐厅为 Chris 大女儿庆祝，这也是我第一次见到 Chris 的爱人 Joy Zhou。Chris 提前从医院将 Joy 接到餐厅，我们所有人围坐在餐厅的大圆桌前，她坐在轮椅上，与我之间隔着韩娜一家人。经过韩娜简单的介绍，我们彼此打了招呼。今晚的主角是 Chris 大女儿，我并不想喧宾夺主地吸引人谈论关于我旅行的话题。

在美国吃的任何一餐都不可能像国内那样，一顿饭连吃带聊折腾好几个小时。今晚的法餐已经算是在美国就餐时间最长的了，我们从点餐到离开一小时左右。餐厅距离 Joy 所住的医院很近，我们所有人走路送她回去。Chris 推着轮椅，Joy 坐在上面，可以看出今天的庆祝晚餐让 Joy 感觉到有些疲劳。一路上，Chris 不停地找各种话题讲，他努力营造轻松的气氛，让 Joy 可以暂时忘掉自己的病痛。

Joy："你看，莎莎的小腿看着多结实啊。"

Chris："你不要忘了，她可是走了好多路来这里的。你呀，好好治疗，努力恢复。等好了，你也会很快像她一样的。"

Joy："嗯。"

Joy 的女儿们围绕在她身边，我、虹虹、Zhou Mo 还有 Chris 的前妻则跟在他们后面。很快到了 Joy 住的医院，我们从大门进去，里面所有的装潢和装饰完全没有我印象中医院的样子。米黄色小碎花的墙纸搭配着墙边摆放的古典桌椅、沙发和花瓶，给人的感觉像是某户人家的客厅。没有浓重的消毒水味道，没有冷冰冰的铝合金服务台，就连空调的温度都让人感觉舒服。护理人员微笑着从里面的走廊出来，接过 Chris 手中的轮椅，把 Joy 接回病房。Chris 说在美国看病非常昂贵，幸好全家人有医疗保险。保险公司承担了大部分的医疗费用，可以帮助他们减轻不少经济负担。

晚上，Chris的大女儿去参加毕业派对，剩下的人回到家中各自休息。夜晚静下来的时候，Chris才有时间在客厅继续他的工作。

这是我在这里的第三晚，两天三晚的休息调整对我而言已经足够了，因为不确定第二天是否有机会跟这家人一一道别，于是晚上在Chris工作的时候，我告诉他次日准备离开这里继续旅行。我很感谢他们一家为我提供了休息房间，让我初次体验割草，带我见识美国高中盛大的毕业典礼，也让我有机会感受在美华人的真实生活。感谢韩娜让我有幸认识了他们。有缘，我们还会再见。

2013-6-1
—— 马里兰州罗克维尔 ——

在Chris家休息的几天，接到很多朋友的信息，都在询问我是否打算继续走下去，我的答案是肯定的。旅行才刚刚开始，后面除了迎接挑战，我想更多地遇见和体验这个世界。踏出去的每一步都将是感知更新的世界。

收拾好行装，虹虹送我出门，我们拥抱后告别。有些事情的发生、有些人的遇见，都好似上天注定的安排。接我回家的是虹虹，送我离开的也是她。

今天由于天气太热，我决定选择比较绕远但绿树成荫的波托马克河边行走。当我背着包，马上要走进河边公园入口的一刹那，突然听到有人在背后叫我的名字："莎莎？"我回头一看，没想到再次遇见了Andrew Lees。

我摘下套在脸上的面罩和墨镜，高兴地向他走过去。这简直是太大的巧合，我们上一次见面是几天前的下午，在几十千米外的一个小镇上。没想到今天会在公园入口处再次不期而遇。也许我特殊的装扮非常便于辨认，但他可以清楚地记得并准确地念出我的名字，让我特别高兴。他说如果他早一分钟经过，或者我晚一分钟转弯，我们都可能错过彼此，不再相遇。

世界这么大，与我们擦肩而过的某个人，会因为不经意的一个转身，成了知己、良朋，从此走进彼此的生活。就像我遇到的很多朋友，我们彼此间的相识注定不单是擦肩而过，有些缘分也绝不是一转身就会错过彼此的一生。

从纽约走到迈阿密

今天的天气非常燥热，1000 毫升的冰水已经无法像以前一样可以供我身体一天的需要。刚走了 16 千米的路，水已经被我消耗光。Google 上介绍距河边 3 千米处有个食品店，于是只能离开绿茵小路，顶着烈日转到公路上行走，到达地图显示的地方却发现根本没有任何店铺。烈日下又渴又饿的我，感觉自己的能量正迅速地消耗着，每迈出一步都很艰辛，而前方是一眼望不到头的公路。上帝关上一扇门，就会为你打开一扇窗。这时，一辆拖挂车从我身边驶过，停在距离我前方 100 米外的地方。一个穿着鲜绿色 T 恤、身材消瘦的印度男孩从车上下来。他手里捧着三瓶冰水走向我，一瓶冰凉的苏打水，两瓶冰凉的矿泉水。当他把水递到我手里时，感觉快要虚脱的我迅速拧开其中一瓶矿泉水一饮而尽。那凉爽的感觉通过喉咙传递到身体里、渗透进每一个细胞，让我整个人瞬间精神起来。经过介绍，这个印度男孩叫 Raja。他于我就像天使，为我送来生命之泉，给我鼓励，为我加油。他建议我将自己的旅行用一部摄像机记录下来。我告诉他，我没有更多的体力背负更重的东西，所以只能用图片和文字来记录。

傍晚，我到达乡村的一间老式教堂，教堂整体建筑是白色的，看着非常神圣。教堂的门敞开着，灯也亮着，没有安装报警装置。我走进去的时候感觉十分安静。教堂不大，白色的木质座椅全部朝向被钉在十字架上的耶稣基督圣像。我坐在教堂的椅子上，对着圣像发了一会儿呆，这才疑惑如果这样等下去，不知道会不会有人来。趁着天还没黑，我在教堂外绕了一圈，依然是没有人。小教堂的后面有一片花园，花园里摆放着几个不同的石碑，这里实际上是一片墓地。之前看过的一篇网文写道，有个中国人骑车穿越美国时曾经有几次露营在教堂外的墓地里。我心里突然感到一丝兴奋，也许今晚可以体验一下这种感觉了。

我坐在教堂门口的台阶上，等管理这间教堂的人到来。天很快就黑了，依然没有人来。眼前总能看到星星点点的亮光一闪一闪地起伏着，那是萤火虫！我惊叹，这是我这辈子第一次亲眼看到萤火虫！其中有两只飞得离我比较近，一直围绕在我身边，感觉像是在陪伴我，也许它们是怕我会感到孤单。大自然太神奇了，哺育出千万种不同的神奇物种，作为具有改造大自然能力的人类，我们不能总是自私地为了自己的需要去改变自然，我们更应该好好学习如何与自然和谐相处。

天彻底地黑了，我确信不会再有人来，于是在后院找到一块踩起来比较舒适的草坪搭起帐篷。躺在这块墓地的草坪上，我跟自己开玩笑，这一夜我是不会感到孤单的，毕竟有这么多睡在我下铺的兄弟姐妹陪伴着。

2013-6-2

—— **华盛顿** ——

昨夜我睡得特别安稳。早上起来收拾行李，见到清晨的阳光将白色的教堂外墙照映成金黄色，温暖的光线洒向墓地上的一个个小石碑，此情此景，让我感到一股暖流穿心而过。仍沉浸在醉人美景中的我悲催地发现，我手机的网络流量已用光。在没有流量的情况下，美国的 Google 地图仍能显示我所在的位置，只是不能搜索和查询我需要的信息。我所在的地理位置不是商业区，很难找到电话服务营业厅解决问题。还好短信和电话功能还可以使用，于是迅速联系我的发小李征，她嫁到了美国南部的休斯敦。我当时就在想，无论如何，她肯定比我要更方便更快捷地找到电话营业厅。

北京话里的"发小"，就是指一起长大的小时候的玩伴。从乳臭未干到花样年华，我们一起经历成长的洗礼，有欢笑，有悲伤，争吵过，也彼此搀扶过，20 多年过去了，我们始终坚守着这份友谊。对她我可以省去所有客套和感谢的话，只因为彼此太了解，也知道很多话不需要说出口。李征在接到我的消息后，迅速赶到当地 AT&T 营业厅帮我充值付费，问题很快就解决了。

恢复了可以搜索信息的功能，我按照 GPS 推荐的路线从马里兰州往华盛顿走。在马里兰州的这一路，当我每次摘下背包休息的时候，过路的人都会关切地询问："你还好吗？""感觉还好吗？"乡村路上这种浓浓的人情味儿，到了人口密集的大城市中恐怕很快就会消失。

从地图上看，我现在距离华盛顿不远了。走了几千米后，我看到路边有一把木质座椅。

我走过去坐下休息。Alexey 比我晚到一步，坐在这把木椅的另一端。Alexey 是俄罗斯人，不懂英文，而我对俄文也一窍不通。他主动找我聊天，强大的 Google 在线翻译除了中英互译之外，任何国家的语言都可以选择互相翻译，只是错误概率比较高。

　　Alexey 说他这几个月在华盛顿出差。今天是周日，他休息，所以一早就到马里兰河边钓鱼。他先是做了一个甩钓鱼竿的动作，指了指自己的双肩背包，伸出右手，用手指比画了"4"这个数字，再用双手比画了一下大小，然后告诉我，他今天一上午已经钓了 4 条大鱼。丰富的肢体语言和面部表情成为我们彼此沟通的主要方式。Alexey 指了指我的背包，表演了假装把我的背包背在他身上，把他的腰压弯的动作。意思是问我，背包是不是很沉。我点头表示肯定。他又举起双手，用两根手指演示人走路的动作，两个人朝同一方向行走，然后其中一只手指了指我，又指了指他停在路边的自行车，另一只手指了指他自己，依然是手指表演的走路动作。

　　我想他的意思是："既然你的背包这么沉，我们都是去同一个方向，不如你骑我的自行车，我来走路。"

　　且不说我拙劣的自行车骑行技术，单凭自己身上前后扛着的两个大包，我想自己骑在车上根本连平衡都无法掌握。谢过他的好意，我表示自己走路就好。他再次邀请我骑车，我再次谢绝他的好意。我们最终协商的结果是，既然我不肯接受他的自行车，而我们又都往同一个方向走，他就用他的自行车帮我驮行李，然后我们推车一起走路去华盛顿。我将身上大号的背包放到他的自行车座椅上，Alexey 用背包上原有的绑带与自行车车体固定住，然后我们一同上路。身上的负重减轻了，走路的速度自然快了很多。

　　一路上，我了解到 Alexey 同样热爱旅行、热爱生活，也喜欢带着帐篷去不同的地方露营。我俩谈笑风生，时而搭配不同表情自拍。结伴而行最大的好处是彼此创造的欢笑可以让脚下的路缩短很多，时间也会过得很快。就这样，我们一起走到了华盛顿。

　　为了感谢 Alexey 贡献出他的自行车，我主动提出请他吃中餐。我们坐在一家"陈"字招牌的中餐外卖店的小露台上。他说他从来没有吃过中餐，这是第一次尝试，感觉非常好吃。我说我要借用这家店里的电源为我的手机充电，所以非常感谢他一路送我过来。

　　我以为我们会就此告别，谁知 Alexey 表示，既然我要在这里等一段时间，他可以先回家把早上钓到的鱼放回家里的冰箱，然后再来找我。他想继续用他的自行

136

车帮我驮行李，一路陪我穿过华盛顿，送我到对面的弗吉尼亚州，晚上他再返回来。我觉得这个建议非常可行，并且我们刚刚结伴走过的一路非常快乐，于是痛快地答应他的提议。

Alexey 迅速吃完饭，骑上车飞快地走了。我留在这家外卖中餐厅跟可以讲中文的广东老板聊天，这里的老板对我特别热情，他们在这里经营了 20 多年的餐厅。我也跟他讲了我之前去过的地方，聊到费城的中餐外卖店玻璃墙跟国内银行一样厚。

餐厅老板："你知不知道人家的店铺为什么要那么设计啊？因为那里治安非常不好！那些店铺不知道被抢劫过多少次了呢！"

"你知不知道美国有多不安全啊？"

"你知不知道每年像我们这样送外卖，被打死的外卖郎有多少啊？"

"很多人抢劫仅仅是为了我们这些外卖郎手里的那一点点现金！"

"你怎么可以这么任性？徒步旅行？嗯！太危险了你知不知道！你会死在这里的你知不知道！"

"我劝你马上放弃！女孩子安全第一！你这么做，家人也会担心你的知不知道！"

"你要是有什么意外，后悔是来不及的知不知道！"

我："老板，您放心吧。我都已经出来这么多天了，一路都挺顺利的，遇到很多很好的人。"

餐厅老板："能遇到的也不都是好人呀！你知不知道！看人要客观地看！这里的人都很现实的！"

我："我也有很安全的防护措施，我每天都会更新自己的旅行日记。随时发布、更新自己的定位。我还会与每一个跟我在一块的人拍照，然后发到网上。这样一旦有意外，所有的朋友都会知道了。"

餐厅老板："那你现在马上就拍我这家的地址和电话到网上。"餐厅老板指着贴在收银台上的菜单，上面有这家店的地址和电话。"你现在就拍，要是你出了任何意外，他们就能找到我。我就说我最后见你时，你跟一个俄罗斯人一起走了。"

"我记住这个俄罗斯人长什么样了。我记住他，你要是有什么意外，警察找到我，我就这么说！"

"你们现在这些年轻人啊，太任性！唉！"

餐厅老板是个有点脾气的倔老头，他不停地在用他在美国生活了 20 多年的经验对我进行口头教育，我知道他是好意。防人之心不可无的心理，让他不会轻易相信一个俄罗斯人只是想单纯地帮我减轻负担。但与 Alexey 相处的这几个小时，凭我的判断，他是一个绝对可靠而且安全的人。餐厅老板还在不停地劝我放弃自己的计划，此时 Alexey 已经如约返回餐厅来找我了。

Alexey 一进门，餐厅老板就用他那几十年历练出来的眼神对他全身上下扫描了一遍又一遍，然后对我说："我记住他的样子了！我记住他长什么样子了！你回头真要出事，警察找到我，我认得出他！"

Alexey 一脸疑惑地看我，他当然不知道餐厅老板已经把他当作坏人来看待。我因为餐厅老板严肃的态度，没有忍住自己的笑声，一再告诉老板让他放心。

餐厅老板："呐！你现在有我这里的地址和电话啦！等你跟这个人平安分开后，就给我们这里打个电话过来，告诉我们一下。"

我："好的！没问题，老板！"

说完，Alexey 将我的大包再次放到自行车上，我们穿过华盛顿市中心，跨过连接华盛顿与弗吉尼亚州的键桥。原本我以为 Alexey 只是周日散心，所以愿意多送我走一段路，谁知道他坚持陪我继续走。

Alexey 有两个儿子，大儿子比我大一岁，在他眼里，我就像是他的女儿。我们一路徒步，他就像个家长，看到我走得慢了，或者感到疲倦就会问我："还好吗？"我们穿过弗吉尼亚州阿灵顿城北那片繁华的市中心，一直走到西南部的城外。

我收到来自 Chris 的留言，他告诉我他家那边正在下大雨。看风向，云很快就会飘到华盛顿。Alexey 一路上不停地看天上飘过的云，停下来感受风向和风速，像极了掐指一算便通晓一切天象的古人。据他推算，傍晚七八点云才会飘过来，会下雨，但不会下很久。

果然，晚上 7 点半左右，我们在途经阿灵顿的时候，赶上了这场短暂的瓢泼大雨。我们身上的衣服、鞋子全部湿透了。好不容易找到一处可以避雨的屋檐，Alexey 看着外面的大雨。我掏出手机，用 Google 翻译成俄文，问 Alexey 是否继续走。他回头看了看我的手机，对我点头，然后转身继续看天上的云并观察风向。他指着天上的云层示意我，西边的乌云已经散开，风是从西往东吹，所以我不用担心，这雨很快就会停了。我跟他开玩笑说，他现在特别像电影里面的007。Alexey马上摆出一个很酷的姿势，笑着说他就是007。他说他要护送我到达目的地后再骑车离开。

下午这一路走了5个多小时，直到晚上9点半，我们到达了我选定的教堂露营地。他陪我在教堂附近转了一圈，确定这里很安全才骑车离开，我们相处的这一天让我感觉非常开心。我们以握手的形式告别，临别前，我留给他自己的电子邮箱地址，告诉他让我知道他平安到家。我们走了那么远的路，不知道他骑车回去还要多久。

我搭好帐篷后，给下午吃饭的中餐厅老板打电话。

我："老板，我已经开始露营了。俄罗斯人已经离开了，放心吧，我很安全。"

餐厅老板："你呀！怎么这么任性！哎呀！就是不听劝！"

躺到帐篷里，我听见雨水打在帐篷顶上的声音，又下雨了。伴着雨声，我回忆今天欢乐的时光，感激俄罗斯大叔为我付出的温暖而宽广的大爱。

2013-6-3
—— 弗吉尼亚州费尔法克斯 ——

昨夜的雨水太大，早上起来，身下的草坪已经积水，躺在帐篷里感觉像睡在水床上。还好我的帐篷质量过关，防暴雨指数很高，虽然雨势不小，但内帐里面没有渗水的痕迹，依然保持着干燥。听外面雨声小了点，赶快钻出帐篷，顶着小雨收拾行李。

来教会学校上班的工作人员到了，他见到我并没有感到意外，还打开大门让我使用他们内部的洗手间。收拾好一切，我在临走时，他对我说让我好好享受这次属于自己的旅行。

从教堂出来的路上，因为时间太早，很多餐厅还没有营业，我实在不想吃快餐店的汉堡。Chirs通过查看我微信的定位告诉我，距离我现在位置不远处有个规模很大的越南城，值得过去看看。

早上，越南城里很多家餐厅都已挂牌营业。我在里面转了一圈，进了一家人气很旺的小餐厅。虽说这里是越南餐厅，但整个的装潢到摆设全部都是典型的中国元素。餐厅顶上挂满了写着中文"恭喜发财"的大红灯笼，侧面墙上每根凸起的柱子都贴着红色"福"字，吧台前方摆放着"福禄寿"三位神仙的供奉台，每张桌子上还有李锦记的海鲜调味酱瓶。只有店门口的招牌和菜单上的越南文字才让我确定这是一家越南餐厅。菜单上除了越南文，每样菜下面还有英文配料解释，搭配着图片，降低了点餐的难度。

最近几天一直在上火，嘴里长了口疮，加上牙龈肿胀，刷牙的时候总是流血，所以想让自己尽量吃得清淡些。老板用越南口音的英语给我推荐了鱼肉米粉搭配薄荷冰绿茶。越南米粉的特色在于汤头清亮见底，味道却不失浓重鲜美，米粉筋道、鱼肉嫩滑。

我心里想："米粉做得这么地道，难怪一早就有这么多顾客光顾了。"

我一边吃饭，一边拿起手机查看邮件。收到了昨晚俄罗斯大叔 Alexey 的邮件，他到家时已经是晚上11点半。我算了一下时间，从我们分开，他骑了将近2小时的路程才到家。他在邮件里告诉我，他查询了近期的天气预报，未来几天会下雨，嘱咐我注意躲避，署名是007。

从越南城出发时阳光明媚，南下的道路很平坦。因为刚下完雨，公园里十分凉爽，走起路来，每一口呼吸的空气都特别清新舒爽。由于近几天雨水充足，河水已经漫过了我前方路面的高度。眼前这条路被流淌的河水拦截，要么趁着水流不急，水还不深时赶快蹚过去；要么原路返回。公园里相继经过的人站在被水淹的路两侧观察着，我跟所有人一样对着流淌的河水发呆。纠结了半分钟后，我决定脱掉鞋子、挽起裤腿蹚过去。

我必须小心，以保证所有的电子设备不被弄湿。我先是试探性地把脚伸到清澈的水里，不论多热的天气，流动的河水永远都是冰凉的。当水漫过我的脚踝，我能感觉到脚底石板路上一粒粒粗糙而细小的碎石颗粒。继续往前走，水已经淹过了我的小腿肚儿，河藻紧贴着石板路被淹没的最深处生长，脚下已经感觉不到石板的粗糙，路变得越来越滑。我必须小心，不能跌倒。

此刻脑中突然闪过小时候看的一部日本动画片，小师傅光脚站在流淌的河水中练功。因为水流很急，脚下很滑，他一直无法站稳，移动的身体不停地在河里摔倒，练功不断失败。终于，在一次次失败中小师傅掌握了其中的诀窍：在流淌的河水中，当身体重心不稳时，双脚的大脚趾用力紧压地面，身体重心略往前移就能立刻站稳了。这个方法在我现在走的路上很管用，还好被淹的路面只有20多米，带着被提起的心，终于顺利蹚过了河。

走不了多久，天气直转，瞬间从阳光普照变成了瓢泼大雨。雨势很急，无处躲藏。在雨衣的护佑下，我只能保全上身的背包不被淋湿。沿着唯一的路往前走，前方是一处圆形隧道。100米长的隧道顶上，每隔几米就会有一个黄色暖光照明灯，照明灯将圆形的隧道映照出一圈圈的光环，隧道出口是这一圈圈光环中心最亮的光点，像是通往另一个空间的入口。沿着笔直的隧道往里走，靠近出口的光斑处逐渐显现出一个人模糊的逆光剪影。我的瞳孔随着光线的变化，逐渐适应了周围的亮度看清楚一切。那个人站在隧道口，他前方的路被上涨的河水阻断了。此时，河水已从河道溢出，不停地拍打着前方的路面，溅起一人多高的水花儿。雨下得急促，河水流动很迅猛，低洼的地势让这里汇集了从各处排出的积水。水位长得很快，水越来越多，溅起的水花也越来越大。雨量没有减小的趋势，这样的路肯定不能像刚才一样硬蹚过去，一不小心被水花拍倒，卷进河道被冲走就是死路一条，太危险了。眼看着水迅速地漫到距离隧道口很近的位置。虽然那个人还站在那里继续等，我还是决定安全第一，掉头返回。

出了隧道，雨大得让我无法掏出手机使用GPS，正巧有条上坡的小路，让我可以立刻离开低洼处。爬上去才发现周围是一栋栋公寓楼，路边有一个公交站台，站台是一个玻璃屋，里面有凳子，我立刻跑过去躲到里面避雨。雨越下越大，一辆又一辆的公交车经过，我感觉自己被困在了这个玻璃房里。手机上的天气预报显示，这场雨还要继续下上一段时间。又来了一辆公交车，无所谓它会开向哪里，迫切想要离开这里的我上了车。

已被大雨浇透的亚洲女人，身上背着两个大包，裤腿儿依然是向上挽到膝盖上的高度，这样破落的装扮，一上车就吸引了所有人的注意。我脱下套在身上湿漉漉的雨衣，快速攒成一团抓在手里。司机示意我先坐好，他要准备开车了。我坐到距离车门最近的位置，车启动了。这是我徒步旅行以来第一次乘坐公交车，我对面坐着一位穿衬衫打领带的白人小哥，他一脸纠结地盯着我看，终于忍不住伸手示意我，让我把攒在手里的雨衣交给他。他将我的雨衣打开、展平，找到盖住头的帽檐儿部分，然后用手提起整件雨衣，按照对称的方法叠好后交还给我。叠好的雨衣递到我手里时，小哥那皱成一团纠结的眉头终于舒展开，我心里判断他肯定是个处女座。此刻心情舒畅的小哥终于不再盯着我看，我看到他唇角微微上扬，难掩整理雨衣后内心的愉悦。

车停了，所有的人都下了车，我也一样。我不知道自己在哪儿，但确信短短几站的距离不会让我跟计划的路线偏离太远。雨小了很多，路边的绿叶和花朵上挂满了水珠，周围的视线清晰了，头顶上的直升机不停地在上空兜转。

终于走出那片乌云，雨停了。时间已近傍晚，这里与我预计到达的地点还有一段距离。在寂寞的公路旁有一排小型商铺，我在其中看到了中餐厅。不想错过它，也许今晚天黑之前，这是我唯一可以吃饭的地方了。

餐厅老板是一位60多岁的台湾大妈，利落的短发，上身穿着桃红色的休闲衫，笑容和蔼可亲。一位身材高大、阳光年轻的华人帅哥站在柜台前，他在等待打包食物的间隙用英文与老板聊天。也许是我破落的造型太过抢眼，进门的那一瞬间，再次吸引了所有人的注意。我走到柜台前，老板和蔼地看着我笑，那位阳光帅哥也在对我笑。我必须承认，我特别容易被这种健壮的肌肉型帅哥吸引，如果他再有一张友善灿烂的笑脸，那我绝对会酒不醉人，人自醉。

"你会讲中文吗？"台湾老板娘问我。我被她的提问瞬间拉回到现实中。

我："哦，我会。"我赶快做出回应，免得被人识破因为看帅哥出了神儿。

老板娘："你在旅行呀？"

我："是的，我在徒步旅行，从纽约到迈阿密。"

老板娘："哎呀，我也像你一样，喜欢到处旅行。人就应该趁着年轻多一些经历才好。"

我："我也是这样想的。老板，有没有汤面？今天淋雨了想吃口热汤面。"

老板娘："你有没有什么忌口？"

我："没有，我什么都吃。"

老板娘："那你先坐下休息一会儿，面很快就好。"

外卖为主的餐厅，面积本就不大。我在三张桌子中选择了中间的一张坐下，找到了墙上的电源为手机充电。一位广东口音的年轻女人端着我的热汤面从后厨出来。她面带喜庆的笑容，把面放到我的桌子上。

广东女人："你是来旅行的啊？"

我："是的。"

广东女人："走路来的？从纽约？"

我："是的。"

广东女人："纽约很远耶，岂不是要走很久？"

我："现在走了不到一个月吧。"

广东女人："哇，你太厉害了！走那么久一定很累喽？"

我："还好吧，一路上遇到很多很有意思的人和事。"

广东女人："那你旅行申请的什么签证？"

我："哦，我的是 B2 旅游签证。"

广东女人："这个容易申请得到吗？"

我："还是挺容易的，资料准备齐全，预约面签就好了。"

广东女人："这个需要多少钱啊？"

我："一千多，不到两千块人民币。"

广东女人："哎呀，要是这样，我看看明年能不能帮我婆婆申请这个签证来。也挺好的哟！"

老板娘："好像现在申请美国签证容易多啦，你可以试试看。"

广东女人："是呀，申请看看，好让我们一家人早日团聚。"

广东女人说完又高高兴兴地回到了后厨。我拿起筷子，趁着汤面还热赶快吃了起来。我喜欢吃烫口的食物，所以特别喜欢吃火锅，尤其是刚从锅里烫好的肉或者菜，一捞出来就马上放到嘴里特别过瘾。温暾的食物总会让我食之无味。这碗热汤面估计是经过老板嘱咐特地加足了料，叉烧、鸡肉、虾仁、扁豆、白菜、西兰花、胡萝卜将这碗冒尖儿的汤面盖得满满的。老板娘从柜台后面走出来，从我身后的冰箱里拿出一盒切好的水果递给我。

老板娘："来，我请你吃水果。今天刚切好的，很新鲜。"

我："哇，谢谢老板。这碗面下的料很足呀，吃完好满足。"

老板娘："够不够？不够还有的。"

我："够了，够了。这已经吃得很多了。谢谢。"

老板娘："呐，我在大学旁边有个房子租给学生当宿舍，还有一个空房间。你旅行要是不赶时间的话，你可以在那里住几晚，休息休息，洗个澡洗洗衣服，在附近玩一玩。"

我："真的吗？那太好了。"

老板娘："一会儿这里打烊，我老公来接我下班，我们再带你过去。"

我："没问题，太好了。您贵姓？"

老板娘："叫我 Cindy 好啦。"

比起免费的住宿，更吸引我的是会遇到不认识的人，并且有全新的经历。美国的外卖店营业时间不会很晚，我在店里等着 Cindy 打烊。后厨的员工们打扫完卫生都走了出来，一个广东男人、两三个墨西哥人和刚才为我端面的广东女人，他们还在拿我的旅行当话题讨论着。

广东男人："哇，你从纽约走过来，路上危险不危险？"

我："目前还没有遇到过危险，一路都挺顺利的。"

广东男人："今晚你跟 Cindy 回大学宿舍住？"

我："Cindy 是这么安排的。"

广东男人对着老板娘说："那个大学宿舍离你们住的地方很远耶。"

老板娘："开车还好。"

广东男人："开车要三十几分钟，两个不同方向哦。"

老板娘："等我老公过来，我们正好一起过去看看。"

广东男人："要不，我送她过去好了？你老公可以直接接你回家休息。"

老板娘："哎呀，不用啦。我们两个也要到处转转，约个会的嘛！"

广东男人："真的不用我送吗？"

老板娘："不用啦，谢谢你。快回去休息吧。你看我老公都来了，我们也要走啦。"

广东男人："那好吧，我们走了。拜拜。"

广东男人带着其他人离开了。Cindy 的老公是一位台湾老伯，已经满头白发。Cindy 之前在电话里已经跟他介绍过，所以老伯一进门就跟我打招呼。我们关上灯，把餐厅锁好后离开。

Cindy 和她的老公开车把我送到他们出租给留学生的房子里。因为已经是晚上，房子里其他房间的人都关门休息了，只有一个女学生坐在客厅里为我们等门。Cindy 跟这个女学生大概寒暄了几句，询问了一下房子的使用情况后，就把我领到一个开着门的空房间。

老板娘："呐，每个房间里都有卫生间。你在这里住几天，好好休息。有什么事随时给我打电话也行，告诉小孙也可以（小孙就是为我们等门的女学生）。"

我："好的，谢谢。"

老板娘："你们都是年轻人，应该很好相处的。"

我："太感谢了。"

Cindy 走后，我跟小孙互留了电话，然后各自回房休息。我住的这间房没有床，只有一张双人床垫摊在地上，一张可以折叠的白色书桌支在墙角。因为没有其他家具，所以房间显得很空荡。想起今早收帐篷的时候还在下雨，帐篷是湿的，正好这个房间有空间，可以让我把所有东西拿出来晾干。我把双人床垫往边上移了下位置，腾出房间的一半晾自己的帐篷和洗好的衣服。热水澡帮我缓解了僵硬的后背，连续的大雨让我的脚在潮湿的鞋里长时间浸泡，脚底开始起泡脱皮。我把自己的睡袋放在双人床垫上，躺在自己的睡袋里整理日记。查看地图才发现，原本我已经到达了南边的纽因顿，现在又回到了北部的费尔法克斯，这里紧挨着乔治梅森大学。

我收到了李萌的留言，她看到我的日记定位，告诉我她在华盛顿工作，我路过那里的时候与她错过了见面的机会。正巧乔治梅森大学距离她家不算远，于是我们相约第二天见面。

2013-6-4、5
—— 返回华盛顿 ——

第二天上午，我把行李放在房间里，只背着小的双肩背包返回华盛顿与李萌见面。李萌与我同是北京电影学院的校友，但我们读书的年份不同，所以在学校里并没见过面，是通过彼此共同的朋友认识了对方。虽然在北京只接触过一两次，但有时会通过 QQ 联系。

我们约在了华盛顿市中心的一个拐角处。我先到了，李萌匆匆赶来。她带我参观了她工作的地方中央电视台北美站。李萌的工作是新闻直播导演，在导播间里对国内直播国际新闻。她下班后我跟着她一起回家，第二天又跟着她去语言学校上课，我很想感受一下美国的课堂。

我们到学校的时候迟到了，隔着教室的玻璃门，讲课老师看到我们后走出来。李萌跟老师说希望今天能让我旁听一节课。老师直接拒绝，说这样对其他同学是不公平的，于是我打算坐在教室外面透过玻璃墙参观。李萌还是不甘心，拉着老师解释，并介绍了我徒步旅行的事情。老师听到后睁大眼睛非常吃惊地看着我，然后特批我进入教室。

课上，老师让我跟班里的同学一起分享我经历的故事，同学们一双双吃惊的眼睛盯着我看。这种被围观的情况最近经常出现，我已经开始习惯，"羞涩"这个词不常出现在我身上了。下课后，我被同学们拉着不停地拍照，我好像从未这么被重视过，没想到自己做了一件疯狂又愚蠢的事就引起了这么多陌生人瞬间对我的关注。我被同学们一个个拉着添加 Facebook 好友，这里的同学来自世界各地，什么年龄、什么种族的都有，来这个学校主要是学习语言。大家在自我介绍的时候，每个人表述的英文都不顺畅。可语言并不妨碍我们彼此的沟通，一上午的时间就这么欢乐地过去了。

中午回到李萌家，她为我展示了非凡的厨艺，中西合璧的家常菜——煎牛排配西红柿炒鸡蛋，满足了我的味蕾。我从她家出来后，我准备回大学宿舍。虽然自己的旅行计划时间上并不紧张，但还是尽量不让自己在一个地方久留，毕竟前面的路还很长。

我的行李都在大学宿舍里存放着，于是决定测试一下自己在无负重情况下走路的速度，看能否在 Google 预计的线路和时间内完成。Google 预计 5 小时 6 分钟到达的路程，我一路快走还是比预计时间晚了 1 小时 30 分钟。Google 是按匀速运动推算时间长度，但人在走路的时候是不可能完全匀速的，根据不同的路况和环境总有快慢之分，当然期间还要有停顿休息和上卫生间的时间。

说到上卫生间，我在路过一个加油站超市时，刚到门口，一个裹着包头的大胡子印度人就笑脸盈盈地朝我走了过来，为我开门。一个加油站的小超市通常是没有这种服务的。我询问他里面是否有卫生间可以借用，他特别殷勤地点头并对我说欢迎使用。当我还在吃惊他的热情服务时，才发现他别有用心。这个超市空间不大，每排货架之间的间隙非常窄。这时，从门外又进来一位顾客，整个超市就这一个印度人在工作，但他对这个刚进来的客人可没有那么热情。这个印度人挡在货架一侧，让原本很窄的通道显得更加拥挤。他转身面对刚进来的顾客说话，我侧身准备穿过货架走到里面的卫生间时，他的手假装无意地在我经过他身边时，在我的大腿和屁股上抓了一把。这一下让我彻底警觉起来，想到最近各地新闻都报道了印度频繁发生的强奸案，我必须要小心了。

趁着他为那位顾客服务的机会，我赶紧冲进卫生间。性骚扰其实很难界定，更别说我根本没有任何凭证。我不想为自己凭空惹麻烦，在这里跟他纠缠对我没有任何好处。更何况如果这要是被认定为一场误会，所有的解释和证明都变成了矫情，尽快离开才是上策。我从卫生间出来时，看到他已经站在货架通道处微笑地看着我。我不想跟他在这狭窄的空间内有任何近距离接触，不论是他有意或者无意的身体接触都会让我感到不舒服。卫生间门口有一排冷柜，我随手拿了一瓶饮料，示意他返回收银台收钱。如果他乖乖回到那个收银台玻璃隔断里，我付了钱就以最快的速度冲出门。如果他还堵在那里，对我有什么企图，这瓶饮料就是最好的武器。我想他还是识相的，见我手里拿着饮料，很自觉地返回到收银台。付款的时候，他不停地夸我长得漂亮，还问我是哪里人，住在哪里。我忍着自己心里对他这种虚伪态度的厌恶，等着他磨磨唧唧地从收银台里找零钱。正好另一位客人此刻进门，我接过零钱拔腿就出去了。

2013-6-6

—— 弗吉尼亚州乔治梅森大学、克里夫顿、马纳萨斯 ——

天气预报说今天要下一整天的雨，但下午 3 点左右才会有大雨，我于是赶紧计划一路往南的路线，争取在大雨来临前走上 15 千米左右，地图上显示那里有个教堂可以避雨。跟餐厅老板娘 Cindy 和小孙在电话中告别后，我就上路了。途经乔治梅森大学校区时，天开始淅沥地掉雨点。校区内几条路都在维修，所以只能不停地边绕路边欣赏美景。天气也倒是非常配合，一路虽然乌云压顶，但始终都是短暂的毛毛雨，根本不足以把我淋湿。

终于拐到了地图推荐的小路，小路周边是半居民区半农场的样子。一路上看到最多的是松鼠和小鹿。与其说是我在看它们，不如说是它们在看我。小动物们用可爱的眼神、单纯的目光紧盯着我看。在它们短暂的一生当中，可能从来没见过人背着大背包走在这里。特别是好奇的松鼠们，有几只趴在树干侧面观察我。它们与我保持着2米左右的距离，跟着我向前跑跑停停。小松鼠确实是非常可爱的小动物，它们的所有动作和面部表情都充分展现了活泼好动的性格，但同时好奇中又有胆小和谨慎，怪不得成为卡通片中的常客。

终于到了地图上显示的教堂位置，可惜又是信息错误，附近只有零散的几户人家。往南是一片沿着河道扩展的自然公园，地图显示我脚下的这条路是唯一一条可以过河的路。天上的乌云越来越厚，天气预报大雨即将来临，看起来很不乐观。我继续往前走，不论前方是什么情况，都比原地无助等待下去要强。

前方看到一大片农场，三两匹马在草地上闲逛。因为之前有住马场的经验，所以直觉这里也应该有人照顾这些马匹。大雨就要来了，马需要回到马房，可是我围着马厩喊了一圈也没有任何人出现。马厩上方有个宽大的屋檐可以避雨，屋檐下横放着几根大木头。人刚站到屋檐下，外面就闪电打雷下起了瓢泼大雨，我庆幸自己先一步躲了进来。等了一小时左右，大雨终于转成小雨，但雷声依然不停。

马上就快日落了，我看看地图，前方是大片的自然公园，天黑之前无法穿越过去。为了安全，我决定在这个马厩过夜。正当我准备搭帐篷的时候，不知如何惊动了美国警察，两个警察开着两辆警车千里迢迢地赶来。要知道我刚才在周围喊了半天都没人回应，这次我也没有触动任何警报装置，实在不知道是谁报警的。

现在终于感受到什么是发达国家了。至少我认为，看一个国家发达的程度，不是看城市建设多么国际化，而是要看乡村的软硬件设施是否跟城市一样发达。美国这个国家，在这前不着村、后不着店，周围除了我甚至都看不到其他人影的地方，也能发达到让远方的马场场主知道有陌生人逗留。他甚至本人都不需要出现在现场，警察就能在最短时间内赶到。

我跟两位警察说了我的旅行计划，他们其中一个人主动帮我跟马场场主沟通协商。两位警察在电话里跟马场场主解释，今天在下大雨，附近除了这里实在没有避雨的地方，希望可以允许我在这里待上一晚。从警察流露出的无奈表情可以看出，电话另一头的马场主态度坚决，绝不同意我留在这里。现在我了解了，不是所有养马的人都是热情好客的。因为有在警察局过夜的经验，于是我主动提出来可以跟他们回警察局待上一晚。两位警察告诉我不能带我回去，因为附近 20 千米内并没有设立警察局。他们都是从很远的地方赶过来的。不过话说回来，来美国的这段时间，一路上确实没见到几处警察局，消防站反而到处都是。

马场场主通过电话告诉警察，让我们这些人马上离开。两位警察商量将我带到哪里才会比较安全，最终他们其中一个人开着警车把我送到了马纳萨斯的一家 24 小时麦当劳餐厅，然后将我放下。

2013-6-7

弗吉尼亚州马纳萨斯

虽说是 24 小时麦当劳，但实际上这里只营业到凌晨 1 点。周围最近的教堂大约有十来分钟的路程，可是外面大雨不停，夜晚视线不好，路上行驶的车速度都很快，加上下雨路面打滑，所以虽然只有十来分钟的路，但危险系数非常高。我在屋檐下的椅子上坐了一夜。

记得很多很多年前，在北京，我也曾经历过这样一个孤独的夜晚。那时没有移动电话、没有发达的网络，但你会享受那份深夜的孤独。这次不同的是，网络可以让我随时随地跟朋友们沟通，这样的雨夜不会让自己感觉特别低落。人的需求永远都是变幻无常的，繁忙的时候特别享受一个人的孤单。当一个人孤单的时候，又特别需要朋友的陪伴。这样一个雨夜，我不停地翻看存在手机里的旧照片，每一张上的自己都是面带微笑的。看着自己的一张张笑脸，谁又能看到心灵深处那颗脆弱而敏感的心呢？人们喜欢将自己沉溺在一张张光鲜亮丽的面具后面，时间久了，面具长在脸上就再也拿不下来了。我的这次旅行，让所有人看到了一个充满勇气、孤身前行的女子，可又有谁有耐心去解读是什么让我变成这个样子的呢？

工作、生活、旅行，我们是人们口中的"女汉子"、"爷们儿"。我们粗糙的个性和不拘小节的行为，无非是为了证明自己也有能力实现自己想要达到的目标。经过风雨的历练和岁月的雕琢，我们已不再是儿时喜欢摆弄手里布娃娃的娇弱小女孩儿。我们早已忽略了内心深处细腻的情感，时间久了，忽略变成了彻底的遗忘。

时间证明，物以类聚、人以群分，人与人之间大都因为彼此欣赏、心灵相通而结缘。巴彦和李萌都是在我生命中出现的"爷们儿"般的女子，她们更多的是在精神上影响和帮助我成长，因此对我有着特殊的意义。

巴彦让我了解到只要想要出发，我们总有办法让自己踏上并完成一段妙不可言的旅途。每一段不同寻常的旅行都会有各种未知，都会带给我们带来别人无法想象的经历。

李萌，虽然我们实际接触的时间不算太长，但短暂的接触让我从她的身上看到了那些已经从我身上逐渐消失的光芒。

她们两个都有坚韧的个性和强大的内心。

我发现，这两样东西逐渐从我身上消失了。我内心变得脆弱和不堪一击，我甚至觉得自己是个彻头彻尾的失败者。我企图用旅行调整自己、逃避现实，但却依然无法逃避自己的内心。

我要感谢今夜的大雨把我困在这里，让我有机会记录下自己此刻真实的内心感受。旅行也好、流浪也罢，都将磨炼我的意志。Proust 启示我们："痛苦并不是一无是处，痛苦带来深度。假如这个世界只有幸福没有痛苦，不知会失去多少深刻的心灵和作品！所以何妨换一种角度看生活中自己遇到的磨难，它们都是养分。"

凌晨 5 点，天还没亮，麦当劳是最早开门的商家。我再次走进去，继续等待天亮。大雨在此时已经变成了小雨，天也慢慢亮了。这场雨今天是停不了了，与其被再困一天，不如往前能走一步是一步，至少不是站在原点。不论影响我们的客观因素是什么，我们还是要继续前进。这就是生活的意义吧！

莎士比亚写的《李尔王》里，李尔有段话是这样说的："你以为让这样的狂风暴雨侵袭我们的肌肤，是一件了不得的苦事；在你看来是这样的；可是一个人要是身染重病，他就不会感到小小的痛楚。当我们心绪宁静的时候，我们的肉体才是最敏感的；我的心灵中的暴风雨已经取去我一切其他的感觉，只剩下心头的热血在那儿搏动。"

雨越下越大，我冒雨走在路上，终于在中午的时候到达一片商业区。我已被彻底淋湿，而雨却完全没有要停的迹象。一夜没睡，虽然不困，但是身体会感到疲劳。熬夜导致的心率过速让我双手发麻、双臂微微颤抖。我需要尽量调整呼吸，让自己冷静下来，让脉搏和心跳恢复正常。

浑身湿漉漉的我走进一家中餐厅，被安排在靠窗的位子。看着窗外一直在下的雨，听着餐厅播放的曾经风靡国内大街小巷的流行歌曲，身体的疲惫一下触动了我多愁善感的神经。我曾经被人定义为"神经大条"，"心大得漏风"，"没有多愁善感的细胞"，现在，我要用调侃的口气告诉所有人："你们错了！黛玉葬花的那一套，我也会！"我现在这张充满忧伤的脸，着实让店里的美国女服务生为我担心了一把。

我在进餐厅的时候特地说明，由于外面下雨，我会在这里待很长的时间。她用关切的语气回应我，让我想待多久都可以。饭后，我静静地坐着，头一直转向侧面望着窗外的雨，一言不发，甚至眼角还含了星星点点疲惫的泪花。

女服务生几次到我桌前问我："你还好吗？"

"一切还好吗？"

"如果你需要什么，请让我知道。"

而我每次的回答都是："我很好，我只想坐在这儿。谢谢你。"

她还是不放心，再一次询问我是否还好。我跟她讲了我在徒步旅行，从纽约到这里已经走了 20 多天。外面下雨影响了我的心情，昨晚我也没有睡觉，所以感觉很累，但是我很好，让她不用担心。

她听完后一直对我说："真牛！"

女服务生把我的故事告诉了她的同事和老板。老板是中国人，听完后热情地给我倒了一杯热茶，然后陪我聊天。

我："我只是身体感觉累了，外面的雨要是这么一直下下去，我可能还会在这里待更长时间。"

餐厅老板："你尽量在这儿多休息！在这里你想休息多久就休息多久。不要客气！"

我点点头继续默默地坐着。老板则跑前跑后忙着手里的事情。餐厅里的人偶尔过来跟我聊上几句，我也都简单回答。下午 6 点过，我趴在桌子上小睡了一会儿，醒来的时候雨还没停。晚上 7 点，雨停了。我怕自己看错，特地跑出去确认，雨确实停了！我的情绪瞬间恢复，来了精神。我跟餐厅里所有的人告别，由于太高兴，在告别的时候，我几乎是跳着说的："外面的雨终于停了！我要继续往前走啦！"

现在的我与下午静静坐在那里守望天空的我判若两人，估计他们终于放下为我担着的那颗心了。

从纽约走到迈阿密

我能感觉到自己双腿充满了活力，扛起背包就要出发。临走时，老板嘱咐我，天快黑了，不要去前面那片公园里。因为林子太大，天黑在里面肯定会迷路的。

女服务生："照顾好自己！甜心，祝你好运！"

我："谢谢。"

此刻的我感觉身体已经完全适应了背包的负重，走起路来身轻如燕，背包已经成为我身体的一部分。

天快黑了，搜索到步行一个半小时的距离有间教堂可以露营，我加快脚步往那里赶。这时雨虽然停了，但乌云并没有散开。天气预报显示，雨还要连续下到下周二才会停。我心里暗暗庆幸，还好自己没有继续等天晴，否则滞留的时间越长，后面的行程就会越紧张。

到达目的地的时候，天已经黑了。路边有一个半圆的长型邮筒，整个邮筒的上半部分被涂成了白颜色，下半部分被涂成了天蓝色，天蓝色与白色连接的部分被画出了高低起伏的波浪。邮筒正面有可以打开的小门，上面白色的部分用深蓝色的手写字体写着"请取一份"。下面蓝色的部分用白色的手写体写着"恩惠的河"。邮筒侧面写着"获得一次精神上的行走"。我没有从邮筒里拿宣传材料，而是穿过停车场，走到教堂的侧后方，借助室外的灯光看了看附近的环境。我太累了，真的需要睡个好觉。于是熟练地选择好一块较为平坦的草坪，用最快的时间搭好帐篷，钻进里面熟睡了过去。

2013-6-8

—— 弗吉尼亚州邓弗里斯、斯塔福德 ——

早上，我被一个洪亮的大嗓门惊醒。帐篷顶被光照亮，已经从深蓝色变成了天蓝色，这说明天彻底亮了。帐篷顶内帐和外帐夹层的部分钻进了一只比我手指大拇哥还要肥硕的蝉，我们小时候管这种东西叫"知了"。知了脱壳后，长出翅膀，开始发出蝉鸣。从小听室外的蝉鸣，我对这个叫声并不陌生。可今天，这么近距离的接触，它的声音像突然响起的警笛一样，具有极强的穿透力。我是一个平时至少要上5~10次闹钟才会被叫醒的人，今天这位"知了小哥儿"竭尽全力的嘶吼般的鸣叫，让我猛地睁开双眼，瞬间从熟睡到清醒状态。知了小哥儿不知道是什么时候钻进帐篷避雨的，总之这会儿它醒了，我也醒了。

起来收拾帐篷的时候，天空依然是阴沉沉的。云层很厚，这种天气随时都有可能下雨。教堂的工作人员开着一辆面包车停在了教堂侧门口，一位穿深蓝色 T 恤和浅蓝色牛仔裤的白人下了车。他看起来有 70 岁左右，身高 1.85 米，头顶上本就不多的头发已经全白了，但他脸上洋溢着灿烂的笑容，目光依旧如孩童般清澈。见到正在收拾帐篷的我，他并没有感到任何意外，我主动向他招手示意。

他口气平和而友善地问我："你在徒步旅行？"

"是的！"我回答，虽然被蝉鸣惊醒，但已经睡眠充足的我心情特别好。我用微笑回应他的微笑。

我："我可以借用教堂的卫生间吗？"

教堂老爷爷："当然可以。进来吧。"

旅行中我发现，只要我用发自内心的微笑来面对这个世界，遇到的所有问题都可以迎刃而解。

教堂的侧门进去是办公区，这里有办公室和茶水间，还有一个开放式的厨房。除了这位老爷爷，还有几位来教堂义务服务的女士已经在里面忙碌了。我从卫生间出来时，他们已经为我准备了热咖啡和能量棒（一种水果和谷物混合的包装食品），放在了开放式厨房的桌台上。一位穿着黄色 T 恤的胖女士招呼我过去用餐。我端起纸杯，加入他们递给我的香草味咖啡伴侣，喝了起来。这是一杯再普通不过的美式咖啡，口味远达不到专业咖啡厅的水准，但这杯咖啡很温暖，不仅仅是咖啡本身的温度，还包含端给我咖啡的人内心的温度，所以当我喝下去时，浑身都是暖的。

黄色 T 恤女士："你在徒步旅行吗？"

我："是的。"

黄色 T 恤女士："你从哪里来？"

我："我从中国来，然后从纽约徒步到这里。"

黄色 T 恤女士："从纽约？哇，这太令人吃惊了！"

教堂老爷爷："这是很长很长的行程。"

我："是的，我用了大约一个月从纽约走到这里。"

黄色 T 恤女士："所以，你要去哪里？"

我："我计划从纽约去迈阿密，用大约 3 个月时间。"

教堂老爷爷："上帝保佑你！照顾好你自己。"

我："我会的。谢谢你们！"

从教堂出来，外面又下起了淅淅沥沥的小雨。我刚从背包里把雨衣掏出来将自己和背包整个罩上，雨就停了。虽然街上走路的人就我一个，但在没有下雨的情况下，套着一件红色的雨衣走路还是相当奇怪的。何况雨衣的材质并不透气，本就一直在出汗的我，感觉皮肤被捂得不能呼吸。可是看天气，这雨有可能说下就下。于是我把雨衣前面的部分掀起来，夹在自己头和后面的背包中间，雨衣后面的部分依然套在背包上。这样一旦下雨，我只需要快速地把放在头后面的雨衣拉出来再套上就好了。

也许是大红色的雨衣在周围满是绿色植物的路上非常显眼，一上午的时间，就有两辆车主动停下来邀请我搭车。这里我想提醒所有的人，不要随便搭顺风车，这是非常危险的。

先说第一辆车。这车主动停下来，车上的人摇下车窗问我是不是需要搭车，我说我不需要，我只想走路。234 这段公路人行道与车行道中间有宽约 1.5~2 米的稻草隔断。这辆车停下来时，我们保持着稻草隔断的这个安全交谈距离，车上只有司机一个人。当我拒绝他的帮助后，他便将车开走了。但是这辆车却在前方不远处的路口掉头，这辆车的后面还跟着一辆车。司机在掉头待转区等红绿灯时，探身跟后面车上的人说了几句话。之后，两辆车一前一后一起掉头朝与我相反的方向开来。

我一再提醒自己，之前的旅行遇到了那么多好人，所以不要随便去怀疑想要提供帮助的人。但是毕竟一个人出门在外旅行，基本的辨别力和警惕性还是要有的。这辆车原本前行方向就与我不同，所以从一开始就不属于顺风车，可他为什么要停下来邀我同行？跟在这辆车后面的又是什么人？

之前被很多在美国的朋友提醒路上要小心，美国并不是一个安全的国家。据说不久前刚刚破获一起十年前的掳人案，被掳走的人被关起来当了十年的性奴。这宗掳人案曾经被传得沸沸扬扬，我在旅途中已经从很多朋友口中得知并被无数次严重警告过了。看到这两辆车相继掉头开过来，我心里暗自庆幸刚才没有接受顺风车的诱惑。

就在我继续走了几分钟后，刚才掉头的车再次停在我旁边。车上的人摇下车窗，车里很暗，司机戴着鸭舌帽，我并不能看清楚他的长相。

车上的司机："你为什么徒步？"

我："我在旅行，从纽约到迈阿密。"

虽然我已提高警惕，对这个人产生了怀疑，但毕竟对方还没有做出任何让我觉得不好的举动，之前所有的一切只是出于我对他的怀疑。所以此刻我还是保持着对他友善的态度，我微笑着回答他的问题。他的问题是我一路上经常被人问到的。

车上的司机："什么？从纽约来？走路？"

我："是的。"

车上的司机："你今天从哪里开始的？"

我："从教堂。"当我说从教堂出来的时候，他停顿了一下。

车上的司机："所以，你计划今天走到哪里？"

我："我会去下一个市区。"我不可能告诉他我具体的路线和准备停留的地点。

车上的司机："我可以开车带你过去。"

我："我想走路，但是谢谢你。"说完，我继续往前走，这辆车并没有像上次一样开走，而是用很慢很慢的车速跟着我。我收起微笑，回头看了看这辆尾随着我的车，不想再进行更多的对话。虽然我们之间依然有植物作为隔离带，但我还是选择逐渐偏向步行道的右侧，尽可能大地拉开我们之间的距离。

这时又下起了雨，我拉出原本放在头后面的雨衣，迅速穿戴好。这辆车跟着我走了几十米后，最终将车正常行驶，从外侧车道并线到最里面车道，在我前方的路口再次掉头往相反的方向开走了。

这一路我不停地在想刚才发生的事情和朋友们警告我的关于掳人的案件。危险情况是否是一件突发事件？如果在自己有意识、有辨别力的情况下，人与人之间不经意传递的各类信息是否可以扭转悲剧的发生？是否可以在危险萌芽状态时避免和制止？对于萌芽状态下的危险信号，我们是否可以敏感地接收和意识到未来将会发生的事情？这可以作为一个课题，就像人体动作微表情深度研究一样。我脑中不停地回闪着美剧《别对我说谎》里面的情节。

1小时后，我再次遇到了同样的情况。有一辆深绿色皮卡从我身边经过，在我前方的路口右转停下。我有一种强烈的预感，这辆车是因为我才开到那里停下的。前方路口截着一个很大的木质路牌，上面黑底白字写着"威廉王子森林公园"，那辆深绿色皮卡就停在路牌的后面。我继续往前走，当距离森林公园路牌还有20米的时候，我掏出手机，转身自拍。自拍的照片中将我、路牌及停在那里的深绿色皮卡一起拍了进去，然后发到 Facebook 上。我想，如果我在路口被强制拦截了，朋友们可以报警，警方可以从网上我最后发布的照片中查到我被劫走的时间和地点。

在通过路口时，我故意不去看这辆停下来的深绿色皮卡，继续往前走。当我穿过路口时，这辆车的司机从车上下来喊我，我停了下来。他站在车旁，一身浅蓝色牛仔服，身高可能超过1.90米，是个大块头。他很礼貌地问我要去哪里，他可以载我一程。我依然是友善地谢绝了他的好意。他看我态度坚决，于是祝我好运后就离开了。这辆车是在路口处转往与我相反的方向开走的。

搭便车对于女性来说绝对不是一件安全的事，虽然我一再强调不要总把人想得那么坏，但是有些事情一旦发生了，后果将不堪设想。

"在潜意识方面，我们需要培养一种接纳和专注的态度，努力避免不成熟的轻信，并保持好奇心。如果我们能够倾听身体的渴望和低语，它将会经常告诉我们一些我们需要知道的事情。微弱的信号经常会给我们指明正确的方向。"肯·艾索尔德在《行为背后的动机》里这样写道。

走了一段路，雨停了。乌云散开后，太阳瞬间暴晒着大地。我坐在公交车站亭里休息的间隙，一辆接一辆涂着迷彩色的美国军车从路上经过。在路上看见阵型这么大的车队，来美国还是第一次。我不是一个对军事着迷的人，也无法称呼这些外形又奇怪又难看的军车。对一个在路边的旁观者而言，虽然这些东西并不美观，但还是很有震慑力，有一种很拉风的感觉。

从 Google 上搜索附近的中餐厅，才发现这段路附近是大片大片的森林。森林不论在平面图还是卫星图上通常呈现的都是大片大片的"绿色"，而这片森林在地图上显示的是"灰色"，我后来才得知地图上的"灰色"就是美国军事基地所在地。可能是因为靠近军事基地，地图上的信息变得非常不准确。查找到中餐厅的信息，到那里才发现附近除了公路和树林之外什么都没有。正午的太阳特别猛烈，我甚至感觉到自己流出的汗在从毛孔渗到皮肤上的那一瞬间被灼热的高温蒸发掉了。

终于走到一片商业区，进了一家叫"福昇"的外卖中餐厅，美国大多数这样的餐厅都是家族运营的。我在这里休息，并躲避午后的烈日。这期间与经营这里的一家人闲聊。

老板："你是哪里人？"

我："北京人。"

老板："我们都是福州人。"

我："我去的很多中餐厅老板都是福州人。"

老板："嗯，是的。你去没去纽约、费城这些地方？"

我："去了。我从纽约走过来的，经过了费城、巴尔的摩、华盛顿这些地方。"

老板："你看看，美国哪有咱们中国好？你们北京，还有上海、广州一个个大城市发展得多好！多气派！美国没有一个地方能比。"

我："国内这几年经济发展得是很快，城市变化得太快了。"

老板："你是我见到这样旅行的第二个人。以前也有个中国人骑车从南往北走的时候来过我这里。那个人还在网络上写文章什么的。"

我："我也许看过这个人写的博客，讲自己在美国骑车穿行的经历。但我不确定是不是您说的那个人。"

老板："有可能，很有可能。那个人说让我留他住一晚上，他可以在这里帮忙干活抵偿。我怎么可能答应，我又不认识他。"

我："最后那个人怎么样了？"

老板："走掉啦！我怎么可能答应！我又不认识他！收留一个陌生男人多危险！美国一年有多少人被杀死你知不知道？那些人不管你身上有没有钱，先把你打死然后再在你身上翻。你一个女孩子，自己跑出来多危险你知道不知道？"

我："您跟我之前在华盛顿那里聊天的餐厅老板说的话一样。"

老板："你看看，你看看，说的话一样，说明什么？"

小老板："有些人见到你会故意到你身边跟你挑衅，然后没有任何理由就会打人。"

小老板是老板的儿子，高中生，业余时间会在店里帮忙。今天他负责在前台接待、点餐和收银。他一直在忙着接点餐电话，空下来的时候就加入我们的对话。

我："我目前还没有遇到这类事情，可能我在这里只是个过客。"

老板："我跟你讲，有些人真的很坏！当然大部分美国人还是很好很友善的，但是如果遇到那么一两个很坏的，你怎么办？再说你这样旅行又不便宜。95号公路那里有从纽约到迈阿密的大巴，很便宜的。开一天一夜就到了，多安全。"

我："可是我不想那样做。"

老板："再不然，你去前面沃尔玛买个自行车，之前那个人也是骑自行车的。至少两个大包可以用自行车驮着走。"

老板一直在语重心长地劝说我放弃现在的行为。我一边听着他侃侃而谈，一边在想：每天从我身边擦肩而过的人很多很多，对我表现出友善的人和主动提出帮助的人比例相对很少，但正是这少数友善的人指引着我前进的方向，他们的行为和态度有如光芒般照耀温暖着周围人的心，潜移默化地影响着人们，用善良的正能量去修复受伤的心灵。

我想起《悲惨世界》里面的冉·阿让。饥寒交迫的他被教堂的神父收留了一晚，他因为偷走了教堂内所有的银器而再次被抓。当警察带着他和赃物回到教堂让神父确认时，神父却说，这些银器是他赠予冉·阿让的，警察只好无奈地放了这个偷窃的罪人。正是神父宽广的胸怀感动了冉·阿让，让他的内心起了挣扎和变化，才最终成就了一个善良而伟大的冉·阿让。一件小事，也许就会让人成为天使或者魔鬼。想要这个世界一直美好下去，我们就要做个友善的人，用更多的温暖感化那些因为受伤而变得冰冷的心。

老板他们虽然在美国已经生活了几十年，但依然保持着中国南方人煲汤养生的传统。在我出发前，老板端出了他们煲的鸡汤和素炒空心菜请吃我，老板说空心菜是他们自己在家种的，鸡汤煲了一整天，既然没法劝我停下来，就让我补充好体力，为我加油。

一个人梦见他和上帝一起走在沙滩上，他看见他生命的片段在天空中闪现。他转过身去，看到沙滩上有两行脚印，贯穿他人生的大部分时光，那是他和上帝的。但是在他一生中最糟糕的日子里，只有一行脚印。

男人对上帝说："你承诺过会和我一直同行的，为什么在我最需要你的时候却抛弃了我？"

上帝回答道："这里之所以会有一行脚印，是因为那些糟糕的日子里，我背负着你前行。"

这是一段出现在电影里的对白。我非常喜欢这段话，我的徒步旅行已经满一个月了。这一个月走过来，发生的事、遇到的人、感受到的人间冷暖却令我难忘。每天的开始都是崭新的、令人期待的。这个过程非常奇妙，所有的相遇都是美好！很多人为我的勇气和勇敢称赞，在大多数人眼里，这是一段非常艰苦的旅行，但就我自己而言，我的行为根本谈不上"勇气和勇敢"，我没有上过战场、没有经历过探险、更没有天马行空的奇遇，旅行只是趁自己还能抓住青春的尾巴，做一次任性的疯狂。很多人感叹着自己还没有年轻就老了，曾经想要尝试一把的疯狂，就在时间的冲刷中流逝。我不想老了以后，后悔自己年轻时没疯狂过。

1号公路很长，没有其他小路能选择。东边仍然是灰色的军事基地，西边是一大片绿色的自然森林。天黑得很快，路上没有路灯，也没有其他照明设备。主路上开的车速度都很快，车灯照射范围距离有限。我遇到一个正在跑步的人，对方身上戴着反光的安全带，这一下提醒了我。我迅速从包里掏出手电打开，放在身体靠近车道的一侧，这样可以提醒过往的车辆灯光处有人在走动。路两边的树挡住了天光，一路下来黑得根本看不清周遭的情况。我不时查看手机上的地图，计算着还有多久才能走出这片森林。终于在前方看到了有路灯的一片区域，那里是各种酒吧和餐厅。

继续往前走，突然看到路边一个提示牌上写着弥撒的时间，提示牌上除了英文还有韩文。顺着提示牌往里看，一个小房子亮着灯，这是一间不大的韩国教堂。可能这里只有韩国人才会来，所以 Google 地图上并没有标这间教堂。已经是晚上十点过，我看了看前方的一片黑暗，如果错过这里，前方还要继续在黑暗里行走。既然房子里面亮着灯，门口停着车，说明里面一定有人在，我决定去敲门试试看。

一对韩国中年夫妇打开门，看到我很惊讶。我用英语问他们："我今晚能在这外面露营吗？"

他们说："当然可以！没有问题！"

这对韩国夫妇看了看我，又看了看周围，然后问我说："就你一个人？单独吗？"

我说："是的。"

教堂女主人："进来吧！"

紧接着他们打开大门，招呼我进到房子里，我站在门口犹豫了一下。

教堂女主人："这里是教堂！很安全！快进来吧！"

于是我又一次幸运地得到了上帝的恩惠。房子里一进门是餐厅，里面摆放着三排长形餐桌椅。女主人把我领到教堂的礼堂，礼堂进门右边是讲台，墙上挂着亮灯的十字架，红色地毯上面对讲台摆着几排折叠座椅。女主人带着我走到礼堂最左边的角落，她示意我今晚可以睡在这里。我还没来得及将自己的行李打开，女主人已经从墙边的柜子里拿出了搭地铺的床垫、床单、枕头、被子。她一边麻利地帮我铺床，一边跟我聊天。

教堂女主人："你从哪儿来？"

我："中国，北京。"

教堂女主人："你到美国旅行？"

我："是的，我从纽约徒步去迈阿密。"

教堂女主人："那是一段很长的路。"

我："是的。"

教堂女主人的英语伴有韩国口音，铺完床，她带我去了礼堂外面的卫生间，从里面拿出各种洗漱用品，让我好好享受热水澡。之后，她帮我把换下来的脏衣服全部放进洗衣机清洗，又问需不需要煮饭给我吃？她说这里经常会招待旅行路上的韩国人，所以东西都非常齐全。我再次对她表示了感谢，回到礼堂里属于自己的小角落安心地睡下了。今天的路始于教堂，终于教堂，感觉上帝一直在与我同行，一天完美地谢幕了。

2013-6-9
—— 弗吉尼亚州斯塔福德、弗雷德里克斯堡 ——

8点钟有韩文弥撒，7点钟我起床收拾好自己所有的行李。因为教堂里的烘干机坏了，所以昨晚洗的衣服还没有自然晾干，我只能稍作等待。

早晨来了一位韩国的中年女性，她做完早场弥撒就与女主人一起开始做早饭、整理桌子上教会的宣传材料。他们邀请我一起享用了美式早餐薄烤饼和煎香肠，当然餐前有一个小小的祈祷仪式。

昨晚很匆忙，还没来得及做自我介绍。在用餐期间，我们简单地介绍了自己。为我铺床的女士是牧师的妻子，叫 Tanya Kim。从她的身上我看到了传统韩国女性的特质，昨晚她对我悉心照料，今早又忙着收拾教会资料、做弥撒、在院子的花圃里摘他们自己种的菜、准备早餐，一个人忙里忙外从没停过。中午之前有一个六口之家来到教堂，11点钟的英文弥撒牧师让我们所有人一起参加，我的名字多次在弥撒中被提及，虽然不太能听懂，但我知道牧师带领着他们所有的人在为我祈祷。

弥撒仪式一小时结束后，教会招待在场所有人享用一顿传统的韩国料理。红豆饭搭配腌酸辣鱼、甜牛肉，当然少不了最重要也最具韩国特色的泡菜，有辣白菜、辣豆芽菜、辣油菜和韩国辣酱。样子虽然简朴了些，但味道吃起来很好。饭前再一次餐前祈祷，神父再一次在祈祷中提及我的名字，全体人祈祷我能安全地完成旅行。

用餐期间，Tanya Kim告诉我，他们在一个月前刚刚接待了一组骑自行车募捐的队伍，他们这里经常有过路的人会留宿一晚，所以昨晚我的到来，他们并不意外。聊起北京，他们说北京是一个非常大的城市，容纳着来自世界各地的人居住在那里。他们知道五道口和望京，这两个地方是韩国人居住非常集中的地方。为了感谢他们，我主动提出洗刷所有人的餐具。午饭后，晾在室外的衣服终于干了，我收拾好东西与大家告别。

Tanya Kim："你这就要离开我们了吗？哦，我会非常想念你的。"她用韩国口音的英文对我说完后，给了我一个大大的拥抱。

我再次背起背包，将腰上的绑带系好。牧师和教会的韩国教友都对我投来了坚定的目光，并向上伸出大拇指表示称赞。我跟他们告别后出门，一位韩国中年女教友起身跟着我从教堂走出来，一直送我走到路上，对我说："感谢你的到来。"并向我挥手道别，我走了大约30米，回过头的时候，她依然站在那里对我送注目礼。这应该是送客人的最高礼节了。

我在之前曾经路过几间韩国教堂，但从未进去过。昨晚这里从为我打开门的那一刻起，从始至终我都受到了非常好的款待。这让我想起一句俗话："几百次的擦肩而过，换得你我彼此间的回眸一笑。"我相信缘分、相信这是命运的安排。出现在你生活中的所有人，不是巧合、不是偶然，而是早就注定会在某个时刻出现在你的生活里的。

晴天走在路上永远都是暴晒，虽然我已全副武装，但短短的5千米路，汗水已经让我浑身湿透。一个人背着包走在路上，总会引起一些人的好奇和关注。我沿着1号公路继续南下，遇到了一对路边卖烤肉的黑人夫妇。他们问我要去哪里，主动请我吃东西，但我胃里的韩式午餐还没来得及消化，实在吃不下。我谢过他们，告诉他们我在徒步旅行，打算从纽约走到迈阿密。他们用黑人的方式祝我好运。

这时天下起了小雨。我走出不远，那对卖烤肉的夫妇开车追上来，拿着相机想要给我拍照，还要塞钱给我，让我路上用。我拒绝了。他们一再问我，可以为我做些什么？我说真的不需要，并对他们的好意表示非常感谢。在我的一再坚持下，他们最终作罢，开车掉头回去了。

冒着小雨，我继续前行，刚才那对夫妇再一次追上我。他们说刚才只给我拍了照片，没有跟我合影，现在能不能跟我合影几张？我套着大红色的雨衣与他们夫妇二人站路边拍照。他们说想要给我买双鞋，因为我下面还要走很多路。我说我的鞋子现在还是好的，我的背包已经很重了，不能再添加其他东西让它变得更重。他们说要留下邮箱和 Facebook 账号，这样他们就会知道我一路是安全的。他们会为我不停地加油！他们相信我一定可以做到！

晚上 9 点多，距离我搜索到的教堂不远了，趁着还有天光我加快了脚步。当我根据地图从主路向分支小路转弯时，突然听到有人叫我。

"喂，你迷路了吗？"我顺着发出声音的方向看过去，周围没有路灯，借助附近房子窗户内发出的昏暗灯光，可以看到一棵像是松树一样的植物，声音是从那里发出来的。因为没有看到人，我以为是自己幻听，于是转头打算继续往前走。

"喂，喂，你迷路了吗？"我这次确定，的确是有人跟我说话，听声音距离并不远。

可是人在哪儿？附近太黑了，实在看不清楚。我根据传出声音的方向转过身，往前迈了几步想看清是谁在跟我说话。昏暗的光线下，刚才路过的那棵松树一样的植物旁边出现了一块白色的东西。

"你去哪里？"白色的东西对我说。

我终于看清楚了，跟我说话的是一位黑人老者。他之前坐在松树旁边的屋檐下乘凉，第一次对我说话的时候，我竟然没有看到他。老者体型消瘦，身上穿着白色的 T 恤，蓝色到膝盖的大短裤，留着灰白色的络腮胡子。多亏了他身上这件白色 T 恤，否则在这么昏暗的光线下想要发现黑人确实是有难度的，特别是对我这样一个近视眼来说。

我："对不起，之前没有看到你。"

黑人老者大笑："还好啦！我是黑人，我理解。所以，你是迷路了吗？你要去哪儿？"

我："我去教堂。"

黑人老者："现在？教堂已经关了。"

我："是的，我知道。其实，我在徒步旅行美国。今晚想到教堂露营。"

黑人老者："如何在教堂露营？外面吗？"

我："我有一顶帐篷。"

黑人老者："啊，好吧。你想坐下来休息一会儿吗？"

我："好啊。"

黑人老者招呼我坐到他们房子外面的房檐下休息。房檐下有几把户外用的白色塑料休闲椅，他把椅子搬出来递给我。我把身上的大包摘下来放在椅子上。黑人老者站在屋门外，招呼屋里的孩子们出来跟我聊天。几个孩子就像看热闹一样从屋子里跑出来，年纪大的已经成年，年纪小的刚会跑。

黑人老者对着屋子里的孩子们讲："这个女孩在徒步旅行。"

有的孩子听到这个词，用惊讶的眼神看着我；有的孩子从屋里跑出来，看了我一眼又跑回房里看电视。老人招呼我在椅子上坐下休息。一对看起来20岁左右的男孩女孩从房子里走出来，一上一下分别坐在屋外台阶上。老人自己站在院子里，我们几个人开始闲聊。

黑人老者："你从哪里来？"

我："中国。"

黑人老者："我能看出来你是亚洲人。我的意思是，你从哪里开始徒步？"

我："哦，我从纽约徒步去迈阿密。"

黑人老者和两个黑人孩子："什么？！"

黑人老者："你的意思是走路？"

我："是的。"

黑人老者："你是从纽约走到这儿的？"

我："是的。"

黑人老者："你想走去迈阿密？"

我："是的。"

黑人老者双手捂头，表示不可思议。两个孩子除了刚才异口同声地表示惊讶，再没表现出任何的吃惊，只是自顾自地玩着自己手机上的游戏或者 Facebook 之类的。黑人老者："哦，我的天啊！"

黑人女孩边玩手机边问我："你为什么这么做？"

我："想尝试一些不同的事。"

黑人男孩："我知道有人做这个是想尝试特别的事。"

黑人女孩："但是为什么？只是为了特殊？"

黑人男孩："人们相信这样做可以变更强，我这么想。"

黑人女孩："好吧，你从纽约到这里花了多长时间？"

我："大约一个月。"

黑人老者："这是一段很长很长的步行。"

我："是的！遇到很多好人。"

我与这家人坐在院里聊着自己旅行时遇到的一些人，两个孩子依然是边玩手机边听我讲话，偶尔插上一两句，老人则是颇感兴趣。这是一个大家族，屋子里传出孩子们的各种叫声，除了我刚才在门口时冲出来看我一眼的那三四个以及屋外坐在台阶上的两个外，听声音屋子里不知道还有多少个。

我："我能拍张照片吗？"我拿出手机，打开闪光灯。我知道在这样的黑夜，就算打开闪光灯，照片依然是无法拍清晰的。但无论如何，若干年后当我看到这张并不清晰的图片，还是会回忆起此刻的情景，这将成为我记忆中有趣的片段。

黑人老者："你在黑天给黑人拍照？"老人说完哈哈大笑，但依然同意我拍照。

时间很晚了，我问能不能在他们房外的屋檐下搭帐篷过夜，老人说他现在不能回答我，他需要回到房里跟家人开一个家庭会议。于是玩手机的两个孩子和老人一起回到屋里，我则坐在室外的椅子上玩着手机等待结果。大约等了十几分钟，老人出来告诉我，他们全家同意我在室外搭帐篷住一晚。

我："谢谢你，我明早离开。"

黑人老者："照顾好你自己，祝你旅行好运，女孩。"

我："我会的。谢谢你。"

黑人老者跟我道别后回到房里关上了门，我钻进帐篷，照例发送地址定位、时间和接触到的人物照片到网上进行保存。为了保证安全，这已经成为旅行中每天必做的最重要的一件事。昨晚，我的右脚掌开始红肿，后背和肩胛骨的位置也开始酸疼，今天疼痛感加剧，希望明早醒来这些症状可以好转。

2013-6-10
── 弗吉尼亚州弗雷德里克斯堡 ──

一个月的负重徒步造就了我强健的体格，体重没下降，胃口却越来越大。在美国，地道的中餐只有在华人人口密集的城市才有。出了城区，所谓遍布各地的中餐厅只有两种，一种是小型外卖店，一种就是大的自助餐。

我走进一家很大的自助中餐厅，正好边用餐边休息。一进门就吸引了两位服务生，两个女孩年纪很小，看起来也就是 18 岁上下的年纪。一位胖一点的圆眼睛圆脸，笑起来露出可爱的小酒窝，一位很瘦很白单眼皮，有着南方姑娘的清秀。在我用餐的时候，她们主动走过来跟我聊天。之前有个美国大哥哥徒步旅行也曾经来过这里，所以她俩见我背着硕大的背包就兴奋起来。她们推荐了那位美国徒步的大哥哥的 Facebook 账号给我，里面记录着日记和照片。两个人把自己从中国带来的茶叶装了一大包当作礼物送给我，萍水相逢，这让我有点不敢承受。我从这一大包的茶叶里拿出两袋小号的茶包对她们说，我只拿这个当作纪念就好了。因为她们还在上班，我们并不能更深入地交流。彼此互加了微信好友，她们就可以每天看到我分享的旅行日记。

两个孩子都是 90 后，借着来美国读书期间留在这里打工。

其中有酒窝的那个女生更为外向，她对我说："其实徒步旅行可以更好地沉淀自己。现在的社会，特别是我们这一代的年轻人心都非常的浮躁。没有经过历练，谈何成长？未来又何以去社会上做事？"

她的这番话颠覆了我对 90 后的概念。我没有想到这样一位年纪轻轻的小女孩竟然有着如此老成的思想，这就是历练带给人的成长。所以每一个人都应该尽量多出去走走，看看外面不一样的世界。临走前，两位小姑娘告诉我大风暴就要来了，让我一路小心。

旅行已经满一个月了，中国人的习惯永远都是报喜不报忧，就连我的旅行日记也是如此。一路上各种顺风顺水，各处逢缘遇贵人，以至于自己都觉得似乎整个旅行缺少起承转合，无法构成一个完美的故事。既然是旅行就一定要有故事、有经历、有历险和挑战，这样的故事发展，读起来才会有滋有味。可惜还没有来得及构思情节，就遇到了一场暴风雨。天空上的乌云压得很低，整个天都沉了下来的感觉。空气变得湿润，起风了。雷声伴随着闪电，暴风骤雨说来就来，让我想起了《哪吒闹海》里面的雷公电母。如果说打雷和闪电真的是一对儿夫妻的话，前几天下的雨，顶多算是调节夫妻感情的小打小闹，而今天的暴风雨才是家庭战争大爆发。

我这小脚不但要承受自己的体重和背包重量，还被一直裹在雨水彻底打湿的鞋袜里。精神上虽然一直支撑着继续往前走，脚却用肿胀和疼痛来抗议。离开刚才那片商业区，我走到一片无处躲藏的郊区，眼见前方有个花房。此前曾体验过在各种地方扎营，花房还没尝试过。询问了这里的工作人员，对方表示这里马上要关门下班，他们只是在这里工作，不能做主让我留下。

雨越下越大，看到前面一家车行里的小木屋还开着灯。这是一家私人公司，占地面积不大。挨着这间小木屋有个雨棚，我跑过去敲门询问老板是否可以在雨棚下露营。老板是个黑皮肤、嘴唇上面留着两撇胡子的墨西哥人，他询问了我大概的情况，知道我在徒步旅行，很痛快地答应说没问题。

雨棚下停着一辆黄色敞篷吉普，雨势太大，雨棚下面已经开始积水。我问老板我是否能坐到车上去？老板说当然可以，于是帮我把吉普车后备厢门打开，让我坐了上去。下雨总是影响生意的，老板看了看天空，估计这场雨短时间不会停，于是准备提早打烊。他在临走前再次跑到雨棚下面，由于雨声很大，我们的对话必须要大声一些才能听清彼此。

车行老板："你确定你待在这里没问题吗？"

我："是的，我确定。"

车行老板："你确定吗？"

我："是的！"

车行老板："好的，我现在离开，你保重。"

我："谢谢你！"

车行老板："没关系！"

车行老板离开前向上举起双手大拇指示意后，冒着雨跑到自己的车里开车离开了。

这场雨一直下到天黑，不过好在我可以待在吉普车里，虽然地面积水，但至少不会淹到底盘这么高的车上来。本想着将车子原装的篷子装好，尽量给自己创造一个安全舒适的环境，结果折腾了半天发现侧面的支架坏了。我借着自己小手电的光亮，将帐篷套在了原本车顶的支架上，在车后座搭了一个简易的私密小空间。这让我想起小时候的某个夏天，我和亲戚家的几个孩子聚在一起玩耍，我们会用很多条毛巾被在房间里搭起营帐，并划分出不同的区域。小手电的光吸引了很多蚊子，虽然我尽量将自己包裹严密，但仍然被叮咬得很惨。如果蚊子是一种能吸走脂肪的小昆虫，那将会是多么招人喜欢的小家伙啊！

2013-6-11
── 美国国道 1 号弗吉尼亚州路段 ──

昨夜接到蓓芳姐的慰问电话，询问我最近的身体情况如何，是否还能继续走下去？她提醒我最近雨水大，让我路上一定小心。同时还收到了马里兰州 Andrew 和华盛顿 Alexey（我叫他 007）的电子邮件，提醒我将要到来的暴风雨，让我注意安全。天气预报显示最近几天阴雨不断，我昨天还在抱怨顺利平淡的旅行没有波折和挑战，紧接着就亲身感受了暴风雨来临的畅快，我已经做好了充分的思想准备，迎接暴风雨中的徒步。

伴着连绵的雷雨声，我又一次安然入睡，在任何环境下都能进入深度睡眠的本领应该是天生的。我一早起来，发现竟然是一个阳光明媚的大晴天。郊区户外没有任何遮挡物，充足的阳光很快将昨天湿透的鞋袜晒干。

沿着弗吉尼亚 1 号公路往南走，周边建筑物很少。我在公路边捡到一只手掌大的陆龟，龟壳拱起的弧度很高呈半圆形，黑褐色的八角形背甲上散落着不规则的明黄色花纹。当我蹲下身子，想把它看清楚时，小家伙将四肢和头缩到了龟壳里，封上了胸前的盖子。我把它拿在手里，分量很重。它也许是被昨晚的大雨冲到了公路边，本考虑带着小家伙在接下来的旅行中当个伴儿，后来一想还是算了，我能把自己照顾好就不错了，哪有能力再去照顾它呢。于是又把它轻轻放回路边的草丛里，希望它能找到回家的路。

一路上乡村的风光很美，车不多，路也很好走。终于到了附近商业区的一家中餐外卖店。碰巧的是，这家外卖店的老板也说我是他接待过的第二个这么独自旅行的华人。之前有个男人骑单车经过，曾经在他家住过一晚。店老板说的这个人，也许与上一家中餐外卖店老板说的是同一个人。

中餐店老板："我年轻的时候也曾有过这样旅行的想法，但未能实现。我们福州人来美国的过程太艰辛了，一起来的同学啊、乡亲啊分散在美国各地，哪里都有！但是彼此都不敢联系，因为怕回忆起那段可怕的经历。那时整晚整晚地睡不着，说起来眼泪怕是止不住的。那段经历在我们所有人心里都留下了太深的伤疤。来了美国就开始打工还债，哪有机会到处走？就这么样一年年过去了，现在日子好了，结了婚，有了家，生了两个孩子，自己当了老板，经营自己的生意，安稳过日子。更没有机会像你一样说走就走。"

我想，如果这个时候的我已经结婚，有了家庭，有了孩子，可能也不会如此旅行了。婚姻、家庭是大部分人最终寻找的归宿，这份归宿担负着更多的使命、责任和牵绊，也分享着与家人一起时的幸福快乐时光。我应该趁自己还没有牵挂、还无须承担家庭责任的时候，尽可能地去看看外面的世界，享受与自己携手度过的美好时光。

午饭后，中餐店老板说他可以让他的老婆过来接我，带我去他们家休息，顺便洗个澡，洗洗衣服，这对我来说简直求之不得。正巧这时太阳高照，我通常在这个时间段也会找地方休息。

很快，老板娘开车来到店里，她穿着一件粉色的T恤、浅蓝色的牛仔裤，扎着一个马尾辫，个子与我相当。她一进门就看到了我，朴实地笑着跟我打招呼，我知道她已经从自家丈夫那里对我有了大概的印象。老板说他们家还有空余的房间，我可以在他们家休息两天再继续上路。

其实不是我不想休息，我的脚已经被雨水泡得有些浮肿，但是看了看天气预报，未来两天依然有雨，如果休息，又会耽误行程。上个月由于各种原因造成大姨妈提前到访，弄得我虚弱到了极点。我相信这位可敬的亲戚这个月也不会放我一马，到时候还需要休息，这一耽误势必压缩后面的行程，时间会更紧张。经过三思，我最终决定不多停留，衣服烘干后，我就背起包离开了。

路上一直回想着发生在这对夫妻身上的故事。也许每个人年轻的时候都曾有过伟大的梦想，二十几岁的年轻人抛洒自己的热血，努力奋斗。随着时光的流逝，我们在成长，我们的心逐渐被生活捆绑和吞没，肩负着对家庭的责任和牵绊。那颗曾经澎湃的、鲁莽地认为自己可以主宰全世界的心，逐渐成为被主宰者，失去了往日的激情。

晚上，摸黑找到了莱迪史密斯附近的教堂。帐篷搭好，夜晚十分寂静，在帐篷里可以清晰地听到附近动物们在树林里踩踏干树枝所发出的响声。伴随着几声无法分辨的动物叫声，我睡着了。

2013-6-12
—— 弗吉尼亚州阿什兰 ——

南下的天气越来越热，早上 7 点，我在帐篷里被热醒，充满阳光的早晨都会是一个好的开始。看看天气预报，预计下午 4 点钟开始下雨。我抓紧时间收拾上路，希望能在下雨前赶到下一个小镇阿什兰。路边加油站的商店里出售着各种食物，从汉堡、炸鸡、热狗到热咖啡、冰饮料一应俱全。这里的饮料机供应免费的冰块，这么热的天长时间在户外行走，可以没有食物，但绝对不能没有水。我将自己随身携带的 1000 毫升水壶装满了冰块后即刻出发了。

一路上多是起伏的上坡路，为扛着两个大包行走的我增加了一些难度。路上有几辆热心的汽车停下来询问我是否还好，这样的情况几乎每天都会发生。骑着哈雷摩托车，穿着挂满徽章的皮坎肩的白胡子老爷爷们和老奶奶们见到我，都会很酷地挥手致意。他们通常两三辆车为一组，呼啸而过。看到这个年纪的车手们以这样的装扮骑哈雷，才知道什么叫真正的威风。

冰块在高温下很快变成了水，已经被我喝得所剩不多了。正好经过一家叫奥林匹斯山的农场，农场白天对外开放。我查看了地图，如果错过这里，前方就要走很远才会再出现供应水和食物的地方。于是下了公路，沿着地上铺好的石子路往农场里面走。

白色绵长的石子路两边是广阔而翠绿的草地。石子路深处最先见到的是温室花房，里面摆满了各种各样的盆栽鲜花。花房的一端通往农场的商店，商店里出售自己种植的水果蔬菜和蜂蜜。商店的室外走廊上，从屋顶垂挂下来的木质吊椅周围环绕着各种盆栽植物，外面是广阔而起伏的草地，远处有一间棕色的木屋。木屋前方连着池塘，池塘上面漂着一艘白色的手摇小船。整个农场周围被茂密的树林三面环绕，我坐在吊椅上轻轻晃动，欣赏满眼的绿色和天空呈现的湛蓝。特地开车到这里的顾客很多，每个人都静静地仔细鉴别和欣赏盆栽，偶尔跟这里的工作人员闲聊上几句。这里没有浓重的商业气氛，所以工作人员也并不主动推销任何商品，不论是顾客还是在这里工作的人，都享受着这里营造的舒适气氛，从他们身上能感受到简单悠然生活的快乐。

沿着公路一直往下走，景致虽美，但再一次变得单调。在酷热的天气赶路，公路两边大树形成的连绵的树荫，让我深刻体会到"前人种树、后人乘凉"的道理。随着太阳的升起和道路的曲折变化，树荫不再能时刻伴随着我。通常中午最热的几小时，我都会选择到附近的餐厅，在那里躲过最强烈的日照，避免晒伤。通往阿什兰的这段1号公路在弗吉尼亚州人口稀疏的乡村，附近除了刚刚的那个农场外，没有其他的商店和餐厅。天气预告再次显示未来几小时内会有雨，我于是不做休息，咬牙坚持走到了目的地，进入熟悉的麦当劳。

麦当劳里坐着的大部分都是上了年纪的老年人，他们在这里喝着饮料与好友闲聊，度过一天的时光。其中一张圆桌那里坐着四位帅气的白发老爷爷，他们几位围坐在一位灰白头发的老奶奶周围。言谈举止中可以看出几位老爷爷对老奶奶的宠爱，老奶奶则享受着几位绅士的各种照顾。室外的阳光透过落地玻璃窗洒进来，将那一桌人勾勒出金色的轮廓。等我老到满头白发时，希望自己也能拥有这样的夕阳时光。

从麦当劳出来，我接着往前走，不久就发现一间小教堂，经同意，我在教堂旁边的草地上支起帐篷，今晚就在这里露营了。炎热的夏季，草地上出现的昆虫数量和种类越来越多。夜晚，天气闷热，为了不让自己被叮咬，我用新购买的驱虫喷雾把帐篷里里外外喷了一遍。但开放的室外环境下空气流通很快，药水很快挥发，仍能看到帐篷外层不断扑上来的各种小虫。我用最快的速度躲到帐篷里拉上拉链，庆幸内帐封闭良好，至少可以让我在睡眠的时候不担心被叮咬，我是一个特别害怕昆虫的人。

记得上大学的时候，夏天的某个夜晚，宿舍突然闯进来一只甲虫，听到它翅膀发出如轰炸机般的声音，我虽然没有发出女生高频刺耳的尖叫，却害怕得从上铺屁滚尿流地跌了下来。杨小乔是我大学时期的密友，我从隔壁宿舍把她揪了过来，躲在她身后，让她进去捉虫。自那天起，我在宿舍睡觉也会把耳朵眼儿堵住。杨小乔每次都会用重庆口音普通话拍着胸脯跟我保证说："如果寝室再发现有虫子，我就把它吃了！"我们的友谊应该是从上学第一天的第一堂课开始的，她坐在我旁边，我们就此开始了那段开心"犯二"的大学时光。现在，躺在帐篷里，听着外面各种昆虫发出的叫声，甚至感觉到某些个头大点儿的昆虫飞起来撞到我的帐篷上，非常想念她。

2013-6-13、14
── 弗吉尼亚州里士满 ──

随着气温的升高，我需要很早起来。清晨，在加油站的便利店吃了早餐，趁着早上还算凉爽，我开始出发。这里已经快到弗吉尼亚州首府里士满，公路变得很宽阔。路两边都是经营各种与车相关的生意，一路走来非常无趣。早上在便利店买的一瓶冰块很快融化成了冰水，美国大多数便利店饮料机都提供免费的冰块，但偶尔也会有收费的。正规的餐厅基本都在 11 点以后营业，中午找到中餐厅吃饭，刚想要出发，一片乌云就迅速地压了过来，随之而来的雷阵雨雨势凶猛，于是只能将刚从餐厅探出的头又缩了回去。

徒步的这段时间走在各种路段，过路口的时候，不论是否有信号灯，所有的车都会遵循行人优先的原则。停下来等待的车辆绝对不会按喇叭催促。这个行为不仅是一个国家国民素质的表现，还是一个完善的法治国家对规则规范的制定和管理的结果。在中国，开车经常是一件令人头痛的事情。如果在拥堵且无信号灯的十字路口遵守秩序和法规，你就会像蜗牛一样无法顺利前行。你后面的车还会不耐烦地高频次按着喇叭催促你快走。

开车如此，做事也是如此。很多规则、秩序在当今这个浮躁的社会中已经形同虚设，急躁、催促、赶时间、没耐心成为所有人的生活常态。也许我们应该停下来，反省自己这一天到底完成了多少有意义的事？我们真的提高效率了吗？是什么让我们变得如此心浮气躁？如此急躁的常态带给我们的是高品质生活，还是让我们迷失和放弃了生活本来的意义？我一个人坐在异国他乡的餐厅角落，为自己完全使不上力的国民素质操心。女汉子既然在国家大事上帮不上忙，只能尽量管好自己，出门在外多自律，不给咱国家形象丢脸。

　　终于等到大雨过后可以继续上路了。快到里士满市中心时，街上有了社区的气氛。很多黑人居住在这里，无论是居住的环境还是祥和的气氛，这里都比费城、巴尔的摩要好很多。与之前经过的乡村相比，这里的公路上频繁出现呼啸而过的警车。街道上到处戳着警告公示牌，上面有一个戴黑色礼帽、穿黑色高领大衣、大衣领子将脸遮住、只露出一双眼睛的黑色卡通小人。牌子上的这个人物形象被打上了斜线，下面写着"邻里守望"，意思是这个社区的邻居守望相助，坏人别想来这里做坏事！街坊更像是一个组织，老百姓自愿参加，他们会查看附近是否有可疑人物出现，这就像咱们北京那些胳膊上戴着红箍、自带小马扎儿坐在街边值勤的大爷大妈一样。这让我突然想起下大雨那天，我待在马场避雨时招来的警察，警察说那个地区没有警察局。如果每个地区都能安全到让警察全部退休，那将会是多么和谐和完美的社会啊。

　　大雨过后，彩霞满天。伴着夕阳，我需要尽快找到一个安全的地方过夜。之前地图上备选的几个地方，我看过之后都不算满意。当我背着包继续走在马路上时，马路对面的几户黑人正在自家门口乘凉。他们见到我后，隔着马路非常友好地跟我招手示意。还有人隔着马路问我是否需要喝水，或者需要什么其他帮助。我拿出手机对着他们拍照，本想记录下这温暖的瞬间，结果他们因为我的拍照而兴奋得跳起来。

　　我还在继续寻找当晚的露营地点，从上城走到下城。查看的几个地点不是被我否决，就是对方不允许我在那里露营。上帝总是会安排好一切的。当我还在继续寻找时，马路对面的二手车行大院里有人冲我喊。

　　二手车行老板："喂，你好吗？我能帮你点什么？"

　　我："我很好！"我转头回应马路对面的人，然后背着包继续往前走。

大约走了 50 米，刚刚对我喊话的二手车行老板开着车追上了我。

二手车行老板："你要去哪里？我送你！"

我："谢谢你，但是我不需要。"

二手车行老板："我想你需要帮助，让我为你做些什么吧。"

二手车行老板用怠速跟着正在行走的我，表情特别诚恳。

于是我提出，我需要一个可以露营的地方，可否借用他们公司的院子？

他很痛快地答应没问题。

因为前不久刚在车场睡过一晚，所以露宿车场对我来说也算是轻车熟路。车场的院子里全部都是水泥板地面，由于刚下过雨，地面上积了很多水。车场内有一栋 2 层的楼房，二手车行老板说我可以到房子里面睡，这对我来说是个太好的安排。

按照惯例，我给站在车场院子里的老板拍照，身后背景是将要入住的房子。我对他说，我需要将他的照片和这里的定位发给监护我安全的朋友，他很兴奋地选择了院子里一个不错的角度，站在那里摆好姿势任我拍。

房子一进去是客厅和厨房，老板帮我提着行李上到二层。二层是凌乱的卧室和更为凌乱的卫生间。卫生间里东西摆得到处都是，有台电视机戳在了浴缸里，很显然那个浴缸已经闲置很久。除了电视，浴缸里还存放着各种杂物。浴缸旁边是淋浴房，卫生间很大，余下的部分完全可以放一台乒乓球桌。卫生间对面是卧室，一张双人床、一个床头柜、一张沙发，衣服散落在房间的各个角落。我今晚是这里的沙发客，幸运的是这张沙发可以拉出来变成沙发床。

车行老板叫 Juan Julio，来自玻利维亚，英语讲得并不好。虽然我的英语也很差，但交流已经完全没有问题。老板对我的徒步旅行很感兴趣，他为我展示了自己长途马拉松比赛获奖的照片及报纸对他的报道，他很为他取得的成绩高兴。

由于近些日子养成了日出而作日落而息的习惯，老板还在饶有兴致地讲述自己美丽的家乡玻利维亚时，我已没有了精神头。与老板客气地道过晚安后，我在沙发上倒头就睡。

第二天一早起来，天气非常清爽。雨后蓝色的天空上，晕染着一大片一大片粉红色的朝霞，如此美丽的一天就这样开始了。老板提议我在这里多休息几天，好好感受一下里士满这个城市，我也想让自己的身体休息一下，所以同意了。

这一天，车行老板带着我到处走，正巧赶上周末的露天音乐演出，人们聚集在草坪上享受音乐和美食带来的欢乐气氛。其实所有室外音乐节提供的食物都不算好吃，音乐节场地内的比萨摊儿是一群年轻人经营的，这让我想起自己几年前初次创业时，我们的商铺曾被邀请参加北京的迷笛音乐节。很多事只有真正体验过，才会了解其中的艰辛，成功和失败都会让我们成长，经验是在成长的过程中积累的，这让我们再看问题的时候可以更加深入和全面。就像我现在这样的旅行，也许过程并不完美，但这是赋予我成长的旅行，是属于我自己的一段独特经历。

2013-6-15、16、17
—— 弗吉尼亚州彼得斯堡、斯托尼克里克 ——

"没有这些好人，你可怎么办？"这是我昨天发布完自己的网络日志后，有朋友给我的日记留的言。

从我决定踏出这一步的那天起，我就从未想过会遇到他们。所有帮助过我的人，都是上帝赐予我的意外礼物。出发前，我已经做好了接受艰辛和磨难的准备，是一颗坚定的心让我一步步地走了过来。我现在踏出的每一步，都是对过去的积累，对梦想目标的接近。

走在1号公路上，我遇到了一位叫Denise的女士。她看到我后兴奋地问我是不是去佛罗里达州，我回答说是的，并问她怎么会知道。

她告诉我自己一直梦想像我一样背着背包一路走去佛罗里达州，只是她的腿有问题，不能实现这个梦想（1号公路也是通往佛罗里达州的公路，迈阿密是位于佛罗里达州南部的一个城市）。她的右腿从小腿到膝盖、再到大腿绑着一个很长的护膝。她兴奋地留了我的电话，希望能随时跟我保持联系，了解我一路上是否安全，也希望我可以随时跟她分享每天发生的新鲜事。

晚上，我刚支好帐篷，就接到Denise打来的电话。她询问今晚是否已经到达安全的地点。她说她回家后依然很兴奋，把遇到我的事情告诉了她的家人，我可以从电话里听出她语气中的兴奋。我记得此前也有朋友跟我说过，我做了他们一直想做但一直没做的事情。现在，我越发相信这次旅行是上帝赋予我的使命，他赐给我勇气，让我从未对旅行感到畏惧。旅行本身也是对毅力和信念的考验，现在这种使命感让我更加坚信自己的信念。我必须要完成它，这不仅仅是为了自己，也是为了所有有过同样梦想的人。

16日，我用一上午的时间穿过彼得斯堡。小镇始于1923年，很多住宅设计得十分古典，却并不显陈旧。今天是父亲节，整个小镇都很安静，可能大家都外出庆祝去了。我在彼得斯堡周边还能见到川流不息的车辆，再往南走，路上的车却越来越少，只能听到树林另一边的高速公路上车辆呼啸而过的声音。

今天遇到了在路边义务清理垃圾的老爷爷，开始他的车在我的前方走走停停，我以为他的车抛锚了，所以需要频繁下车检查。直到我经过时才发现，他在捡拾丢在路边的垃圾，然后将垃圾收集到袋子里。这让我想起北京东四到张自忠路一带，每天都有一位蹬着三轮车戴着红帽子的老爷爷穿梭在那一带的街道和胡同，将捡拾的垃圾进行分类处理，一边补贴自己的生活费用，一边帮助附近的商户解决废品处理问题。我想，不论在哪里都有这么一类人，一生都在付出和奉献，年轻时甘洒热血，年迈时发挥余热。

下午一路走得十分平静，这种平静不仅来自外界环境，还发自内心。走在路上的我，感觉与住在心灵中的自己并肩前行，无须言语的沟通，只是默默地、平静地走着。

17日，天空一直下着小雨。我伴着成片的绿荫和青草，沿着301号公路继续跨步向前。301号公路上，时间间隔很久才有一两辆车驶过，而东侧与其平行的95号高速路上则不断有车辆快速而频繁地驶过。顺着公路右侧往南走，西边是大片大片的树林和湿地。我站在路边湿地驻足，望着平静的水面发呆。水面上偶尔会出现环状涟漪，那是水下生物到水面上呼吸或者捕食的痕迹。有时候看到湿地深处水面上瞬间溅起一大片猛烈的水花，然后再恢复平静。我猜能制造出这么大片水花的生物个头一定不小，于是联想到很多电影里水下怪兽袭击人类的场景。

眼前的画面除了起伏的公路，就是成片的绿色植物，没有更多明显的变化，导致我很快产生了视觉疲劳。不算太远的路，总觉得走了好久。偶尔出现在前方的彩色标识，不论是红色的停止路牌，还是绑在树枝上的亮粉色飘带，或者是废弃已久的白色木屋，都成了我脚下前进的动力。

终于到达一片商业区，看到全球连锁企业星巴克、赛百味、汉堡王，它们对我而言就像是在沙漠中见到的绿洲，也许这个形容并不恰当，但总算是到了有人烟的地方。看来我还是无法摆脱城市生活带来的枷锁和便捷，赶紧为手机补充电量、查看地图、制订下午步行的路线、搜索途中会路过的加油站、超市、餐厅等信息。

傍晚终于到达路边树林里的这间教堂，沿着被车轮碾压出来的碎石小路走进去，看到一间年代久远的小教堂，已经很荒废了。这是我目前为止见过的最小的一间教堂，白色的木质外墙油漆已经脱落，门口的杂草挡住了大门，门把手被橘黄色尼龙绳拴住，绑在门外侧的栏杆上固定，避免暴风雨来临时大风把大门刮开。天已经开始暗了，傍晚这个时候，我没有特别强烈的好奇心进去一探究竟。挨着这间教堂的侧面，有一片被围栏圈起来的精心打理过的墓地，草坪很明显刚刚被修剪过。这块墓地的地形是一个很缓的小山坡，我必须选择一块尽可能水平的地面。

我以前总觉得草坪踩上去没有坑、看上去够平就可以睡一个安稳觉，后来发现这是错误的。如果地面不够水平，我的身体会在睡眠的时候不自觉地从斜坡较高的一边滚到较低的一边，哪怕是坡度倾斜的角度小到你站在上面根本察觉不到。墓地的周围是茂密的树林，可能是植物生长得太过茂密，手机信号在这里非常微弱，时有时无。凭借着微弱的信号搜索周围，发现除了这里可以驻扎，方圆几千米内只有树林了。因为有了住墓地的经验，所以在这里感觉会更安全。

2013-6-18
—— 北卡罗来纳州罗阿诺克拉皮兹、哈利法克斯 ——

不知为何，我一进入北卡罗来纳州就非常喜欢这里。在穿过名叫罗阿诺克拉皮兹的小镇时，很多人看我拿着手机拍照，都会特别兴奋地在镜头前摆出各种姿势。马路两边很多空置的小店铺，其中一间店铺正在装修。一位体型胖嘟嘟、穿着白色连体衣的白胡子老爷爷正在粉刷。他见到我，将我叫住，好奇地问我在做什么。我跟他介绍了自己的旅行后，他兴奋地拉着我要求合影。这个小镇有很多涂鸦鱼模型分布在街道各个角落，每条鱼大约一米长，造型都一样，不同的是鱼身上的彩色涂鸦，每一条鱼都有自己独特而有趣的绘图。

路边看到一家用中文写的"香港"字样的餐厅，于是毫不犹豫地走了进去。老板娘一家都是香港人，他们来美国很多年了，一直在这里经营着这家中餐厅。这里肯定很少有中国人光顾，所以我一坐下来，老板娘就主动跑过来跟我聊天。

老板娘："你是哪里人？"

我："我是北京人。"

老板娘："你来美国旅行？"

我："是啊。我在徒步旅行。"

老板娘："很羡慕你呀！可以到处走。"

我："你也可以啊。"

老板娘："我哪里有时间呀！我们每天一早就要开工，晚上才收工。开餐厅每天都要开门营业，所以每天都要开工。"

老板娘用香港口音的普通话继续跟我聊着："这顿饭我请你吃。"

我："这不太好意思，我还是付钱比较好，您可以给我打个折。"

老板娘："我说请你就请你啦，不要跟我客气啦！这算是对你旅行的支持！加油哟！"

我接受了一顿免费的美餐后继续出发。路边一位黑人大妈叫住我，关切地询问我的去向。当得知我一路向南的时候，她告诉我，往南走的路上很少有住家了。她夸张的肢体语言和面部表情一再对我强调下面的路非常危险，一个人绝对不能走。她甚至从屋里喊出儿子，让她的儿子再次跟我强调不要顺着这里往南走，因为那里很少有人居住，人烟稀少；路上途经的车都开得很快，我这样走在路上很容易被撞死；有可能遇到吸毒的疯子把我软禁杀了都没有人知道。他们一家人对我前去的方向进行认真的讨论，我在他们眼里好像是一只迷失的羔羊。天阴下来了，很快下起小雨。我看到他们一家人对我的问题讨论得如此认真，于是主动去询问是否可让我在他们家外面露营一晚。结果他们很明确地表示不想让我留宿在他们家，不论是室内还是室外。

"好吧，既然是这样，他们再讨论下去，对我来说也不会有任何帮助，我还是趁雨下得不大，赶紧走吧。"我心里这样想着。

按照我搜索到的信息，前方不远处有个小教堂，那里也是一个可以野营的地点。我顺着路往下走，发现确实如刚才那家黑人所说的，一路上除了树和麦田极少有人家。雨越下越大，大雨落在地上溅起来的水花模糊了视线，我必须赶快走到那间距离我最近的教堂避雨。这样的大雨，走在公路边确实太危险了。我套着大红色的雨衣，提着自己的手电，逆行走在公路的左侧，方便发现前方驶过来的车子，也可以让车提前看到我并有机会躲避。终于在一片满眼植物、没有人烟的地方看到了前方温暖的灯光。

"是那里了！地图上的教堂！"我内心欣喜地狂叫，尽量加快脚步往亮灯的地方赶。

虽然已经看到远处教堂的灯光，距离却没有想象中的近。虽然套着雨衣，但雨势太大，仍把我浑身浇透。白色的小教堂在我眼里变得越来越大，温暖的灯光从窗子和大门里透出来。教堂的大门开着，我终于到达了这里。当我的脚踏上教堂门口的第一级台阶时，教堂里面的人也看到了我。最先跑到门口的是一位六七岁的黑人小男孩。他长得漂亮极了，一双大眼睛在深棕色的脸上显得特别纯净。小碎花卷发贴在头皮上，搭配他身上穿的小洋装，简直就是一名小绅士。他看到已经被大雨淋湿的我，非常惊讶，转身跑去叫教堂里的大人。从他的反应，我知道自己此刻的模样有多狼狈不堪。红色的雨衣将我和前后两个背包整体套住，后面的背包高出了我的头顶。要知道，一个人的头低于自己的后背是很奇怪的。我感觉自己像是《巴黎圣母院》里驼背的卡西莫多，在暴风骤雨中被淋湿的样子分外吓人。

很快，小男孩拉来一位在教堂服务的黑人妇女。她看到外面的第一反应是睁大双眼惊讶地说："糟糕的倾盆大雨！"

我站在教堂门外，雨下得太大，我必须要很大声才能听到自己说的话。我解释自己正在徒步旅行，询问能不能在教堂露营。黑人妇女用眼睛将我从上到下扫了一遍后，从嘴里蹦出了"不行"这个单词。

于是我赶快问她，现在雨太大了，我能不能先进去避雨？

这位妇女依然是面无表情地从嘴里再次蹦出"不行"这个单词。

在这种时候被无情地拒绝，我内心几乎是崩溃的。这样一处人烟稀少的郊外，除了这里，我不知道短时间内还能不能找到另一处避雨的地方。

我无奈地冒雨继续往下走，周围依旧是树林和大片的麦田。幸运的事总是紧跟在糟糕的事情后面发生。走了几百米，前方仿佛看到了一间有屋檐的房子。是的，那里是附近唯一的一栋房子。白色的，房子里亮着灯，就在路边，门口还有一个很宽的屋檐，我没有看错！连走带跑地加紧了脚步，真希望能一步跨到那里。终于躲进了这栋房子的屋檐下，雨更大了，天啊！我感觉自己的全身都湿了！赶快用手尽量抹去脸上的雨水，想让自己的样子看起来没有那么糟糕。样子太狼狈确实容易吓到人，敲门前，我突然想起来应该注意这一点。如果再吃闭门羹，今晚真不知道该怎么过了。

我用左手拢了一下已经被雨水打湿的头发，右手用力敲起门来。住在独立房子里的美国人通常对敲门声非常不敏感，我之前在旅行路上敲过几次不同人家的门，每次都需要持续敲很久，房子里的人才会听到，更别说现在大雨发出的噪音这么大。我敲得很大力，房子内却没有任何动静，我开始怀疑是否有人在家。这栋房子的右边用很细的铁丝当围栏，隔出不同的区域。被圈出来的区域里有个杂物棚，外面停放着一辆很旧的卡车、一辆农用工具车和一些机器。左边一片空地，看起来像个小农场。因为没有看到停放的轿车，所以我不确定房里是否有人。我站在屋檐下，用眼睛大概测量了一下平台和上面屋檐的宽度，盘算着如果房子的主人一直没有出现，门口是否能容纳下我的帐篷。

我正用力地敲着门，一辆银灰色的卡车从公路上拐下来，停到房子门口。"房子的主人回来了！"我心里庆幸。卡车的车窗摇下来，一位银灰色头发的白人露出了阳光般的笑容看着我。这样的笑容告诉我，这个人肯定不会介意我在他家的门口避雨并休息一晚。

"你在这儿干什么呢？"这个人坐在卡车上问我，口气平和而友善。

我："我在徒步旅行，我能在这里露营一晚吗？"

卡车男："抱歉，我不能回答你，因为这里不是我家。"

我："哦！"听到这样的答案，我有些失望。

卡车男："我家离这里不远，我能让你留在那儿。"

我："有多远？"

卡车男："五六千米吧，非常近。"

我打开手机地图，请他指出具体位置。雨水将我的手机屏幕打湿，使用起来有些不灵活。他认真地移动手机上的地图，想要找到自己家在地图中的位置。他开着车窗，雨水从天而降，透过车窗打进车里。查看地图的这几秒钟，他的肩膀已经被淋湿了。

我："不远吗？"我觉得这个人很可靠，于是决定信任他。

卡车男："是的，很近。"

我："好的，谢谢你。"看来，这应该是我今晚最好的选择了。我身后房子的门始终关闭着，现在这个人和房子的主人对于我来说同样都是陌生人。我始终没能见到白房子的主人，而眼前这个人的脸看起来很善良。我相信相由心生的道理，也相信眼前这个开卡车的人是一个值得信任的人。

我从卡车的后面绕到副驾驶一侧时，特地看了一眼卡车后面的车兜，想要从蛛丝马迹中再次确定是否安全。车兜里什么都没有，雨水把这辆老卡车外面冲洗得很干净。打开车门，想要坐进去，我必须摘下雨衣，卸下所有背包。还好卡车的宽度够并排坐三个人，我将大包全部堆在了座位的脚下后，自己也上了车。

雨刷器快速地清理着挡风玻璃上的雨水，频次很快，但雨太大，想要看清路真的很难。我坐在副驾驶上使劲盯着前方，想要透过雨刷器清理的间隙看清楚周围的情况，可是这很难。

卡车男："这倾盆大雨太糟糕了！"他将身子往前倾，努力想要看清路况。

"这样的大雨，就算我提着手电，开车的人也不容易发现我。"我坐在副驾驶上心里这样想着。

很快，车子停到一栋房子的院子里，院里有很多植物，但是没有遮挡物。房前有一个平台，但是没有屋檐。

"我该在哪里避雨？"看到眼前的环境，这是我脑子里第一个想到的问题。

卡车男："进来吧！"这个人快速跑到房子前开门，并招呼我跟着他进去。我从卡车上扛起所有的背包和雨衣，冒着大雨跟这个人冲进他家。

卡车男："我有一个房间给你，你不需要在外面露营。"

我跟着卡车男进入他家。一进门是一条走廊，浅蓝色的墙壁上挂着很多摄影照片，有蝴蝶、小鸟、花朵，最多的是蜂鸟。我把雨衣和背包戳在走廊上，不想弄脏对方的房子。跟着卡车男走到客厅，客厅有一个亮灯的玻璃展示柜，展示柜里整齐地摆放着各种各样的鱼钩，至少有几百个。左边是开放式的厨房和餐厅，右边是浅蓝色的沙发和深棕色的方形咖啡桌。我拿出手机，提出想要合影，这是我首先必须要做的事情。

我："我能跟你拍一张合影吗？我需要发照片到网上，让我的朋友们知道。"

卡车男："没问题。"卡车男站在我的身后，我把手机举到自己的前面，将我们两个人同时拍到照片里。

我："谢谢你。"

卡车男："你有浴室，可以洗澡洗衣服。"

我："哦，非常感谢你，我的确需要这些。"

卡车男给我指出位置，我走进浴室，看着镜子里浑身湿透狼狈不堪的自己。说实话，自己现在被淋湿的样子有点酷。我锁上浴室的门，把身上湿透的衣服脱了下来，热水浇在身上的瞬间，感觉舒服极了。

我不记得自己几天没洗过澡了，我的鼻子已经习惯闻自己的汗臭味，甚至觉察不出有任何的不妥。洗完澡换上干净衣服，拿起换下来的脏衣服，我本能地把衣服凑到鼻子前闻了闻，我的鼻子才再次闻出那股酸臭味。哇哦！真该好好洗洗这套装备了！

卡车男见我从浴室出来，问我："你需要洗衣服吗？"

我："是的！"说实话，手里的这团脏衣服让我有些尴尬。可想而知，我没有洗澡前，自己身上的味道有多么糟糕。下雨潮湿的空气会让散发的味道加重，变得更浓。刚才坐在卡车里，估计这个人闻到一定也不太好受。我跟着他走到洗衣机旁，将自己所有的脏衣服全部堆了进去。

我坐在沙发上，我们彼此介绍自己。这个人叫 Stuart Lewis，他说他开车看到我在教堂外面，这么大的雨，教堂没有让我进去。由于我穿着雨衣背着大包，他开始以为我是一名体型高大的孕妇。看我冒雨走在外面，认为我一定出了什么事，需要帮助。他说他必须要将车掉头回去看看我，他不能见事不理。于是就出现了刚才在白色房子前的那一幕。他不理解教堂为什么没有让我进去，教堂不就是应该帮助人的地方吗？

为了劝他想开点，我尽量安慰他说，你看要不是他们拒绝我，我也不会遇到你，得到你的帮助啊。

这还是要感谢上苍，教堂虽然拒绝我露营在那里，我反而得到了更多，我洗了热水澡，洗了衣服，还有一间自己的房间，里面的床很软很舒适。我努力让自己保持着积极乐观的心态，这是旅行中必备的心理要素。

除了展示柜里面的各种鱼钩，Stuart 还给我展示了他的各种收藏品，有他拍摄的动物和昆虫的照片、他收藏的老式铜版底片，还有一堆大小不一、款式不同的金银戒指。每一枚戒指都用线拴着一个标签，上面标记着这枚戒指的材质、重量和石头的种类。他任我在手里摆弄着这些戒指，并对我说，你要是喜欢就挑一个走。我谢过他的好意，无功不受禄，更别说他已经帮我这么多，我怎么可能再跟他要礼物？ Stuart 的言谈举止显得很绅士，他的生活方式和性格很像我的一位大学同学牟乐，我甚至兴奋地给牟乐发微信说我遇到了老年的你。当天晚上我们坐在沙发上一起看 NBA 篮球直播，其实我不热衷球类比赛，对于篮球的了解还仅限于中学时期迷恋《灌篮高手》时了解的知识。

篮球赛直播完已经很晚了，我边打哈欠边流眼泪，这说明我已经非常困了。Stuart 第二天 6 点钟要出发去上班，我跟他说我会跟他一起离开这里，让他起床的时候叫醒我。我回到自己的房间，躺在舒适干净的床上睡了过去。

2013-6-19

—— 北卡罗来纳州哈利法克斯 ——

我上了早上 5 点半的闹钟，起来穿好衣服后，Stuart 正好敲门叫我起床。此时他已经穿戴整齐准备去上班，我迷迷糊糊尽量快速地整理自己所有的东西。

Stuart："我要去上班了，你可以留在这儿。"

我："什么？"我以为自己早上还不够清醒，听错了。

Stuart："你看起来很累，需要更多的休息。你可以留下来放松一下。"

我："真的吗？"

Stuart："当然了！"

我："谢谢你！太感谢了！"

我没想到这个又惊又喜的结果，我真的需要更多一些的睡眠。

Stuart："你先过来，我给你展示一下。"

Stuart 先是给我展示厨房，打开柜子告诉我食物在哪里，餐具在哪里；然后为我展示电视机遥控器如何使用，告诉我冰箱里有吃的和饮料。他让我在家照顾好自己，不要客气，我可以去这个房子的任何地方，整个房子里没有房间和柜子是上锁的，也没有任何我不能去的禁区。因为要赶去上班，他快速地交代完一切后，开车走了。就这样，我一个人留在了房子里。我根本没有想到这个人可以如此放心地把整个家交给一个陌生人，更何况昨天晚上刚刚给我展示了他各种的收藏品。

　　睡过回笼觉，我起来为自己煎了一个汉堡，拿起手机给牟乐发信息告诉他一切。牟乐不久前刚在美国旅行了几个月，接触的人、遇到的事、见过的世面都比我多。他跟我说美国人大都很淳朴，我想我遇到北卡罗来纳州这边的人更是单纯。

　　晚上 Stuart 下班回到家里，这个季节电视里总是有球赛。我们坐在沙发上一起看球，球赛结束后，我听着他侃侃而谈。虽然这段时间，感觉自己的英语听力水平提高不少，但沟通有深度的问题还是很困难。基本上处于他说我听的状态。具体谈的什么我已经不记得了，基本上都是关于旅行的一些事情。我跟他说，我觉得我休息够了，明天打算继续出发上路。他说他明天依然要很早起床上班，我可以不用起那么早，睡够了吃过饭再走。如果决定走，锁不锁门都无所谓，因为这里很安全，不会有人进来的。我们给了彼此一个温暖的拥抱后，各自回房间休息了。

2013-6-20
── **北卡罗来纳州哈利法克斯、霍利斯特、梅多克公园** ──

　　上午起来时房子里空无一人，Stuart 一早已经离开去上班了。我走到客厅，桌上放着一枝玫瑰，插在空的可乐易拉罐里。易拉罐下面压着一张 A4 纸，上面用铅笔写着给我的留言。

　　莎莎：

　　　　感谢你这两天的温馨陪伴。祝愿你在美国的徒步旅行一切顺利。我的
　　家门随时向你敞开，欢迎你再次到来。

　　　　　　　　　　　　　　　　　　　　　　　　　　　Stuart

　　Stuart 是多么单纯和善良的一个人啊，明明所有的一切应该是由我来感谢他，可他却感谢我的到来。我借助翻译软件的帮助，给 Stuart 回复留言，感谢他的善良和慷慨，我留下了自己的电子邮箱和在美国的手机号码，并保证等我旅行结束，有机会一定会回来看他。

曾有来过北卡罗来纳州的朋友告诉我，北卡罗来纳州人口相对稀少，更多的是麦田和农场。有了这个概念，我知道自己必须要提前计划下面的路程。从 Stuart 家出来，整整一天，在路上我见到的除了大片硕果累累的稻田，就只有 3 辆车和一只缓慢爬到马路中央的大乌龟。

　　第一辆车是收庄稼的农耕车，车身宽大，驾驶室高高在上，司机一个人坐在驾驶室里，从一片稻田开到另一片稻田里去工作。农耕车在路上开的速度不快，当他经过我身边时，我们同时举起手跟对方打招呼问好。

　　第二辆车经过时，周围是一望无际的农田。我看到了附近唯一一户人家，这户人家的房门前有棵大树，正午的太阳从头顶上方直射下来，枝叶茂密的大树正如一把在田间打开的大遮阳伞。我走到树荫下，卸去身上的背包，坐在自己的背包上乘凉休息。正准备离开时，房子的主人开车回来了，他车子的反光镜上挂着残障车的牌子，主人停好车后，从车内拄着拐走下来。他很好奇我为什么会坐在他家门口，我简单地介绍自己后，他叮嘱我旅行注意安全。

　　第三辆车是从我身边开过的绿化工作车，绿色的卡车上坐着一位穿工作服的人。这辆卡车在我前方不远处停下，然后倒回我身边。车上的人摇下车窗，从驾驶位向副驾驶窗外探着身子，关切地问我："你还好吗？"我拉下脸上的面罩对着车里的人举起自己握拳的双手，左右两个大拇指向上，然后说："我很好。"同时脸上露出八颗牙的招牌微笑。对方把车从公路上移开，拐到我前方不远处的一块平地上。车上穿着工作服的黑人老哥从车上走下来，他眉头略皱，对我表现出非常担心的样子。

　　黑人老哥："你知道你在哪里吗？"

　　我："是的，我有地图，这里是北卡罗来纳州。"

　　我拿出手机，给老哥展示我的地图和定位。

　　黑人老哥："你确定自己没有迷路？"

　　我："是的，我确定。我只是在美国徒步旅行。"

　　黑人老哥："你徒步多久了？"

　　我："几周时间吧。"

　　黑人老哥："什么？"

　　我："我徒步旅行从纽约来到这里。"

　　黑人老哥："徒步？女孩，你失去理智了吗？"

我："哈哈，我只是想变得更强壮些。"

黑人老哥："这是我家的电话号码！如果你需要任何帮助，给我打电话好吗？"

我："好的，谢谢你。"

黑人老哥："你现在需要水或食物吗？"

我："不了，我有水。"

黑人老哥："好的，你必须要非常小心！注意安全！"

我："我会的。"

跟黑人老哥道别后我继续上路。越往南走，手机本就非常微弱的信号最终变成了长时间的无服务状态。地图依然可以打开，只是无法查询我需要的信息。一路上没有分叉路，我按照出发前标记好的方向继续走。原本地图上标记有一家食品店，到达那里时看到的却是已经被遗弃很久的空屋子，只剩下被粉刷成可口可乐标志的侧面墙壁还留有曾经食品店的痕迹。

下一个被标记的是教堂，但到达那里时看到的也是一片废弃很久、杂草丛生的状态。虽然手机没有网络，不能搜索信息，但看时间尚早，于是决定再往前走走看。终于在傍晚的时候到达了一片居民区，这是相对于之前广阔没有人烟的麦田来说的，这里聚集的房屋只是几户星星点点散落在路边的人家，跟城市里的居住密度不能相提并论。当我背着包路过时，晚霞很美，草坪上玩耍的几个黑人小朋友见到我都主动对我微笑、招手。我的小手电由于之前的大雨有些短路，一路上不停地闪烁。经过这片居民区时，借助手机上恢复的微弱信号，我搜索到另外一间教堂。

晚间摸黑赶到那里时，才发现这间教堂看起来更像是一个临时活动房。只有门口挂着的十字架和路边戳着的路牌让我确信这里真的是间小教堂。

在教堂附近绕了一圈，最终选择挨着侧门口的一片草坪搭帐篷，借助昏暗的灯光刚刚搭完内帐，从背包里把外帐打开正要铺在架起的内帐上时，黑暗中两辆闪着蓝色警灯的警车开了过来。警车停在这间教堂的门口，车头的大灯朝我所在的方向照过来，瞬间把周围照得很亮。车顶警灯频繁闪烁，两位警察在逆光下分别从两辆警车上走下来。

这算起来应该是我徒步旅行中第三次惊动警察了。虽然有之前教堂和牧场的经验，但在这种场景下仍然不可以掉以轻心。美国的警察都配着真枪实弹，一旦他们判断任何人有可能有攻击性就会开枪。

我把外帐丢在脚下的草坪上，将自己的双手露出来显示我并没有任何的武器，两位警察这才小心翼翼地从警车旁向我走过来。当他们走近，我的眼睛慢慢适应了光线，终于在黑暗的逆光中看清了他们的模样。这两位警察年纪都很小，看起来刚刚工作不久，一位白人、一位黑人，他们健硕的体型在警服的衬托下显得很帅气。

他们走过来询问我在做什么，我拿出手机，边给他们展示我旅行的照片边解释。了解了所有情况后，两位小警察非常认真地开始四处打电话帮我联系露营过夜的场所。我跟他们强调我今晚在这里过夜没问题，但是他们告诉我，这里的所有者不允许我留在这里。我听到那个黑人小警察一再通过电话沟通，跟对方解释我是一个"好人"，但对方好像并不领情。白人小警察除了跟指挥中心汇报我现在的情况外，还不停地用他们自己的服务系统查找可以露营的地点。我的手机在这里彻底没有了信号，只能站在那里等待他们的安排。终于，白人小警察联系到一个露营地点允许我在那里过夜，我把刚刚搭了一半的帐篷再次收回自己的背包，第三次坐上了警车。

我坐在警车的后座，透过玻璃看前方，能看到的只有车灯照着的前方一小段路，周围全部都是黑暗。终于到了一个由横在路上的铁管做成的围栏入口，那里已经停了一辆车，围栏前站着一个人，见到我们后将围栏打开。那个人跟白人小警察示意了一下，让警车跟着他开的这辆车走。于是我们从入口进入，沿这条路又开了很久才终于停下来。警车的后车门上是没有开门把手的，白人小警察下车后，帮我从车外把警车门打开。

白人小警察和刚才开车领我们进来的工作人员告诉我，今晚我可以在这里度过。这里是正规的露营区，但是现在这个季节晚上还没有开放。他们接到警察的电话，因为我的旅行需求，他们今晚特地跑过来为我开门，所以在这整个自然公园里，只有我一位露营者。露营的收费是 20 美元一个位置，非常便宜。公园的工作人员告诉我，不远处的木质大房子里有可供随时使用的卫生间和淋浴间。对露营区域附近做了简单介绍后，他们分别开着车离开了。

硕大的森林公园里，就我一个人，这太酷了！我先进了刚刚介绍的大木屋，里面干净宽敞还伴有花香。木屋一进去是一排镜子和整排的洗手池，旁边有电源插孔。右边进去是一排排隔开的卫生间，左边进去是一间间隔开的洗澡间。虽然今天这一路上手机信号大部分时间处于无服务状态，但耗电却比平时快。我将手机插在洗手池旁边的插座上，在淋浴间洗了一个热水澡，享受着一整晚只有我一个人的大公园。

躺在帐篷里，可以听到公园里几种动物的声音，感觉它们的叫声更像是在吵架，一个扯着嗓子叫完另一个扯着嗓子叫，谁都不服输，可惜我无法辨别这些叫声都属于哪种动物。帐篷外面依然可以感觉到各种昆虫或爬或挂在外帐上，因为公园有着良好的野生环境，所以昆虫个头都不小。现在的我看到这些东西时，虽然心里仍然会害怕，但比起以前冷静了很多，这也算是变坚强的一种吧。

2013-6-21
── 北卡罗来纳州纳什维尔 ──

梅多克公园是一个非常安全的露营地，但我心里却没有感到足够的安全。早上6点钟我已无法再睡，于是起来洗漱后收拾东西出发。手机依然处于无服务状态，之前做的各种标记，在到达那里时都已经杳无音讯。

沿着公路走，前方终于看到一个很旧的加油站，我在加油站的便利店里买了食物和水。由于人口稀少，所以这家加油站的便利店便成了这片地区的社交场所。很多人来这里只是为了买杯咖啡或者饮料，然后站在门口与同来这里的人聊天。我作为这里唯一的亚洲人，人们见到我会挥手打招呼，极为友好。

也许是我陌生的背包客行装太引人注意，也许是这个地区的人防范意识普遍都很强。不知道什么人又一次通知了警察，我从加油站出来不久，在路边再次被呼啸而来的警车拦住，他们要检查我的身份证明。警察见到我后口气非常和蔼，了解了我的情况后更是友好地嘱咐我旅行的路上要小心。

终于走出了手机"无服务"地区，信号逐渐由弱变强。我迎来了前方扎堆儿的服务区，那里各种餐厅和商店让我备感亲切。虽然餐厅里的食物只能用难吃来形容，但至少能吃饱，而且还有网络和电源能用。我赶快搜索未来路段上的信息，在地图上做各种标记，以防未来路上再次失去信号。

今天在路上又遇到一只大龟，这只比之前遇到的那只还要大上几号，它趴在草地上伸出头，貌似很享受沐浴阳光的时刻。

从纽约走到迈阿密

傍晚到达露营教堂的时间还早，但考虑到这里天黑得很快，乡间路上大部分区域又没有路灯，安全起见，我决定早点停下来。当我走到教堂门口，正巧遇到从教堂开车出来的 Rebecca，她见到我很惊讶，以为我迷路了。当我解释清楚时，她双手合十举过头顶，不停地为我祈祷："上帝，请保护这个女孩，请求你！感谢上帝！"

　　Rebecca："这是我的电话号码，请给我打电话让我知道你是安全的好吗？"

　　我已经数不清自己这一路收了多少电话号码，朋友圈和 Facebook 里添加了多少想要看我每天写日记的新朋友，我只知道自己新浪微博的粉丝涨到了 1000 人以上。在我活跃的社交圈里，我的行为刚开始时引起了一场小小的波动，这波动产生的涟漪逐渐向外围扩散。这种扩散从小范围的剧烈反应，到逐渐平淡，再到渐渐消失。原本自傲地以为自己会像微博和新闻里报道过的各路旅游达人一样，一夜之间家喻户晓；报纸、电视会对我的故事产生浓烈兴趣，预约采访的人和单位络绎不绝。但实际上我错了！所有我们看到的这些，如果没有一个强大的运营团队来运作，没有一个实力雄厚的背景来支持，仅凭一举之力想要争得关注的眼球是根本不可能的。那些所谓"机缘巧合"、"误打误撞"一举成功的故事，在现在这个时代是不存在的。这是一个成熟的社会，有实力、有背景的人造就了一代代精英，各路精英又反过来造就了这个时代。国内机场书店里播放的各种洗脑教学视频，无非是从各路精英的成长经历中断章取义，编造的一个又一个故事。所以请看到这里的人都放下幻想的泡沫，诚实做人，脚踏实地地做事。

2013-6-22
——— 北卡罗来纳州斯普林霍普 ———

　　早上一睁眼，就听到雨点打在帐篷上的声音，又下雨了！躺在帐篷里可以透过外面的光看到雨滴从我帐篷顶滑落留下的痕迹。

　　雨声很快停了，我收拾东西继续上路。刚进快餐厅里坐下准备吃早餐，外面又下起了大雨，这是今天的第二场大雨了，雨量很大。吃一顿汉堡套餐的时间，天空再次放晴。

"天气预报显示今天的降水量为 30 毫米，这两场雨也许已经把今天雨水的份额提前完成了。"我心里这么想。太阳已经出来，被雨水打湿的地面在阳光的照射下很快变干。我大踏步地继续前进，穿过一个叫斯普林霍普的美丽小镇，再次走到北卡罗来纳州的乡村。

　　由于刚下过雨，天气特别凉快，伴随着四周美丽的景致，我走起路来也感觉很清爽，正沉浸在这样良好的感觉中，天又开始稀稀拉拉地掉起了雨点。这一个月遭遇了太多场不同感觉的雨，我应对起来已颇有经验。

　　现在下的雨细腻绵密，雨珠密密麻麻地从天而降，却细小到让人毫无感觉。这样的雨因为下得不够猛烈，短时间内又不会将人淋湿，所以通常并不需要雨具来遮挡。不过短时间还好，如果长时间暴露在这样的雨里还是难免被淋湿。我为了确保前面这个背包里随身携带的电子设备是干燥的，于是把雨衣拿出来围住前面的背包，尽量避免背包里电脑、电话及各种电源线被淋湿。

　　路边是一排排挺拔的松树，偶尔路过一小片竹林，沉浸在蒙蒙细雨中的我欣赏着这样的美景，感觉颇有几分与大自然互动的小情调。

　　路过一个农场，两头牛站在雨中，津津有味地品尝着鲜嫩的牧草。

　　"看！我跟它们此刻的心态其实是一样的！下个雨而已，身上湿了又怎么样？反正还是会干的。"我心里这么想。

　　当我经过它们身边时，两头牛一起抬头，表情呆滞地望着我，嘴里继续咀嚼没有吃完的牧草。我兴奋地从雨衣里伸出自己的两只胳膊，高举起冲它们挥手，回应它们对我的注视礼。

　　我兴奋的情绪持续了半分钟之久，猛然想起自己身上的这块大红色雨衣！我张开双臂挥舞，恰恰犹如手持一块宽大的红布！我友好的示意也许在它们看来变成了挑衅。它们盯着我的眼神和口中不停咀嚼牧草的神情，也许是为瞬间愤怒爆发而狂奔的前奏，就像是西班牙斗牛场里吐着粗气的公牛，从围栏里被放出来的前一刻。等我反应过来，赶快把胳膊收起来挡在胸前，尽量捂住胸前的红色，然后灰溜溜地转身向前移动，以便尽快消失在它们的视线中。

　　雨逐渐大起来，我用最麻利的动作摘下包裹在胸前的大红色雨衣，把自己和前后两个背包套住。这一个多月来经历每一场风雨时的心情和状态，雨中遇到的人和发生的事都是那么有趣。其实今天这样的天气不算太好，但也不算太坏。这场雨无论下得如何温柔和细腻，持续走了两个多小时后除了被雨衣遮挡住的部分，剩下的地方还是全部淋湿了。在这一望无际的乡下，赶快找到一个避雨的地方才是正经事。

被雨衣遮盖起来的我，看起来依然是一个庞大的整体。我不敢轻易闯入任何人家的院子或者雨棚避雨。经常被报警而招惹到警察怎么说也不算是一件好事。更何况这样的天气，如果再遭到无情的拒绝该会多么影响自己的好心情啊。我必须清楚地认识到自己并没有那么幸运，不是每一次都会遇到像 Stuart 那么善良的人。

原定计划到达的地点，看样子今天是走不到了。还好手机在这片区域信号够强，我尽快搜索附近的教堂。顺着 GPS 指示的方向走，前方的这间教堂外正巧有个很大的避雨棚，教堂的大门紧锁，我围着绕了一圈也没有看到任何车辆。在美国，如果没有车停在外面，证明这里一定没有人在。我跑到雨棚下避雨，这里摆着几套木制桌椅，看起来像是户外野餐时用的。我卸下行李放在椅子上，木质桌子由五条窄木板并排钉在一起，桌子正中央的木板上有一行用刀刻出的文字："我的上帝会提供所有我需要的。"

看到这行文字我尤为感叹，这不正是我此刻需要的吗？一个可以避雨的地方！不论今天的雨能不能停，我能不能继续向前走，至少有这个遮雨棚，今天就算是被滞留在这里一晚也不算坏！

2013-6-23
── 北卡罗来纳州泽比伦 ──

滞留在雨棚下的一夜是安逸的。清晨醒来，看到田间雾气弥漫，天气预报说今天还会有持续的大雨。我坐在雨棚的凳子上纠结，是继续出发，还是原地不动？在这片人烟稀少的乡村，下面的路是否还有适合避雨的地方很难说。

我对着远处雾气弥漫的森林发呆，就这样大脑放空地待了两个小时。天上依然乌云密布，大雨始终没有落下。又一次看了看木桌上面的文字"我的上帝会提供所有我需要的"，我决定不再等，于是继续出发。

一路上时阴时晴，天气变化无常，完全没个准谱，还好我选择了继续出发。沿着路的逆行方向前进，再次遇到一只小箱龟。我捧在手心，它个头很小，还没有我手心一半大，是个箱龟宝宝。昨天一整天都没有遇到人，除了用手机敲文字跟国内的朋友们沟通外，整整一天，我都没有机会开口说过一句话。《荒岛余生》里面的汤姆汉克斯为了不让自己丧失语言功能，每天跟球对话。我真的很想带着这个箱龟宝宝上路，至少在这寂寞的乡下有个可以说话的伴儿。刚把它捧到手里的时候，小箱龟全身都缩在自己的壳里，可能是我掌心的温度温暖了它，它开始把头从壳里探出来。我每向前走一步，它都用居高临下的视野看着四周的变化。

捧着它走了几十米远，小箱龟在我手心里开始反抗，不停地用它小而有力的爪子在我手上抓挠。看来它不太乐意跟着我一起远行，我还是不要强迫人家背井离乡地跟着我漂泊了。我蹲下身子，把它轻放在路边松软的草坪上。着陆到熟悉的环境中，小箱龟再次伸出头看看四周，我不确定它是否会看我，就让我从它的世界里一步步走远吧。

接下来的公路中间有两具个头很大的乌龟尸体，龟壳已经被碾压得支离破碎。我开始后悔没能带上刚才的小乌龟一起上路，跟我受罪总比一不小心横死街头要强吧。不过我知道，这个时候它应该早已消失在刚才那片丛林中了。

我必须要给自己的手机充电，中午赶到了位于泽比伦的中餐厅吃饭。中餐厅面积不大，人气却很旺，除了我一个亚洲人外，餐厅客人全部都是美国人。老板和工作人员见到我这个新来的中国客人都很兴奋，他们热情地招待我坐下。通常我会选择墙边有插座的位置，但今天有插座的位置已经坐了其他的客人。我跟老板提出给手机充电的请求，他们把我的手机放到收银台里面帮我充电。Jennifer 是这家店的服务员，一位非常开朗热情的福州女性，忙碌的中午用餐时间，她除了招呼客人，还不时跑到我身边跟我聊上两句。Jennifer 说话直接、语速很快，忙活起来有南方姑娘的干练。

Jennifer："我看你背着大包，你是学生吗？"

我："我不是学生很久了，我是来旅行的。"

Jennifer："那你都去了玩了哪些地方了？"

我："我徒步旅行，从纽约走过来的。"

Jennifer："什么？走路来的？"

我："是的。"

Jennifer："你太厉害了吧！"

这时又进来了一拨客人，Jennifer 从我座位对面起身去门口招呼新客人。因为没有手机，我用餐的时候特别专注于食物。我的盘子里装满了各种各样的菜，这是中餐自助与外卖之间的唯一区别，自助的菜品种类更多。我静静地吃着盘子里的食物，听餐厅里的音响小声放着各种流行的中文歌曲。

Jennifer："你一个人走路怕不怕？"Jennifer 招呼完客人再次回到我身边跟我攀谈。

我："一路走来挺顺利的，也很幸运。"此刻的我心情非常平静。

Jennifer："你要是不着急赶路的话，今晚住在我家吧。我老公带着孩子去我婆婆家了，你来我家休息一晚。"

我："好的啊。"

Jennifer："那等一会儿不忙了，我先带你回家洗个澡，把你的东西放下。然后咱们再回来，我还得回来上班。"

我："没问题！谢谢你。"

Jennifer："都是中国人！客气啥！"

我并没有表现出中国人惯用的寒暄与客套，那对我来说非常虚伪。不是说我做不到那一点，而是我选择不去做。洗澡、洗衣服正是我需要的，我欣然大方地接受Jennifer 的邀请，并不能说我是一个不懂礼节的人。Jennifer 是个简单直接的人，这一点我很喜欢。

餐厅老板娘 Koala 打电话叫来她正在读高中的儿子开车送我们回 Jennifer 家。这是一片刚建好的新小区，家家户户都是独栋的二层小楼。一层旁边是车库，这里每家都装有 ADT 报警装置。打开门后，需要赶快到装在家里墙上的报警装置内输入密码，否则几分钟之后就会报警。这个装置是防止主人不在家时，有外贼破门而入。我跟着 Jennifer 进到她家，一层是客厅和厨房。这里一切都是崭新的，客厅摆放着几样简单的家具和电器，厨房也没有太多的厨具。这里是 Jennifer 和她老公新购置的家，他们的宝宝刚刚几个月大，生活开启了新篇章。她带着我上了二层，给了我一个房间，这个房间里只有床和一个小柜子，一切也都是新的。

我洗过澡换上干净的衣服，跟着 Jennifer 出去，餐厅老板娘的儿子开车送我们返回。晚餐时段，餐厅客人多了起来，Jennifer 继续忙碌。餐厅运营有自己严格的管理系统，当我提出可以帮忙做点什么的时候，Koala 表示不需要我这么做。等待他们下班的这段时间，我在附近沃尔玛和其他的商店闲逛。雨后的晚霞特别醉人，此刻天空上展现多彩的颜色，衬托得连最普通的沃尔玛看起来都特别华丽。我又一次想起昨天看到的那句话："我的上帝会提供所有我需要的。"

Koala 在餐厅营业结束后，给我介绍了有关北卡罗来纳州的特点，讲述了很多居住在这里的人的思想、教育方式，还有不同地域之间人们不同的想法。包括黑人与白人的思想的差别，让我终于知道为什么我会被那几所黑人教堂拒之门外。她还告诉我大多数中餐厅聘请的后厨几乎都是墨西哥族裔，因为墨西哥人勤奋、肯吃苦。从在餐厅看到 Koala 对待员工的态度，就能感觉到她是一个优秀的管理者。

2013-6-24
── 北卡罗来纳州塞尔马 ──

Jennifer 早上做了一杯西瓜牛奶汁给我，我还是第一次尝试这样的搭配，感觉口感和味道都特别好。

Jennifer："一会儿餐厅的班车过来接咱们，要不是我赶着上班，今晚要去我婆婆家，你还可以多在我家休息两天。"

我："我昨晚休息得已经很好了。"

Jennifer："总之，你一路旅行下去要多注意安全，知道吗？！"

我："我会的，放心吧。"

Jennifer："有机会就回来看我们。"

我："好！"

Jennifer 用微波炉加热了昨晚我们打包回来的饭菜当早餐，这是在餐厅工作的好处之一。老板娘 Koala 亲自开着车来小区接我们。

Jennifer："今天你开这辆车啊，谁开车去接其他人呢？"

Koala："我已经安排好了。"

老板娘每天都会开车接送店里的员工上下班，员工宿舍距离 Jennifer 家并不远。昨晚我们跟着班车回家，车子先送其他员工回宿舍。今天她另派了一辆车去接住宿舍的员工，所以这辆车上就我们三个人，Koala 交给我一个印有"福"字的红包。

"谢谢你，但我不需要这个！"我推辞道。我知道这里面装着现金，塞红包是中国人的一种礼节。谢绝红包并不是我想假装客套，而是我真的不需要钱，我绝对不能接受这个馈赠。

Jennifer："哎呀！你也准备了吗？我还说我都准备好了，一会儿给她呢。"Jennifer 坐在副驾驶的位置转头对 Koala 说。

Koala："那你正好可以省下了是不是？我给就好啦。"

Jennifer："老板娘给的！那一定是个大红包喽！"Jennifer 笑着转头看我。

我："我不能要这个，你们的好意我心领了。我身上有钱。"

Koala："这个你一定要收下，这是我们福州人的传统护身符。出门在外，这个带在身上有保佑旅途平安的意义。"

我："红包的包装我留下，里面的钱你们拿走。我真的不需要。"

Jennifer："哎呀！你就拿着嘛！里面要有钱压着才灵验的嘛！"

Koala："是的，这个护身符空着就不灵了！一定要是由外人塞钱在里面才显灵的！"

Jennifer："不要客气啦！保平安的！"

"看来我只能等旅行结束后，再找机会把钱还给她们了。"手里拿着这个福州传统护身符，我心里下定决心，然后在半路上下了车继续旅行。

也许我真应该改变自己的这个蒙面造型，来到北卡罗来纳州短短几日，今天走在没有什么人的街上，却再一次迎来了警察的盘查。看来又有人报警了，可是这一路上我好像并没有看到什么人。警车迎面向我开来，停在我前方，拦住了我的去路。我数了数，这已经是第五次跟警察交涉了，其中三次都是在北卡罗来纳州这个地方。我站在警车前，把双手露出来展示自己手里没有任何武器，然后摘下糊在脸上的面罩和墨镜，取下头上的帽子，露出被太阳晒得颜色不均匀的脸，让他们看到我的表情和合作的态度。

警察："请拿出你的身份证。"

我拿出自己的护照交给他们，其中一名警察拿着我的护照回到车上，用车里的电脑系统核实我的身份。另一名警察站在我旁边，我把自己的手机打开，给他展示里面的照片。

我："我在徒步旅行，从纽约到这里。这是我的旅行照片。"

警察拿过我的手机，翻看里面的照片。

警察："你计划走到哪里？"

我："从纽约到迈阿密。"

警察："这是一条很长的路！"

我："是的！我知道。"

拿着我护照的警察从警车里出来，将护照还给我。很明显，他们的系统里有我的各种记录，证明我说的是实话。两位警察在执行公务的时候，从始至终态度都是友善的。

警察："注意旅行安全！"

我："谢谢你！"

另一个警察："保重！"

我："好的！谢谢你！"

接下来的路上，我经过了一个又一个牧场，每个牧场里都有少量的马匹。这里的马一定很少见到路边有人步行，我经过的时候，所有的马都抬头看着我。一匹全身浅棕色的马在围栏里从牧场的一头跟着我走到另一头。马真的是优雅又帅气的动物，它昂起头走路的时候，四条腿交替前行，油亮的毛发在阳光的照射下闪闪发光，肌肉的线条优美。当它跟着我走时，每跨出一步，那缕浅棕色的秀发就会轻轻摆动，像极了野性迷人的浪子。直到我们一起走到牧场的尽头，围栏将我们分开，我变成了浪子继续向前行，它则留在原地注视着我远去。

一间白色的教堂门口有几级台阶，我终于可以坐下来歇歇脚。正在休息的时候，马路对面的邻居捧着几瓶水和一些饼干向我走来。

我："我有水，谢谢你。"

邻居："天气太热了，你需要喝加冰凉水。"

我："你说得有道理，谢谢啊。"

邻居："你在旅行吗？"

我："是的，我在徒步旅行。"

邻居："你需要用洗手间吗？"

我："是的，我需要。"

邻居："来我家吧。"

我："谢谢你。"

我跟着这位邻居过了马路，进了她家。当我从卫生间出来的时候，碰巧遇到她两位特别好的朋友造访。Tammie 是这三位女性中唯一一位女性打扮的中年人。借我卫生间使用的这位邻居和另外一位朋友都是更加中性的装扮，举手投足也更加男性化。

邻居："嗨，Tammie，她在徒步旅行。"

邻居将我介绍给她的两位朋友。

我："我叫莎莎。"

邻居："莎莎徒步从纽约去迈阿密。"

Tammie 用惊讶的眼神看着我："哦，我的天啊！"

邻居："你今晚在哪里住？"

我："我打算去教堂露营。教堂让我感觉到安全。"

Tammie："这是个非常好的主意！上帝保佑你！"

紧接着，她们仨开始讨论附近哪间教堂比较适合让我露营。

Tammie："我知道在哪里！甜心，让我们来帮助你。"

Tammie 和她的朋友帮我联系了一间教堂。这间教堂很大，其中包含一间育儿所，很多刚学会走路的小朋友被家长送到这里跟其他小朋友一起玩耍。教堂里的一位女性白人义工正在围栏内照顾两三名幼儿，Tammie 跟她介绍了情况后，这位义工让我在外面耐心等待，她去与教堂的负责人请示。很快，我的请求得到了批准，这位义工名叫 Tonya Brown，她带着我到教堂后面的草坪休息区，帮我分析帐篷搭在哪里比较好。她跟我介绍这间教堂左边是一片墓地，上面摆满了鲜花；右边是这个地区的警察局，那里 24 小时都有人在。Tonya Brown 告诉我，这里是非常安全的地区，我可以放心休息。

Tonya Brown："你明天几点走？"

我："明天早上 7 点钟，可以吗？"

Tonya Brown："没问题！我只是需要确认一下。"

我："非常感谢。"

Tonya Brown："进来吧，我带你参观一下教堂。"

我跟着她走进这间教堂，教堂内部的装修很现代。老式教堂的硬木连排座椅，在这里全部换成了独立海绵座椅。几位义工正在打理这间教堂。我的到访，教堂的其他工作人员已经听说了。她们见到我，一直热情地用"姐妹"来称呼我。为了我接下来的旅途平安，三位教堂的义工 Cynthia、Tonya 和 Faith 跟我手牵手拉成一排，跪在十字架前为我的旅行祈祷。因为自己的英文能力有限，只能听着她们为我祷告。简短的仪式结束后，领头的义工 Cynthia 让我在礼堂稍作休息。我与 Tonya 和 Faith 互相留了 Facebook 账号，她们告诉我，她们的朋友两个美国女孩也是背包客，她们曾尝试身上不带一分钱在美国徒步旅行，旅行的过程很顺利也很成功。这个时候，Cynthia 满脸笑容地回到礼堂，她手上捧着一本精美的《圣经》交给我。

Cynthia："亲爱的姐妹，请带上《圣经》。"

这是一本巧克力色塑胶封皮的《圣经》，书页侧边合起来是浅金色，书的顶端有一根细长的深棕色丝带与书脊相连。丝带可以移动，是这本《圣经》的书签。整本圣经制作得非常精美。虽然看起来很厚，拿在手里却并不沉。

我："这本《圣经》太美了。谢谢！"

Cynthia 用左手将这本《圣经》交给我，然后将藏在身后握拳的右手伸出，用她的左手握住我的左手，把右手的拳头轻轻放在我左手的掌心并展开。她右手手心里的东西于是交到我手里，她用她的双手将我的左手手掌合上后露出了宽慰的笑容。这时我才感觉到，她塞到我掌心里的是叠好的现金，我迅速把钱又塞回她手里。

我："非常感谢，我可以带走《圣经》，但我不需要钱。"

Cynthia："你可以拿上这些钱，这是礼物，姐妹。"

我："这礼物给需要它的人。我不需要。"

Cynthia："你确定吗？"

我："是的，相信我，我可以照顾好自己。"

Cynthia："姐妹，上帝保佑你。"

说完，Cynthia、Tonya 和 Faith 每个人都给了我一个热情的拥抱。我拿着这本《圣经》走出礼堂，回到教堂后面的草坪。

天色尚早，我已把帐篷搭起来了。坐在草坪的椅子上，我欣赏太阳西下的金光染亮了天空，看前方草坪上所有的鲜花都染上了浓重的色彩。

"莎莎。"Tammie 和她的两位好友从后面叫我的名字。她们手里提着几个塑料袋向我走过来。

Tammie："莎莎，我们买了些东西给你，你会需要的。"

我："谢谢你们，但我不能让你们花钱。"

Tammie："不用客气，甜心。带上这个礼物，你会需要的，相信我！"

Tammie 的朋友："女孩，拿上这个吧。这样会让我们感觉好些。"

Tammie："是的，上帝啊，请保佑莎莎！"Tammie 双手合十举过头顶，不停地祈祷。

我："谢谢你们！非常感谢！"

Tammie："不用客气！甜心，如果你需要什么，任何时间都可以给我打电话，让我知道你是安全的，好吗？"

我："好的，我会的。"

Tammie："我会每天为你祈祷的。"

我："谢谢。"此时的我除了不停地说谢谢，真的不知道该如何感谢她们为我付出的那颗真诚的心。

Tammie 临别前给我一个拥抱，她的友人对我眨了一下眼，轻轻挥了一下手，帅气地跟我告别。她们带来的一个口袋里装着麦当劳的汉堡和薯条，另一个口袋里放着旅行用的各种小瓶洗发香波、润肤霜、牙膏、肥皂、棉花棒、创可贴和一块小毛巾。

2013-6-28、29
—— 北卡罗来纳州本森 ——

28 日，我从塞尔马南下出发，经过了史密斯菲尔德小镇。这里最著名的是奥特莱斯购物城，经过那里的时候，我并没有任何想要进去购物的欲望。我的旅行还没有结束，不能承载更多的负重，任何物质上的需求对我来说都是多余的。

越往南走，天气越热。因为怕再次招惹到警察，我不敢再用面罩将自己的脸遮起来，之前这种装扮确实吓到了一些居民。一路上经过的每一个小镇相隔距离都不远，虽然小镇不大，但是每个地方的配套设施和物资都非常丰富。大型的沃尔玛到处都是，小型超市也随处可见，说是小超市，其实也跟北京的物美和京客隆超市大小差不多。在超市里，我见到一位年迈的老爷爷，他选了两瓶最便宜的酒去结账。在收款台结账的时候，他就排在我前面。他从兜里掏出一堆零钱，凑了半天也没能凑够酒钱，于是只能眼睁睁地看着工作人员把酒从眼前拿走，再放回到超市的柜台上。

公路上，遇到一辆又一辆的大型货车经过。由于路很窄，每当大车从我身边呼啸而过，空气中产生的气流都让我有些站不稳，我必须要小心。原本查找到准备露营的乡村，到达那里时发现附近有几条被车轮轧死的蛇的尸体。路边的很多树皮在一人多高的位置有被动物抓破而脱落的很新的痕迹。美国大部分地区的生态环境保护得非常好，所以野生动物相当多。郊区和乡村除了最常见的各种野生乌龟、松鼠、火鸡、鹿以外，听说还有蛇和黑熊，只是至今为止我还没有见过活着的。夜晚，一切都变得寂静，我可以清楚地听到身边草丛里有动物在窜动，以前，我还会单纯地想是松鼠或小鹿这类可爱的小动物，可现在不会了。我边走边不停晃动小手电的光，不论是路上的车还是躲在暗处的动物们，我都希望它们可以避开我。晚上十点多，我才终于找到一个算是安全的地方露营。

南方的天气变化无常，29 日，明明天气预报上说好的没有雨，结果大雨说来就来。原计划穿过小镇，驻扎在郊区的一间大教堂，作为一个背包的外国人，我尽量避免惊动小镇里的居民们。但计划永远赶不上变化，虽然自己头顶上还是彩霞满天，但飘在前方的乌云已经开始电闪雷鸣，即将到来的这场雨肯定小不了。公路上一辆很旧的轿车停在我身边，车里坐着一位浑身肌肉的阳光男孩。他的车后座上安装着婴儿安全座椅，躺在里面的宝宝睁着眼睛望向车窗外。

阳光男孩："你去哪里？暴风雨很快就要来了！"

我："我去教堂露营。"

阳光男孩："上车，上车。"

公路上车速都很快，这里没有宽阔的辅路，他只能将车尽量靠近马路的边缘，但依然会影响公路上正常行驶的车辆。我很了解自己，平时就有看帅哥的爱好，对于这样高颜值又阳光的男孩，我是绝对不会拒绝他提供的帮助的。我摘下背包，放在后座婴儿座椅边，然后迅速坐到副驾驶的位置。

阳光男孩："你有地址吗？"

我："没有，任何教堂都好。"

阳光男孩："你在徒步旅行什么的吗？"

我："是的！这是你的宝宝吗？"

阳光男孩："是的，我女儿。"

我："哇，你多大？你看起来很年轻！"

阳光男孩："我 23 岁。"

我："23 岁成为爸爸，你太年轻了！"

阳光男孩："是的，我女朋友怀孕，就有了宝宝。现在她离开了。"

我："什么？走了？"

阳光男孩："是的，她离开了我们，不回来了。"

我："所以你自己照顾孩子？"

阳光男孩："我父母帮我一起照顾。"

我："照顾婴儿是艰难的工作。婴儿总是哭。"

阳光男孩："不，并不难。我喜欢照顾她。她是个好女孩。"

我："你是一个好父亲！"

阳光男孩："我尽量做一个好父亲吧。"

车开了不远，发动机发出异响。

阳光男孩："噢，不好了！"

我："发生什么了？"

阳光男孩："车坏了。"

阳光男孩转动方向盘，利用车向前的惯性慢慢转弯停在了街区的路边。我们下车查看，车发动机盖子还没打开就冒起了白烟。阳光男孩小心地撑起了机器盖查看。

阳光男孩："车需要水。"

我："我有水！"

我跑到车里去拿自己的水瓶，水瓶里的水已经被我喝了一部分，剩下的全部倒进了车子的水箱里，很明显这还不够，车子需要更多的水。天已经黑了，小镇的商店已经关门，停车的附近有几栋房子。

阳光男孩："对不起，我只能带你到这里了。祝你好运！"

我："你和你的孩子怎么办呢？"

阳光男孩："别担心，这里有邻居，我会找他们帮忙的。"

我："你确定吗？"

阳光男孩："我确定，祝你好运！"

我："也祝你好运！"

阳光男孩从后座抱起女儿。小婴儿看起来也就几个月大，胳膊和腿都是圆滚滚肉乎乎的，一双大眼睛搭配着小光头，嘴角上扬，一直乐呵呵的。该是一个多么不成熟的姑娘，才会抛下这么可爱的宝宝和这么帅气的男朋友啊。我与他们道别后，根据手机上的显示找到了小镇里的一间教堂。

天上已经开始掉雨点了，暴风雨马上到来。我需要选择一处比较高的草坪，这样帐篷才不会被水淹。教堂后墙一处比较高的小土坡上长满了草，在那里的教堂后墙和旁边的围墙连接成一个90°角，正好可以遮风，这是最理想的露营地点，雨水再大也不会淹到这里。

天上掉下来的雨点越来越大，我赶快搭好帐篷钻了进去。雨下起来了，帐篷里可以清楚地听到雨点砸落下来的声音；帐篷外电闪雷鸣，每一次劈下来的闪电都能将我的帐篷瞬间照亮。我选的地点很安全，根本不用担心帐篷会出现意外，我担心的是警察的到访。美国的警察出勤速度很快，如果1小时后警察没有来，我就可以放心地入睡了。

一声巨响，雷声将我惊醒。我以前从来没被雷声吵醒过，这还是第一次。雨点疯狂地敲打着帐篷，声音很大。虽然我躲在避风处，仍能感觉到强劲的风力吹得帐篷摇晃得厉害。紧接着又是一阵阵的电闪雷鸣，我看了看表，凌晨1点钟。风雨交加、电闪雷鸣的深夜，我是绝对不会钻出帐篷去一探究竟的。

2013-6-30

—— 北卡罗来纳州邓恩、费耶特维尔、霍普米尔斯 ——

这一晚睡得很不踏实，凌晨被雷声惊醒。早上7点，雨终于停了，从收拾行李上路开始找卫生间到找到，一共走了 3 个小时。今天是周日，经过的一个个超市和商店不是周日不营业，就是标牌上写着上午 11 点开门。这是我憋得最久的一次，好心情几乎一扫而光。我强忍着不快沿路走，天空一直都是阴沉沉的，这更加重了我的抑郁情绪。这不是一个好信号，我可不想这样一直负面情绪下去。

终于看到一间教堂，周日上午的弥撒仪式刚刚结束，教堂的门开着。一进门，左边就是可使用的卫生间，这简直就是我此刻的救命稻草，终于得到了救赎。这间教堂不大，礼堂里的人很多。大家结束了仪式后，很多人都在门口停下聊天。

来教堂参加弥撒仪式的人大都着正装，我的打扮在众人中本就十分特殊，更别提我还扛着夸张的背包。我又一次成功地引起了所有人的注意，但他们并没有为此感到惊讶，每个人与我擦肩而过时，都点头示意并报以友善的微笑。从教堂出来后，我一身轻松，天空放晴了，我的好心情又逐渐回来了。

长时间的日晒和长途跋涉的旅行，让我的身体十分疲劳，也扰乱了我的生理周期。我开始上火，虽然一再注意为身体补充水分，可嘴里还是长了口疮和水疱。背包的负重，让我的脖子到肩膀处可以摸到一个肿起来的筋包，摸起来又硬又疼。我浑身各处布满了被蚊虫叮咬的痕迹，可能是昨晚没有得到很好的睡眠，又或者中午的日照太猛烈导致了中暑，我走在路上开始感觉头晕、心跳加速，双脚也发软没有力气，我甚至可以看到自己手腕上的皮肤因脉搏而急速跳动。我知道自己不能硬撑，我需要休息。前方有栋房子门口戳着出售的牌子，我强撑着走到房子门口，坐在台阶上。我闭上眼睛，心里默默地念着："调整呼吸、平心静气，一切都会好的。"一段时间的休息后，我加速的心率逐渐缓和下来，脉搏也恢复了正常。

终于走到费耶特维尔城市的边缘，手机却没有任何的信号，既无法搜索信息，又不能发送资料。顺着地图的路线继续南下，没有了准备和提前的标注，只能靠自己的运气和判断来寻找晚上休息的地方。以前太依赖天气预报，总是抱怨预报不准确，现在手机失去了信号，想看都没有看。我抬头看云层，感受着风向和风力，从云层的厚度和颜色来看，不太可能下暴雨，但是雨量会不小，而且要持续很久，这还是跟那位俄罗斯 007 学到的本领。我表现得颇有经验，好像自己是观测天象的老手，其实这不过是我胡乱的推测。

寂寞的旅行路上，我学会了自己逗自己玩儿。旅行的大多时间其实并不寂寞，只有当路上景色长时间没有变化，又见不到任何人，没有发生任何有趣的事情时，走起来才会觉得特别无聊。无聊到极点心里就会厌烦，一旦发现烦躁的情绪并不能为自己改变周遭的环境，我学会了注意各种细节的变化，在细节中寻找乐趣。"真正的旅行不在于发现新的风景，而在于用新的视角观察事物。"

2013-7-1、2、3

—— 北卡罗来纳州圣保罗斯、
兰伯顿、南卡罗来纳州默特尔比奇 ——

从昨晚到上午的时间，我都被困在教堂的房檐下避雨，终于在接近中午时，天开始放晴了。由于草地上的雨水未干，走在上面的时候我的鞋袜再次被雨水湿透。潮湿的鞋袜穿在脚上，感觉并不好受，我不喜欢这样。脚底肿胀着，虽然路边的草地相对柔软，但走起路来依然有些疼。连续两天没有网络，手机根本无法查询我需要的信息。

今天终于走到城里的一家麦当劳，美国几乎所有的麦当劳都提供免费的 WiFi，可真不巧，这家的 WiFi 服务终止了。我坐在餐厅里利用为手机充电的时间再次求助我的发小李征。出门靠朋友这句话说得特别对，一个电话过去，远在得克萨斯州的她二话不说就命令自己老公赶快去营业厅帮我解决网络问题。我被告知，网络需要等待一小段时间才能恢复。等待期间，我观察着餐厅里的工作人员和顾客，这已经成为我的一种习惯。今天是我最近一段时间见到人数最多的一次，很明显这里的员工与国内相比要散漫很多，工作效率不高。点餐台排队的顾客不超 5 人，但从他们点餐到取餐的整个过程至少需要 5 分钟。每个人点餐后都得到一个取餐号码。我在北京的任何一家麦当劳都没有遇见过麦当劳取餐需要等着叫号。这种工作效率在岗位竞争激烈的中国，员工早就被开除多次了。30 分钟后，我接到来自客户服务中心的电话通知，我的手机续费成功，只要将自己的手机重启，网络服务立刻恢复。

又下雨了，白天，李征的老公为我升级了手机套餐，变成了电话无限畅聊。傍晚，我接到了李征打来的电话。我躲到一间郊区的小教堂外面接电话，教堂外墙的屋檐下有个电源插座，可以边充电边接听。我已经不记得这个打了一个多小时的电话，具体聊到了什么内容。

雨一直下到天黑，我又被滞留下来。在教堂的屋檐下，我支好帐篷，插着墙边的电源，听朋友们不停地聊自己的新生活。风太大，因为帐篷紧贴着教堂的外墙，水泥地上不能使用地钉固定，我只能用自己背包剩余的重量压住帐篷一角，才能顺利进行固定和支撑。据说未来两天会有洪水警报，我已经很多天没有洗澡了，这是打算让我天浴么？

7月2日，醒来后依然是大雨，风吹起，浑身被淋湿的我不禁打起了寒战。降温了，今天不再像之前那样暴晒。我抱着能多远走多远的心态，打算赶快离开圣保罗斯这个萧条的小镇。这里街边的小商店橱窗上积满了灰尘，整条街上没有几家营业的商铺。透过橱窗，可以看到很多店铺内空无一物。

这里唯一一家中餐厅除了门口用英文写着"中国餐厅"，再看不到任何华人和中文。餐厅菜单和各种标牌上的提示语全部都不是英文，就连前台收银的老板，从后厨溜达出来的掌勺大厨全部都是墨西哥人，整个餐厅的环境就是一个脏、乱、差，更不用说做出来的食物了。从餐厅出来，这个不大的小镇一路上看到的都是墨西哥人。

连续几天没有洗澡，不用照镜子，我也能闻出自己身上狼狈的味道。也许此刻的我跟这个萧条的小镇格调很搭配。

从小镇出来不久就到了一个乡村。我的经过引起了乡村仅有几户人家的群狗齐吠，很多狗都被圈在院子的栅栏里，只有少数几条可以四处游走。我养过狗，所以还算了解它们的性格。凡事仗着跟兄弟在一起，人多势众就撒了欢儿狂叫的，都是窝里横的，属于叫得最欢、一放出来肯定边嚷嚷边往后撤的那一类。我至少离开那几户人家几百米，走出了它们的地盘，这些狗才逐渐停止了叫声，乡村再次恢复宁静。

我继续走，感觉身后有什么东西跟着，我能听到一步步极轻的脚步声。转过头，发现一条巴吉度（长耳短腿小猎犬）在我身后腼腆地跟着，它有标志性的棕红色大耳朵，身上是白色的毛发，鼻梁上方还有几粒黑色的小雀斑，脖子上戴着一个项链坠子一样的标牌。附近没有人家，它如果是刚才那几户人家养的，可是跟着我走了很长的一段距离。

一条空旷笔直、一眼望不到尽头的灰色公路，路的两边只有绿色的植物，天上的乌云错落有致，明暗的层次感与深灰色的公路上下呼应着。在这纵深感极强的画面中，这只憨厚可爱、又略带忧郁神情的长耳朵小短腿儿就站在公路靠边的位置。它跟着我走了这么远，是在为我担心么？想到这里，我整颗心都觉得温暖。我拿出手机赶快拍下眼前这一幕，想要永远留在自己的记忆中。它也非常配合地在我按下快门的瞬间保持一个姿势没有动。我知道它不属于我，于是继续上路。它跟着我又走了一段，才转身一路小跑着往回家的方向去了。

7月3日，Stuart一早就驾车到我驻扎的教堂来接我。从我们第一次见面到现在，他每天都会给我发短信和邮件询问我的情况。

6月25日凌晨4点多，他曾开车到塞尔马教堂去找我，然后把我拉到威尔明顿的莱茨维尔海滩，就在那里通往大海的栈桥下，他拉起我的手向我表白。在他表白之前，我一直以为他每天的问候只是像我遇到的其他美国人一样，仅仅是表达善意和关心。我享受着生活不断带给我的惊喜，体验着每次幸福围绕的时刻，结果，海边的浪漫只是他计划的一部分，他之后又带我去了游乐园。坐翻滚过山车的时候，他甚至比我玩得还过瘾。我享受着与他相处的那些时光。在我的要求下，他两天后把我送回到接我的地方，我虽然随性，但也是一个倔强的人，我想要继续完成属于自己的旅行。

我们那天分开后，他依旧每天给我发信息和邮件，关心我的旅行踪迹。他很直白地告诉我他想认真地同我建立恋爱关系，他每次休假也都会开车找到旅行中的我。

今天是他第二次来我露营的教堂见我。数天出汗、淋雨、不洗澡，我一身的味道和狼狈的样子并没有改变他坚定的心。1个多小时后，他带我来到南卡罗来纳州的默特尔比奇，并安排了未来几天的节目，我们一起坐在沙滩上享受海边灿烂的阳光。

也就是精神上一瞬间的放松，我的手机被偷了。我丢失了还没来得及备份到电脑里的旅行日记和与朋友们的联系方式。我用电脑快速联络每天追踪我信息的朋友们，将自己目前的状况紧急通知他们。

我的朋友巴彦从美国的网站帮我订了一部手机，十天后，手机终于送到我手中，而我也终止了自己的徒步旅行，不久后回国了。

一场说走就走的旅行，一次奋不顾身的爱情。我抓住了青春的尾巴，没有留下任何遗憾。

十八个月后，也就是2015年1月12日，整个故事最开头的那一幕出现了。

意外总是在猝不及防中发生——被美国遣返

2012 年，我办理的美国 B1/B2 类旅行签证有效期为一年，2013 年续签同类型旅行签证只需使用中信银行的代传递业务，不需要再进行面试就可以更新签证。

Stuart 总是担心我这样的女孩回国后就会忘了他，于是每天都与我保持着联系。感谢科技的发展，让我们虽然相隔遥远，但却能用廉价、优质的方式拉近彼此的距离。

一年中节日最多的季节即将到来。北卡罗来纳州一年一度的 State Fair 集市在每年的 10 月中旬举行，集市的活动有点像我们春节期间的庙会，美国人会从 9 月底开始准备各种各样的庆祝活动，然后是 10 月的万圣节、11 月的感恩节、12 月的圣诞节，直到新年。热恋的时刻总是非常甜蜜，Stuart 和我计划一起共度 2013 年的圣诞节和 2014 年的新年，他为我买了 12 月份飞往美国的机票。分开的这几个月总是有些煎熬，我们即将到来的团聚令人期盼！

因为从北京飞往美国的罗利没有直达航班，所以我需要到芝加哥转机。有了之前的旅行经验，加上口语也大有进步，在芝加哥入境时并没有因为语言问题而拖延时间。

我将自己的护照交给窗口内的工作人员，根据他的要求举起右手扫描指纹，然后是左手，最后是两只手的大拇指。海关照例询问我此次旅行的目的，这个问题所有的入境人员都会被问到。

芝加哥黑人女海关："你的旅行目的？"

我："来看我男朋友。"

芝加哥黑人女海关："你怎么认识你男朋友的？"

我："当时我正在美国徒步旅行，暴风雨来了。我男朋友正好开车经过，于是他带我去他家避雨。"

芝加哥黑人女海关："哇，好浪漫。"

我："是的，他是一个非常好的人。"

芝加哥黑人女海关："你会在这里待多久？"

我："几个月，我们计划多一些时间在一起，一起过圣诞节和新年。"

芝加哥黑人女海关："哇，好甜蜜！"

说完，她抬起手握的公章，"当"一声盖在了我的护照上，她将转机的登机牌夹回到我的护照中交还给我。短短几分钟，过程比第一次入境时顺利很多，护照上的入境章显示我可以在美国合法逗留6个月。

我："谢谢。"

我拉着自己的行李箱到达托运行李的传送带。美国入境转机时，需要将所有的托运行李取回自己手中，然后接受开箱检查。一位浅棕色皮肤的外籍海关应该是第一天上班，并不知道自己站在那里要做些什么。一位非常有经验的海关指派他到一旁新开设的通道检查。我所在的位置距离他最近，于是他把我叫了过去。他首先要求我出示护照，然后戴上蓝色超薄塑胶手套翻看，并对我进行检查询问。因为刚刚过了入境窗口，已经获得合法的6个月有效期入境章，我自然没有任何可令自己紧张的顾虑。他询问我身上是否有钱包，带了多少钱。我从身上把钱包掏出来，他打开翻看我钱包内的每一张名片、购物小票，以及朋友们用笔写在纸条上的电子邮箱地址。"新人工作也太认真了，要不要这么夸张啊？"我心里有些抱怨，毕竟在上一次入境时，海关都没有这么细致地检查我的钱包。他认真检查每一处细节，不时询问我这个纸条上的地址是谁的？我怎么得到的那张名片？为什么要去罗利？重复着之前那位坐在窗口的黑人女海关的所有问题。我只能耐着性子一一回答。

他把我的钱包、手机、护照放一旁的工作台上，示意我耐心等待，他要开始检查我的行李。然后就一样样地翻开箱子里面所有的东西，轻拿轻放地打开查看并反复触摸每一样东西。最后示意我检查结束，可以关上箱子。接下来，他手里拿着我的手机、护照、钱包，让我自己拉着箱子跟他走。就这样，我又一次走进了"小黑屋"。

芝加哥的国土安全大厅宽敞明亮，大厅里一排排的金属座椅上分散坐着很多跟我一样被扣下来进行二次检查的旅客。这位新人海关把我的手机、护照及钱包拿到办公区域后便再没有出现。从北京飞往芝加哥的飞行落地时间为当地早上8点左右，大厅内等待检查的旅客人数还不算太多，每个人都大眼瞪小眼地坐在冰冷的金属座椅上等待着，我也一样。因为见不到任何人从墙后面的办公室出来，所以我们也不知道还要等多久。不过好在有被二次检查的经历，所以这次转机给自己留了3小时的时间，时间上应该算是富裕。"就算是错过转机，拿着登机牌，我依然可以去对应的航空公司柜台免费更换搭乘下部航班。"我心里是这样想的。

　　坐在大厅里的人除了无所事事地等待以外没有任何办法。所有人的行李箱都被统一拦截在大厅门外的走廊里，所有人的护照和其他证件都已被扣下。虽然不是所有人的手机都被没收，但是这个大厅里是不允许使用任何电子设备特别是手机的。坐在我旁边的一个女孩子因为查看了两次手机信息而被突然出现的工作人员大声喝止，让她把手机放回自己的口袋。第二次被警告时，工作人员的态度明显更加严厉："把你的手机放回口袋，或者把它交给我！"女孩迅速将手机揣回自己的大衣口袋，再也没有拿出来。

　　坐在大厅里的我已经在沉寂许久的无尽等待中失去了对时间的概念，只记得飞机在芝加哥的落地时间大约是在当地时间早上8点前后，除了飞机刚停稳时跟Stuart通了电话，告诉他我已经到达芝加哥准备入关，一会儿将要转机飞往罗利之后，我们就失去了联系。"他现在应该已经出发去罗利机场的路上了。"就在我无所事事地空想时，一位穿着制服的工作人员走到我面前，将我的钱包打开，让我把钱包里的现金拿走后将我的钱包收回，并递给我我的手机，要求我输入密码解锁，之后他拿着这两样返回墙后面的办公室。

　　被送到大厅里的人越来越多，不分种族、不分国籍、不分年龄大小，甚至有坐着轮椅无法站立的残障人士，所有人都只能默默地等待着二次检查。只见一位年龄二十几岁的韩国女孩被送了进来，她没有被要求在大厅等待，而是直接请进了右边的屋子里进行单独审问，她的粉色Holle kitty图案的行李袋及其他的行李箱被放在了那间屋子的门外。这时，一位二十几岁的白人女孩从墙后面的办公室区域哭着走了出来，她的身后跟着一位身穿制服的工作人员，他们上完卫生间后，女孩抹着眼泪返回办公室继续被审问。

"天啊！这些穿制服的人要不要这么夸张刻薄啊？"我心里抱怨着。刚才那位要求我解锁手机的工作人员终于从墙后面的办公区域走了出来，手里依旧拿着我的护照、手机、钱包。他是一位体型肥硕、个子不高的短发白人，年纪大约四十岁上下。他走到大厅前面的一排办公桌前，高高在上地坐在一台电脑前开始工作。他的手指不紧不慢地敲打着电脑键盘，时不时低头看一眼我的手机，并用手指在手机屏幕上上下滑动，期间还用他自己的手机对我的手机屏幕进行拍照。因为我们距离不近，我并不知道他具体在查看些什么内容。不一会儿，他示意我到电脑前。

官员："你来美国干什么？"

我："来看我男朋友。"

官员："你们打算结婚吗？"

我："是的。但还没有确定时间。"

官员："你知道你拿的是错误的签证么？"

我："为什么？"

官员："你的签证是旅游签证，如果打算结婚就不行。"

我："我们这次是准备一起过圣诞……"

官员："停！"

我："我们只是想待在一起过节。"

官员："停！不要再说了！我再次告诉你，你的签证是错误的。我必须要注销你的签证。"

我："我要给我男朋友打电话。"

官员："在你没同意更改你的签证类型前，你不能跟任何人通电话。"

我："为什么？我不同意你这样做！"我的态度强硬了起来，开始为自己据理力争。

官员："我给你两种选择。"他严肃而强硬的态度开始转变得平静了些，也许他想控制我的情绪，不至于让我变得更加焦急和暴躁，也许他想使自己更快完成这个案件。总之，他刚才喊出："停！"让我闭嘴不给我解释时的那种强硬态度，突然转变成苦口婆心地对我进行各种解释和安慰。

官员："第一，你同意我注销你的签证，你只要回中国更换你的签证类型就可以了。注销你的签证后，你就可以打电话给你的男朋友和你的父母。"

我："另一种呢？"

官员："第二种就是我们把你铐起来，押送你回去。五年之内你不能再进入美国境内。"他说这话的时候，还特地用双手摆出被手铐铐起来的动作。

我："那不就是没的选吗？"

官员："你回去更换签证，很快的。中国办事都很快。我会写一份详细的报告帮助你加快申请的速度。"

我："我需要换什么样的签证？"

官员："你可以让你男朋友帮你申请 K1 未婚妻签证，或者你们在中国结婚之后，再申请已婚签证。我注销你的旅游签证后，你就可以跟你男朋友通话，商量哪种方式适合你们。"

我："那就是没有选择了？"

官员："如果你们想尽快团聚，这是最好的选择。"

意外总是在猝不及防中发生，坐了十几个小时的飞机，又被扣押了不知道多少个小时，这时候我已经有些疲倦。注销签证是对方开出的没有选择的选择，我头脑虽然还算清醒，但是感觉自己被困在一个密封的盒子中不停地打转，唯一可以让自己停下来的出路就是妥协。妥协于这个国土安全局工作人员的谈判技巧，也妥协于他给我的没有选择的选择，我无奈地点头许可了注销我持有的合法签证。这个身材浑圆的官员抬起他桌子上的公章，在我的签证上盖下了注销章。

在很多年以后我才知道，原来在那个特殊的时刻，实际上仍然有很多条路可以选择。如果我坚持保留自己的合法签证，我有权申请律师替我争取合法入境美国的权利，但这将会有一整套复杂的程序和耗费更多的时间。

这位官员盖完章，用安慰柔和的口吻问我想给谁打电话，是我的父母，还是我的男朋友 Stuart？

我说我要先给 Stuart 打电话，他现在肯定已经在罗利的机场出口处等着我了。那位官员从我这里抄写了 Stuart 的电话号码，亲自按下他办公桌上那部电话的号码。电话接通后，他用非常官方的口气与 Stuart 交谈。

官员："路易斯先生，这里是美国国土安全局芝加哥机场，请问莎莎是你的女朋友吗？"

电话里："……"

官员："她持有错误的签证，我必须注销她的签证。如果你们计划结婚，需要让她回中国更换签证类型。"

电话里："……"

官员："是的，她现在在这里。"

官员把电话递给了我，我接过电话听筒，听到电话里非常熟悉的声音。

Stuart："嗨，宝贝。"

我虽然刚才据理力争，态度倔强，但在听到电话里熟悉亲切的声音时，所有的情绪瞬间转化成波涛汹涌的委屈，眼泪止不住地流了下来。

Stuart："嗨，宝贝，没事，没事。别担心，我在这里。"

我："你在哪里？机场吗？"

Stuart："是的，在罗利机场，在这里等你很久了，我想你，对不起。"

我："对不起，我不能去那里了。"

Stuart："你现在在芝加哥机场吗？"

我："是的。"

Stuart："宝贝，没事，有我在。别担心。让我跟官员通话。"

我把电话交回处理案件的官员，他接过电话与 Stuart 继续交谈。

官员："不，先生，我们不能同意你们见面，即使你到芝加哥来。"

"是的，先生，非常容易，只要更换她的签证就好了。"

Stuart 跟这位官员交谈了几分钟，这位官员也非常耐心地跟他解释需要更换哪一种签证会更加有效，可以让我们尽快团聚。之后，电话再次交到我手上。

Stuart："宝贝，不要担心，我在这里。我会咨询清楚，确保你下次得到正确的签证。"

Stuart 一直耐心地在电话里安慰我，我除了泣不成声地嘟囔"对不起，圣诞节我们不能在一起了"这句话，各种委屈悲伤的情绪叠加，导致我眼泪、鼻涕止不住地流。就算不用镜子，我也知道自己当时的样子有多狼狈。在官员的提醒下，我挂上了电话。

接下来，他们允许我给在中国的父母打一通电话，告诉他们我现在的情况。依旧是我将电话号码给对方，对方拨通后再将电话交给我，这次他轻声嘱咐了一句："这是与中国通话，请尽量快点说，因为电话费太昂贵了。"我对他的话还来不及反应，电话另一方已经接通了。此时应该是北京时间后半夜，我简短地跟父母交代了自己的现状就匆匆挂上了电话。

这位审问我的官员继续敲打他办公桌上的电脑键盘，看到我努力收敛情绪的样子，他安慰我说："没事，我在写报告。这份报告会帮助你尽快得到新签证。"坐在他旁边年纪大一些的官员见我一把鼻涕一把泪的样子，侧身探过头来询问负责我案件的官员到底是怎么回事，官员回答："签证类型错了。"

大厅里陆陆续续有人被送进来，也有通过了二次审查拿回护照离开的。我从早上就一直坐在大厅里看人来人往，时间久了，逐渐成为这个空间的旁观者。

那个韩国女孩依然在那间"小黑屋"里，几个小时没有出来；跟我一样哭哭啼啼的白人女孩抹着眼泪跑进跑出了几次；更多人则是面无表情地等待着。我也在等待，我甚至不知道写个报告为什么需要这么久的时间。后面的几小时，这位官员偶尔会问我一些问题，如"你们第一次约会的地点是哪里？""你们什么时候确定的恋爱关系？""你有没有任何无法返回中国的理由？"我一一作答，他则继续专注地敲打着键盘。一份长达十页纸的报告写完后，他把我叫到办公桌前扫描我的指纹，为我拍面部照片。这张照片应该是我有史以来拍摄的最惨不忍睹的大头照，头发凌乱、衣领不整、面部浮肿、一脸沮丧，像极了逃亡已久的大盗。他将文件整理打印出两份，让我在这两份文件的每一页纸上签字，并按着我的手指在前面两页纸上按下手印。所有文件装订好后，我留一份，美国官方收藏一份。然后我根据他们的要求继续坐在大厅的椅子等待，自己都不知道在等什么。

美国航空公司的两位工作人员走到我身边，对我的遭遇深表同情。很明显，他们每天不知道要接待几个像我这样被遣返回出发地的人。他们给我打印出最近一个回国航班的登机牌，要求我支付1400美金的单程机票费用，被我严词拒绝。航空公司的人解释说越接近起飞时间价格肯定就会越贵。那位扣留我的国土安全局的官员知道价格后也发出了一声"吁"的叹气。1400美元通常是中国往返美国的价格，如果提前预订，还会有更低的价格。我一再强调说，这个价格我不接受，于是美国航空公司的两位工作人员问我可以接受的机票价位。我说这不是我想要的结果，我为什么要负担自己的机票费用？两位工作人员依然是心平气和地表示对我的处境他们非常同情，但是他们只是航空公司，他们不是美国政府，如果让他们公司来承担我的机票费用实在令他们为难。经过短暂的交涉，我们以300美元的价格成交。

事后有位香港朋友告诉我，其实如果对方国家不允许你入境，回程机票是不需要出一分钱的。我不知道这个信息是否准确。总之信用卡刷完，所有在这个大厅里的流程走完，负责我案件的官员打电话通知了另外两位官员。他们进行了文件和护照交接，通知我航班将在半小时内起飞，两位官员必须护送我上飞机。他将我的手机、钱包交到我手里，将我的护照递给了两位官员，并示意他们不需要使用手铐。他们告诉我不用担心我的行李，他们会安排送回中国。

　　我跟着两位押送我的官员终于走出了这个大厅，我们走到机场停机坪旁边的警车旁，这个时候我才看到芝加哥的太阳已经落山了，天空中飘舞着雪花，机场室外的地面结上了一层薄薄的冰碴儿，走起来很滑。我们三个人都小心翼翼地避免滑倒，最后坐上了警车，他们把我送到指定的飞机机身下，我们使用紧急通道进了飞机客舱。两位官员将我的护照交给客机组的空乘人员，我找到自己的位置坐下，给我的父母发送本次航班的信息，然后就静静地等待着飞机起飞。这应该是我有生以来最艰难的一天，内心的起伏变化犹如过山车，我特别感谢 Stuart 在这一天对我说的那句："别担心，我在这儿。"

　　之前，在芝加哥海关大厅，他们给我们这些滞留在大厅里扣留时间过久的人买了水和食物，我那时完全没有胃口吃下任何东西。我在返航的飞机上又坐了十几个小时，距北京还有一小时左右的距离时，一位年长的华裔空姐悄悄走到我身边，用带有台湾口音的普通话低声对我说："你跟我来。"

　　我的护照登机时就被交到这架航班的空乘手里，飞机起飞后，我的护照仍然被他们扣留，我想也许他们要在北京降落后才会给我。当然这只是我一厢情愿的推测，实际上我并不知道接下来会发生什么。坐在我身边的人见到空姐招呼我，纷纷投来疑惑的目光，空姐对被众人目光凝视的气氛非常敏感，她首先想到的是顾及我的自尊和心情。"我带你去坐头等舱好不好？东西我帮你拿好了。"她说完这话，顺便从我手中接过了背包。我跟着她走到头等舱，她为我安排空座让我休息。

　　过了一会儿，她走到我身边俯下身子对我轻声地说："一会儿飞机停了会有人在机舱门口接你，你跟着对方走。""哦，好的。"我能感觉到身体的疲惫，只能有气无力地轻声作答。

　　不久后飞机着陆了，我坐在座位上感受着飞机在跑道上滑行，此刻，我复杂而起伏的心绪逐渐舒缓下来。长舒了一口气，脑中飘过一声感叹："到家了……"

飞机停稳后，空姐们站在规定的位置疏导乘客，那位年长的空姐提示我跟着她先走。一出机舱门，门口的走廊已经零散地站着几位机场工作人员，他们正等着迎接此次航班内的特殊乘客，很明显，我也是"特殊"之一。一位年轻的穿着西装的机场工作人员从台湾空姐的手中接过我的护照。空姐的任务完成了，她返回机舱继续疏导工作。

我提着自己的背包，跟着这位西装革履的机场工作人员在迂回的机场走廊里前行。这位工作人员文质彬彬，话不多但很有礼貌，他并没有因为我被遣返而带有任何的歧视语气和蔑视脸色。我跟着他走到了一扇交接的玻璃门前，很显然，这次旅行回国后的通道与以往我回国时明显不同，这里没有人来人往的旅客。一位中国女公安身穿制服在玻璃门的另一侧等待着我们。玻璃门打开，穿西装的机场工作人员跟女公安做了简短的交接后，将我的护照交到她手中。

这位穿着制服的女士年龄在 40 岁左右，中等身材。她接过我的护照后友善地微笑着用关切柔和的语气问我："对方国家为什么没让你入境啊？"我跟着她在机场的走廊里边走边尽量简短地阐述了发生的一切。

我："对方说我持有错误的签证，让我回来更换签证类型。"

女公安："你现在是什么签证？"

我："旅游签证。"

女公安："他们让你换成什么签证？"

我："未婚妻签证。"

女公安："你不是去旅游？"

我："我这次是去看我男朋友。"

女公安："哦，那没事。美国是这样的，我们这儿每天都得接十几个从美国遣返回来的。咱们去机场公安办公室登记一下，你就可以走了。"

我："过程会很久吗？"

女公安："你这个很快。"

我跟着她走到她所说的公安办公室，如果不是发生了这一切，我也没有机会如此细致地体验这次特殊的旅行。办公室里一进门是一张办公桌及几台并排的电脑显示器，对着办公桌是一排排有靠背的座椅。房间的结构是多边形的，最里面的区域用不锈钢栏杆铸起来用作临时关押嫌疑人的地方。

女公安从办公桌里拿出一张登记表，对照着我的护照在表格上填写了一些信息，然后将护照交回我手中。

女公安："行了，登记完了。你可以走了，早点回家吧，折腾一趟肯定累了，回家好好休息休息。"她此刻对我关切的口吻是那么的温暖，这也许只是她作为女性或者身为母亲的本能反应，但她无意间流露出来的关心对于此时失落加失意的我而言，简直就是一个温暖而柔软的缓冲垫。我的心在从高空跌落时，因为飞机上的那位空姐和这位女公安的关怀，让我感觉自己平安着陆了。

我接过自己的护照说了声："谢谢。"然后离开了。

再入美国

十三个月后，我重新获得了美国签证。

这是我第三次到达美国，这个号称世界上入境检查最严格的国家。这次转机的机场是纽约。

是的！不出我意料我又被请进了国土安全局的"小黑屋"，这是我第三次来美国，也是第三次被带进小黑屋。Stuart 这次跟我一起从中国来美国，就在入关的时候，我们被美国机场的工作人员拆开进入了不同的通道。我被再次带进小黑屋，而他入关后就被机场工作人员督促着进入下一个流程。纽约机场的国土安全局办公大厅其中一面墙是暗色的玻璃墙，玻璃墙的另一侧是行李传送带区域。从这个大厅可以清楚地看到玻璃对面的情景，Stuart 在另一侧不停地张望，企图在人群中找到我的身影，而我只能坐在这里等待着入境时的二次审查。我们这次的转机时间是 3 个小时，很明显，如果进入"小黑屋"，3 个小时的停留时间明显是不够的。大厅里陆陆续续又有被送进来的人，有人因为是第一次被送进这里，显得特别紧张。

离我座位不远的一位中国中年男人探过身子低声问我："这是在干嘛？我们为什么被带进来？"

我应该算是比较有"小黑屋"经验的人了，我用平静的口吻低声回答："没事的，他们只是需要再次核实身份。"

这位中国人瞬间呼出一口气，放松下来。大约过了半小时，这位中年人被叫到大厅前面的办公桌前询问，很明显他几乎不会英文。纽约国土安全局的官员问的所有问题，这个男人都只能用"嗯"、"嗯嗯"来回答。他们之间经过了几分钟的交涉，这个人最终拿回护照成功入境，离开了这个大厅。

又过了三十分钟，"张莎莎……"美国国土安全局的官员用我听起来觉得蹩脚的口音叫着我的中文名字。

"我是张莎莎。"幸好我辨识出喊的是我的名字，特地用标准的普通话对着他们重复了一遍自己的名字。

拿着我护照的官员听到我纠正他的口音，特地跟着我又重复了一遍我的名字，还特别让我再重复一遍"张"的读音，他很认真但有些吃力地跟着我学。

"我知道，这很难。"我说。

"是的，这是你的护照。"他边说边将护照交给我。

我接过护照后打开查看，确认无误后说了声谢谢，然后转身离开。

这一次是我在这里待的时间最短的一次，我跟门口的检查人员出示了自己的护照，快速跨出"小黑屋"的大门。

Stuart 已经取下我们俩所有的行李放在小推车上，当他看到我时，很惊讶地问我这么长时间去了哪里？我跟他说其实我就在那扇玻璃墙的对面看着你。那扇玻璃墙是单向的，从行李传送厅这边看过去只是一面镜子，所以看不到背面"小黑屋"内的情景。

转机的时间马上就要到了，我们推着所有的行李去过海关通道，每样行李都要打开重新检查，通过后再将托运行李放到托运传送带上。转机的航班与现在入境的航班不在同一个航站楼，我们搭乘机场内转站的交通工具赶到那儿，进这个航站楼登机需要再次安检。等待安检的队伍很长，我们距转机的航班登机还有 30 分钟，前面安检的每个人都需要脱鞋、解皮带、进入 X 光玻璃罩内进行全身扫描。我们与一位巡逻的工作人员说明情况并出示了登机牌后，这位工作人员带着我们迅速往队伍前面赶，登机的人都非常友好地表示理解，并为我们让路，我们一起冲到了队伍的最前面，那里有个办公台，坐在里面的工作人员给了我们一张蓝色的牌子，说这是快速通过安检的通行牌。我们开始按照要求将身上的所有物品放到安检框内，解皮带、脱鞋、过 X 光，终于在匆忙中完成了所有的安检手续。还差 20 分钟飞机就要起飞了，我们按照机场指示牌一路狂奔，找到登机口。那里已经没有了候机的旅客，只有一名工作人员还在等待。我们跑过去后，那位工作人员告诉我们，他们刚刚用广播播放了我们两个人的名字三次，因为我们没有及时出现，于是美联航的航班决定在原定起飞前十分钟飞走了，我们只能去旁边的服务台免费更换下部航班的登机牌。

手上拿着更新过的登机牌，匆忙找到下部航班的候机厅，这才算真的踏实下来。

上次从纽约徒步到迈阿密的旅行，因为手机被盗被迫中止。马里兰的 Joy Zhou 曾经对我说："旅行不是比赛，从来没有终点。"是的，我也曾安慰自己不要纠结于后面未完成的旅行，因为旅行从踏出的那一步开始就会有各种意想不到的收获。我没有到达"迈阿密"，但这个城市的名字始终在我内心深处闪烁着。因为从未到达，所以更加向往。所有的不甘心都缘起于对未知的好奇，幸福的彼岸无非是遇到成就彼此的那个人。Stuart 对我说，他要带着我去迈阿密，帮我完成最初的旅行梦想，于是，我们向着迈阿密的方向出发了。

2 月的北卡罗来纳州大雪纷飞，我们开车穿越 95 号公路从北卡罗来纳州一路向南，途经南卡罗来纳州、佐治亚州，最后到达佛罗里达州。这一路可以明显看到气候的变化，出发时还是寒冷积雪，后来就变成了温暖阳光。既然到了佛罗里达州，就一定要去奥兰多。

奥兰多是佛罗里达州最出名的城市，这里有全世界最大的迪士尼乐园、有著名的环球影城、有 NASA 美国航空航天基地，整个城市就像是一个大大的游乐园。虽然是冬天，奥兰多的天气却仍然闷热，厚厚的云层在北部形成的是飘落的雪花，在这里则凝聚成洒落的雨滴。接连几日的阵雨，并没有影响迪士尼和环球影城的游客数量，所有人在雨中仍然尽情享受着欢乐的气氛。

企业经营的极致在于对细节的把控和管理，迪士尼乐园之所以吸引着全世界游客的目光，让所有去过那里的人意犹未尽，就在于他们不断推陈出新的游乐项目及对所有细枝末节的管理。当然，商业娱乐自然是建立在大量金钱的基础之上，所以来这里你几乎找不到可以省钱的方法，自然也并不适合穷游。

从酒店到餐厅再到便利店，琳琅满目的商品收据上都标明了名目繁多的税收款项，加上各处需要打赏的小费，你会觉得自己就是一个散财童子。对于这里我不需要做过多的介绍，每个人都可以从不同的渠道了解到更多更详细的信息。我想说的是，只有来这里亲身感受，你才能意识到你花的每一分钱都物有所值。

我印象最深刻的片段是在迪士尼乐园晚间烟火秀结束后，游客们有序退场，我

218

们前方走着一对年龄很大的白人老夫妇，看样子在 80 岁左右，两人穿着米奇、米妮图案的情侣 T 恤，头上戴着米奇、米妮耳朵形状的帽子，他们紧握着彼此的手，相互搀扶地跟着人群慢慢往前移动。听他们与其他人攀谈，才知道这对老人是来庆祝他们结婚 60 周年的，米奇和米妮就像是家人一样，陪伴了他们一辈子。

是的，当我们回头审视自己的生活，鲜活的卡通形象无时无刻不出现在我们的视野中，装饰着我们的生活，见证和陪伴着我们的成长，我相信每个人的记忆中都有属于自己与它们的故事。有一首歌中唱道："我能想到最浪漫的事，就是和你一起慢慢变老。"眼下我见到的最浪漫的事，就是变老后仍然保有一颗童真的心。珍惜生活带给我们欢乐的每一个瞬间，对于创造、拥有和体验那瞬间的过程报以感恩，这就是幸福的法则。

从奥兰多出来，我们终于进入迈阿密。迈阿密是美国东海岸最南部的城市，也是美国人口最为稠密的城市之一。海边的公寓、酒店高楼林立，与所有大城市一样，这里的居住空间异常拥挤。

冬季，这里的棕榈树有序排列在路边，海水的颜色随着光照的变化而变化，暴晒的阳光可以瞬间蒸发掉你身上的每一滴海水。下午躺在迈阿密海滩只短短几个小时，人的肤色就会被晒成煮熟的龙虾红，未来几天，这个颜色会变成古铜色，也是美国人最羡慕最流行的颜色。"阳光、沙滩、碧蓝的海水、甜蜜的爱情、旅行的终点，生活是那么的美好。"

迈阿密，我来了！

从纽约走到迈阿密

后记

我特别想用中央电视台春节联欢晚会中使用最频繁、带有最浓重感叹语气的宣传语作为本书的结束："朋友们哪，那真是——时光如水、岁月如歌……"

此书出版时，距离书中所讲述的徒步旅行已过了4年。虽然我并没觉得4年时间让自己变得有多成熟，但不论在工作中还是在大街上，都已经被后来居上的90后、00后这一拨又一拨的年轻人用"大姐"、"您"这样的尊称和敬语打招呼了。每每听到我们这拨人被讨论成"已经老去"的80后，我心中会立马出现万马奔腾般的各种愤怒与不甘，但却也学会矫情地假装自己很识大体，对这些朝气蓬勃的年轻人展露自己"慈祥"的微笑并回应一句："乖……"

时间是最无情的，它不会因为任何一个人、任何一件事、任何释放的情感而有所暂停、改变和逆转。时间总是让人在经历它的过程中去探索、发现，去舒展生命、挥洒青春，然后再将所有的浮夸沉淀下去，让无价值的尘埃被风吹走……经过时间的无情洗刷，生命最终能留下的便是有价值的人生感悟。

终于，我们这拨80后可以传承并使用上一辈人对我们用的那种意味深长的口吻和态度，对待90后、00后这一拨又一拨的年轻人了："各位亲们，非常感谢你们能如此耐心地把这本书看完。是时候走出大门感受属于你们的青春和精彩了。走出去，不论你是如鱼得水还是碰了一鼻子的灰，都要勇敢面对，活出自己的精彩！"

张莎莎

2017年4月于贵州

附录一：评论

    在我看来，现下流行的那种"说走就走的旅行"，凭的不过是一种期待已久的"鲁莽"，而莎莎的这场深思熟虑的"出走"，追求的却并非形式主义的"离经叛道"。当世界越来越被人们熟悉，当生命越来越归于平淡，感谢有人还在做着如此浪漫的事情：在一场不计较归期、不问询缘由的旅途中，认真审视自己的内心，唯心而动。

——永结葡塔 《料理课》作者

    在迪卡侬帐篷区偶遇、听她神侃自己在美国的徒步计划的第二天，莎莎同学就开始了我们大多数人仅停留在梦想中的徒步旅行。每天追踪她在教堂墓地的露营、在麦当劳的洗漱、被陌生人款待的奇事……今日这段经历成书，莎莎也过上了我们想要的那种人生。

——张长武 影视制片人

    她做了我一生都没有勇气做的事，从而也收获了我一生都不会得到的故事和我的敬仰。

——傅绍杰 电影演员、编剧、导演

    心怀梦想的人很多，但为实现梦想而历经千辛万苦、付出行动的人才是胜者！张莎莎就是这样的胜者。她背着重重的行囊，徒步跨越美国几个州，用文字和影像记录每一个脚印，探寻生命之意义，最终实现了自己的人生梦想！

——韩晓革　曾任北师大艺术系戏剧专业负责人，美国华府《美华商报》兼职编辑、记者

一个女孩，徒步数千里；一路艰辛，从无畏惧。在那片陌生的异国土地上挑战一切、砥砺自我……这需要多大的勇气和毅力！你成功了，我赞赏更敬佩！你是我众多学生的唯一！

——周坤　北京电影学院摄影系副教授、中国第一位留苏女摄影师、北京师范大学艺术系影视制作主任、北京吉利大学影视学院院长（现已退休）

如果没有发生在自己身边，不可能相信"一个人仗剑走天涯"这事儿是真的。关键这天涯居然还是一个语言不通、头一次踏入的国度，并且这位"好汉"是位长发女生……好吧，请屏住呼吸，跟随这位女侠一起历经那场奇妙的心灵之旅，体会灵魂回归肉身的感觉。

——闺蜜李锦航及夫君周剑

鬼知道北京土著徒步美国进警局、睡墓地的日子都是怎么过的！徒步美国、邂逅异国情缘，这是多少人向往的事儿啊！这事儿看似难成，意外地，读过此书，你会发现其实这一切离你并不遥远！不是每个人都能给自己一场说走就走的旅行，但每个人都应该有一个属于自己的人生！

——闺蜜王静

这本书写的不是一次简单的徒步旅行，而是一份极靠谱的美式爱情安分了一个极不靠谱的 CHINA 游手好闲北京大妞儿的故事。旅行中从不缺少人生故事，而人生最难的是保持最初的自己。

——闺蜜何鑫

莎莎姐来美徒步是三年前的事儿了，但我依然清晰记得她从纽约一路走来风尘仆仆、带着阳光味道的样子。一个女孩在异国他乡徒步会遭遇哪些惊奇、遇到怎样

的善良、体会怎样的东西方文化碰撞？在这本书里有我们想不到的困境与精彩。

正是这样的她，过着我们想要的人生，做着我们想要经历的事，遇到我们想要遇见的人。当你对日复一日的一成不变倦怠的时候，翻开这本书，跟莎莎一起去美国徒步，从纽约到迈阿密，在旅途中遇到真正的自己。

——朱墨　马里兰大学

一步一个脚印，莎莎用她的步伐印证了生活的多样性和不可预测性。幸福可以来自任何地方、任何时候，然而只有经历了磨炼的生命才会真正收获意想不到的、斑斓璀璨的幸福。你是否想过当莎莎独自一人走在看似无尽头的路上几天、几个星期、几个月的时候，她是心如止水、还是思绪万千？

——Dr.Chris Zhao

在那个炎热的夏天，我有幸见证了一个北京大姐儿背着行囊勇敢前行在异国他乡，又因一场大雨牵手她的 Mr. Right……生命中有这样的坚定和执着，才会遇到彩虹与晴天。

—— 李萌　中国国际电视台北美导演、央视国际部新闻直播导演

莎莎是我最特殊、最引以为傲的朋友。我一直以为莎莎这个名字一点都不符合她的气质，还是她的笔名"杀杀姐"更贴近她本人！她的勇气、能力、毅力、决心、仗义和气度，估计是很多男人都不及的。她在美国徒步的壮举让我发自肺腑地佩服。她给我讲自己如何扔掉行李，如何在教堂外面露营，如何夜宿警察局，如何偶遇现在的老公……我相信这些都会是她一辈子珍藏的财富。以前的中国提倡女性三从四德，现代女性应该更积极勇敢、坚强独立，走到哪儿都是一个有独特人格魅力的人！这一点，莎莎做到了！

——付昆一家　北京电影学院同学、好友

一个中国女孩从纽约徒步到迈阿密，这本身就是一个壮举！用任何文学标准来评价这些文字都是多余的，因为它们是那么细致生动，记录了一段奇妙的旅程。我曾经读过杰克·凯鲁亚克的《在路上》，这次，莎莎仿佛让我看到了另一个杰

克·凯鲁亚克，而且是中国女孩版的。作为一个中国读者，我会有这种同感：当我们对自己成长过程中被灌输的一些东西产生怀疑的时候，我们就该上路去自己寻找答案了。

——贺文进　新影联总经理

勇于追求内心的梦想，走出一段不同凡响的人生旅程。

——张元庚　餐厅老板

因为路过的风景最美，所以要一直在路上！

——王祎　韩露露

当我听说有一位北京姑娘独自一人在美国徒步旅行时，我问自己是否会做同样的事情，答案是不会。她的勇气太让我佩服了！

——Joy Zhou 好友

在没有人实践之前，那些困难的事儿在众人口中永远是不可能做到的。

——巴道　《停在新西兰刚刚好》作者、Lonely Planet 作者

旅行的意义远远不止于终点，灵魂永远在路上。

——顾文童　电影出品人

附录二：致谢

张建国、何素珍、安静、安娜、布尼巴彦、柏弘、柏桐、沙志江、刘建军、毕丽君、陈靓、陈磊、崔菲、金成群、张建慧、金烨、邓力群、丁伟、董敏、方颖、付琨、傅绍杰、高洋、公萍、关骥、郭萌、郭志荣、韩杰、韩少波、韩少娄、韩露露、何小惠、何占存、寇俊霞、何鑫、华华、杨明、周坤老师、韩晓革、吉乔老师、张建萍、刘伟民、刘璋、焦傲、那友荣、金烨、李征、何素琴、何素芝、何云青、黎莎莎、李锦航、周剑、李明基、李奇、李颖、李国军、李晗、李萌、梁超、林益峰、刘强、刘小楠、刘颖、蒋德高、刘建胜、刘宇、卢继顺、马波、马琪、孟旭、周晓明、牟乐、高杨（男）、高洋（女）、石争、何义、刘涛、孙晓琳、唐琳、王静、王蔷、王延娜、王婷、王晓霞、敖华琨、王勇、王琳、王鹿、王莎、王晓萌、王孝瑜、王一、吴兵老师、何琳、李喜宝、雨泽友季、刘兵、王爱民、夏辰、员外、夏杰、项美丽、杨崇宇、杨磊、杨小乔、张毅周、张立起、寇永菊、尹小玲、于太永神父、余雷、虞琳、袁丁、袁雅琦、郑金狄、张群、卢霄、张甜、张燕玲、张瑜、罗佳、嘉妮、张长武、张忠晏、赵海虹、朱墨、赵启明、赵天杰、钟茵、周乔、朱新月、齐峰、朱珠、王海滨、崔霖、关关、纪伟平、那友荣、雷克、李国新、李淑桐、李莎、李小欣、刘伸申、蒙亚利、戚蓝心 Joyce、韩瑞钦、屠长春、王慧、王金金、王亚龙、孔祥云、刘燕、杨帆、媛媛 Coco、张阿吨、张大民老师、张建华、刘桂英、张宇、张元庚、赵雪、余凡、王佐、陈伟、赵坤、江南、杜毓荣、郭云、王帆、曲庆乐、陈憬潼、寇慧萍。

Andrew Lees, Ph.D; Kathleen Miller; Brooklyn Amber; Diana Rivers; Vanessa Freeman; Brooklyn Herring; Destiny Herring; Jennifer Freeman; Lauren Huff; Kali Royer; Jamie Royer; Ronald Flickenger; Tara Herring; Michelle Freeman; Coleen Yu; Faith Stallings; Tammie Edwards; Destiny Nicole; Lee Meng; Yubin Du; Yurong Du; Jamie Lynn Royer; Hannah Han; Jennifer Herring Archer; Capin Carly; Xiaoheng Zheng; Beifang Ren; Tara Herring; Jade Zhou; Donna Marie; Haihong Zhao; Chris Zhao; YuRong Du; Chirs Embler; Cynthia Harper; Ehtisham Raja; Machey Ma; Yoyo Leung; Cindy TSE; Denise; DC Chen; Esther Ho; Jennifer Archer; Kenny Treece; Kevin; Koala Wong; LiHua (Jack, Oliver); Melissa MD comp; Momo Zhu; Naja NC; Gunpowderstables MD; Ron Flickinger; Tony VA; Tonya Brown Stevens; Daniele; Danny; Grenzfall; Tom Dankawski; May Dankowski; Wenny; Gunpowder Stables; DEPARTMENT OF HOMELAND SECURITY U.S. CUSTOMS AND BORDER PROTECTION ADMITTED DMA 38-7130; ADMITTED CHI 39-1058; CHI 0081; ADMITTED NEW 10-4915.

感谢曾在我生命中出现过的朋友和所有与我擦肩而过的人。